아름다운 날 눈부신 순간
내 안의 푸른물결

姜 秋 愛

선홍색 꽃잎 같은 그대 그리움 뚝뚝 떨어지는 슬픔 송호

아름다운 날 눈부신 순간
내 안의 푸른 물결

살면서 틈틈이 동화를 써 왔다.
동화는 동화집이 되었고
내가 쉬어가는 집으로 삼았다.
동화라는 순전히 지어낸 이야기가 아닌,
이번 글은
이런저런 지면에서 소소하게 얘기한 생활 속 편린들.
이를테면, 보고 느낀 짧은 단상.
제법 많은 작업을 시도했고 발표된 것들인 데
버린 것, 잃어버린 것이 더 많았다.
좀 더 잘 챙겨둘 걸
잠시 아쉬운 생각이 들었지만
이내 편안해졌다.
그 글들은 한여름 나팔꽃 같은 짧은 생명만 가진 것들이라.
내 시원찮고 빈핍한 글살림을 합리화시켜 미안하고
나는 살면서 되도록 변명같은 거 안 하고 살고자했으나
부득이 이렇듯 즐거운 변을 권두언으로 올리며 슬몃 행복해지네.
내 문장은 나를 바라보는 멋진 거울이다
나는 내가 쓴 글을 독자의 입장에서 바라보며
혀를 차기 일쑤라.
어쩌겠는가.
뜨거운 열정도 없어
치열한 작가정신도 없어
나는 그저
이만큼에서 그치니

갑오년 봄날
길상제에서 姜 秋 愛

상상 그 이상의 영상

글속의 문인을 찾아서

우화

꿈, 그리고
걷다가 멈추는 자유

선홍색 꽃잎같은 그대그리움
뚝뚝 떨어지는 슬픔 송호

편지 왔습니다

마하반야바라밀摩詞般若波羅蜜

　장미스님을 출간하고 가족 같은 분의 배려로 몇 곳 큰 절 서점에 책을 진열했습니다.

　책은 비교적 잘 나갔고 이 책을 매개로 지리산에서 딴 지리산 야생차를 맛볼 수 있었던 즐거움과 대자유인 산사나이가 캔 칡을 한 자루 먹을 수 있었는데요 그 기억을 기분 좋게 더듬어 내며 잠이 들었는데 똑똑 누가 문을 두드립니다. 나는 잠결에 일어나 문을 엽니다. 현실인 줄 알았습니다. 대문 옆에 포스터가 있으며, 현관까지 닿기 위해 또 하나의 문이 있는데 어찌 통과했을까하는 마음과 함께입니다.

　"편지 왔습니다."

　하며 사람은 보이지 않고 목소리가 들렸으며 넓고 길쭉하고 누런 봉투 하나가두 손을 포갠 내 손바닥 위에 비중 있는 무게로 올려지더군요. 나는 그 편지를 선 채로 개봉합니다. 봉투 속 내용물이 두루마리처럼 하얗

10

게 길게 떨어집니다. 그리고 길게 늘어진 두루마리 편지글은 한글 궁서체로 세로로 쓰여져 있었는데 '마하반야반야밀'입니다.

'마하반야바라밀'

나는 그 편지글을 확인하고 세 차례에 걸쳐 소리 내어 읽다가 잠에서 깨어납니다. 부끄러이 고백하건대, 나는 그때 그 글에 대한 상식이 전혀 없었습니다. 어느 나라 말인 지도 모릅니다. 그래서 더욱 강렬해진 호기심으로 지식창의 문을 열기로 했던 것입니다. 그리고 꿈 속 편지글과 음성을 선연히 떠올리며 물 한 잔 마시고, 잠이 덜 깬 눈을 비벼가며 컴퓨터를 열었습니다. 그리고 지식 창에 '마하반야바라밀'에 대한 활자를 쳐서 그 의미를 분명히 알고 넘어가자는 심사를 굳히며 잠이 묻어있는 눈두덩일 거듭 비벼가며 검색을 시도했습니다.

마하maha는 크다는 뜻의 대大

그리고 크다는 것은 큰 진리를 의미하며, 진리대로 실천한다는 뜻으로 대승大乘이라 하네요. 대승은 범어인 마하연摩訶衍(mahayana)의 번역이군요. 거기에 따라 큰 법을 실천하는 의미는 대大와 승乘을 합치는게 예사이겠으나 실은 대大와 승乘의 뜻이 각각 다르기도 하면서 대와 승의 뜻은 서로 떨어질 수 없을 만큼 본시의 뜻을 함께 내포하기 때문에 대승이라는군요. 그리고 반야般若(prajna)는 지혜智慧이며 내 앞의 모든 일을 지혜롭게 적절히 대처하며 행동하라 일컫는군요. 또한 반야는 마음이 밝고 맑다는 뜻으로 명明이라 하며 머리가 명석하고 총명하다는 뜻이 있고 무엇이든지 여법하게 잘 안다는 것이기도 한데요, 이 지혜는 탐욕과 분노와 나태한 마음에서 발생하는 것이 아니라 진실한 마음의 성질인 진여성眞如性에서 비롯된답니다. 그리고 지혜는 진여성의 빛이라는 의미로 혜광慧光이라 하고 또는 지혜의 등잔이라는 뜻에서 혜등慧燈이기도 하며. 지혜는 보고 느끼는 사물을 바르게 제대로 관찰하는 것이라 하여 정지正智이라고 하며 삼라만상의 진리를 온당하게 분별해 내는 것이라고 해서 택법擇法 간택簡擇이라고도 하네요. 또한, 만물의 진리를 관찰한다는 뜻에서 관觀이라 말하며 이 지혜는 또 진여眞如를 반연하여 발생하는 것이기 때문에 여리지如理智라고 한다니 언어 자체가 물여울처럼 맑고 풍경 소리마냥 아름답다 여겨집니다. 또, 바라밀波羅密(paramita) 또는 바라밀다波羅密多(paramita)는 '열반의 세계에 도달한다'는 뜻이래요. 거듭 말하자면 '바라'는 피안彼岸이며, 피안은 저 언덕 또는 저쪽이라는 의미지만 참뜻은 보리菩提와 열반涅槃은 동의어랍니다. 또한 보리는 지혜와 깨달음을 뜻하고 열반은 번뇌 번민 없는 순수한 마음의 성성적적, 고요고요 깨끗깨끗 평화를 말하고 있군요. 그리고 '밀다'는 여인다離는 뜻과 도달到의 의미가 부여되는데 청정한 마음을 흐리는 불순하고 혼탁한 잡념을 완전히 떠나서 보리와 열반의 경지를 체득하는 것이므로 불교적 모든 수행은 모두 바라밀다라고 하는군요. 그리하여 대승불교의 수행사상을 요약하여 육바라밀六波羅蜜 또는 십바라밀十波羅密이라고 말하며 이들 육바라밀과 같은 수행덕목은 대승불교의 수행덕목을 집약화한 것으로 남에게 대가성 반대급부를 전혀 바라지 않고 물심양면 베푸는 보시바라밀布施波羅密, 전반적인 윤리 질서와 약속을 청정히 실행하는 지계바라밀持戒波羅密, 그리고 분노를 잘 다스리며 잘 참아내는 인욕바라밀忍辱波羅密, 남을 배려하는 가운데성실하게 절제하며 살아가는 정진바라밀精進波羅密, 마음이 가지런히 정리된 상태, 고요히 가라앉은 상태로 생활하는 선정바라밀禪定波羅密, 모든 이치를 잘 터득하여 지혜롭게 생활하는 지혜바라밀智慧波羅密이 되겠습니다.

이러한 육바라밀은 우리들의 수행덕목 중 으뜸이라 대승불교를 지향하는 이들의 좋고도 아름다운 지침이 되는군요. 그리고 위 언급된 육바라밀은 춘원 이광수가 애인으로 변환시켜 시공을 초월해서 우리의 심금을 울리고 있다는 것. 우리는 진작에 알고 있기도 합니다.

　나는 꿈속에서 받은 편지글의 전문인 '마하반야바라밀'을 기억하며 당장 컴퓨터를 열고 공부해 본 적은 그날 새벽이 처음이지만 '마하반야바라밀'은 그 시간부터 내 가슴 속에 깊이 각인되지 않을 수 없었습니다. 그리고 그 편지글을 나에게 보낸 목소리의 주인을 나름대로 의정을 품으며 유추해 냅니다. 그는 단순히 우체부였을까요? 아니면 내 영혼의 음성이 내 육신에게 부딪친 메아리였을까요? 아니면 개에게도 있다는 존재의 진짜 주인인 불성의 구체적 발현인가요? 그도 저도 아니면 만유일체가 두루 통하는 마하반야바라밀! 즉, 무지몽매한 나에게 '이것을 등불삼아 지혜로워지거라'하는 교시적 시연인가요.

　그 꿈의 새벽 무려 세 시간에 걸쳐 '마하반야바라밀'에 대한 상식을 두루두루 섭렵하고 메모하고 보다 알기 쉬운 쪽으로 다시 원점으로 수차례 되돌아간 집중과 열정의 시간이 스스로 경이롭습니다. 항상 애매하고 겉돌기만 했던 성스러운 영역에 진일보한 느낌. 그윽한 유열. 그리고 이제 차를 몰거나, 산책을 하거나. 잠시의 자투리 시간에 절로 챙겨지고 찾아드는 화두는 절로 '마하반야바라밀'입니다. 그리고 때때로 꿈속에서도 그 행위와 염송이 깨어있을 때와 똑 같이 연결되더군요.

　깊은 밤 똑똑! 문 두드리는 소리와 함께 찾아온 편지 한 장.

　"편지 왔습니다!"

　그 단아하고 정결한 음성 그리고 긴 두루마리에 쓰여진 한글 궁서체의

'**마하반야바라밀**' 참으로 아름답고 불가사의하며 초월적인법어. 그 무차원의 언어 영역, 크게 신기한 주문입니다.

  지금도 그 꿈의 음성은 생생히 잊혀지지 않는 가운데 편지글 한글 궁서체는 내 가슴 내 머리 속에 선명한 그림으로 각인되어 짐짓 숙연해 지기도 하는데, 한량없이 고마운 영적 선물이라 생각합니다.

지천에 널린 꽃 두고 가신

아프다 했다.

여기저기 다 어디 한 군데 편한 데가 없다고 했다.

간 밤 잠 한 숨 잘 자고 나면 더할 수 없는 행복이라 했다.

물 한 모금 시원히 잘 삼키면 그것 또한 기쁨이라 했다.

잘 자고 잘 삼키는 것, 약물에 의지해 가까스로 잘 자고 잘 삼킨 것, 그것도 희망이며 희열이었을까.

잘 먹고 잘 잤으므로 그대 다시금 밝아오는 새벽은 가뿐히 일어나 앉을 수 있으리라는 소망, 그 간절한 바램.

일 년 전.

새 천 년의 봄, 산과 들 그리고 골목골목이 꽃과 꽃으로 무릉도원이었을 적, 그대 긴 시간 애정을 가지고 모아 둔 그림과 글씨 그리고 장신구를 몽땅 쓸어 좋은 일 한다는 바자회에 기증했다. 애당초 그것들을 살 때 기쁘고 가졌다는 소유충족도 유열이며 꺼내어 볼 때 또한 즐거움이었지만 다 털어 주고 난 서운함도 썩 괜찮은 기분이라 했다.

그대 知見이 트여 좋은 물건 볼 줄 알았고 그 물건 미련 없이 놓을 수 있었던 것이다.

돌아오는 길 강변에 앉아 진흙 속에서 구워낸 오리를 먹었다. 우린 식성이 좋았으며 먹는 그 시간을 즐겼다. 사람이 가질 수 있는 여러 福 중에서 食福이 제일이라며 우리는 맛있는 집 있다하면 멀고 가까운 것 따지지 않고 가볍게 집을 나섰다.

가고 오는 시간 난 그대의 얘기에 귀 기울였다. 빨간 차를 사서 한 달 만에 도둑맞았는데 차는 전혀 아깝지 않고 기름 가득 채운 것은 참으로 아깝더라는 이야기. 주방에서 김치를 담글 때 뒤에 와 서는 그림자를 느끼며 뒤돌아보게 되는데 뒤에는 당연히 아무도 없지만 이튿날 옆집이나 앞집에 조등이 걸려있을 때가 많았다는 이야기. 사람을 보면 그 사람의 껍데기만 보이는 게 아니고 그 사람의 마음까지 꿰뚫어 볼 수 있으며, 그 사람이 가진 氣의 색깔도 본다는 이야기. 여치 한 마리를 아홉 장소에서 아홉 번이나 만났는데, 여치 눈에는 내가 여치로 보였을까 아니면 먼 전생 곡절 많은 인연이었을까 하는 이야기. 그대의 얘기는 예사롭지 않았다. 황당하거나 기이하기도 했다. 하지만 난 절대 그대의 미스터리한 이야기에 제동을 걸지 않았다. 어떤 얘기든 그럴 수도 있으려니 여기었고, 그 얘기가 허구든 진실이든 다 흥미로웠으므로 열심히 들었고, 몇몇 얘기는 동화의 소재로 삼았었다.

그리고 다시 봄.

뜰에는 수선화가 피고 지는데 그대는 조금씩 아프던 것 이제 심하게 아프다 했다. 먹은 것 좀체 소화를 해 내지 못한다 했다. 무겁게 흉하게 배만 부풀어 오른다 했다.

우리의 식도락도 종지부를 찍었다. 눈 오는 날 먹은 꿩 한 마리를 끝으로 그대와의 복福놀이 속절없이 접었다. 그대는 녹즙으로 연명했는데 상당한 금액을 지불하고 있었다. 농약 한 방울 묻히지 않고 고랭지에서 재배한 약초와 채소의 집합이라 했다. 맛을 본다. 약은 약으로써 먹고 낫는다는 믿음으로 귀하게 대접해야 하므로 이 사람 저 사람 맛을 보지 않는다 했는데 그대는 보기 좋게 한 잔 부어 맛보라 건네고, 나는 서슴없이 받아 마신다. 그저 이런저런 풀 냄새, 약간 쓴맛이 섞여있는 묽은 녹즙. 그대는 또 氣치료도 병행했다. 계룡산에서 오랜 수행의 결과로 몸 속 탁한 기운을 몰아낸다는 氣도사의 처방에 순종하느라 새벽이면 가부좌 틀고 앉았다. 산 속에 앉아있는 도사의 에너지가 허공을 가로질러 안방에 앉아있는 그대 몸속에 잠입한다는 것이다.

"만나볼래? 氣도사"

방해가 되지 않는다면.

그대의 권유에 따라 잠시 사바에 소풍 나온 도사를 만나 보는데 동행했다. 도사의 氣가 도사의 손바닥을 통해 나온다했으므로 나는 내 나름대로 마음을 비우고 그대가 느낀다는 그 氣 한 번 느껴 보려 했으나 실패했다. 반면 그대는 뜨거운 기운이 몸속을 유영한다했으니 그것 또한 절대적인 믿음이었을 것이다.

거기에다 병 하나에 약은 백 가지였고, 사람 하나에 영생불로초 하나씩은 갖고 있어서 뜸, 침, 옥, 환, 파스, 영지, 상황, 찜질, 풍욕, 약 된장, 발가락 피 뽑기, 기도, 수술, 방사선 등등 그들의 확신과 간곡한 권유에 따라 적절히 움직여 보기도 했으나 그대 구하는 신묘한 처방은 어디에도 없었다.

허나 그대 그 약들 절대 나무라지 않았다.

유능한 약이지만 내 몸이 무능해서.

인정하고 긍정했으며 다만 감사히 여겼다.

그대의 사망 이틀 전 그대가 누워있는 방에 들어섰다. 그대를 돋보이게 만들었던 맑고 부유했던 살은 난소종양이 끝내 다 갉아먹어 까맣게 여윈 모습이 눈물겹게 만들었다.

내가 물었다.

"이렇게 누웠어도 아이들 걱정은 여전하신지?"

그대의 아이들 대학생 남매지만 여느 어미들처럼 사랑은 다함이 없다. 웃음까지 띄우며 그대 힘겹게 말한다.

"전혀. 내 자신 너무 아파서"

병실엔 꽃이 많았다. 꽃 좋아하는 줄 모두 알아 그대 찾는 사람 죄 꽃을 안고 왔던 것이다. 그대의 집 옥상의 쌈지 공원도 꽃 지천일 것이다. 등꽃과 앵두꽃이, 영산홍과 영산백이 그리고 사목련이 그 옆에서 지져먹던 화전의 기억, 이젠 봄 아지랑이.

그 꽃 쓰다듬으며 또 물었다.

살아왔던 일 가운데 중요하고 가장 절실하다 느낀 것이 무엇이었는지를.

자식이 빠뜨리고 간 준비물인 해부용 가위 하나 들고 우포늪까지 달려갈 만큼 자식에 대한 애정 돈독했었고, 틈내어 기도하며 선지식 법문 듣길 좋아했으며, 큰절 수련대회 동참을 늘 갈구했으므로 죽도록 아파도 간절한 그 무엇 따로 있지 않을까 했었다.

그대 희미하게 웃으며 마른 입술 움직인다.

아프지 아니하고 잠 편히 자는 것.

그리고 그대가 덧붙였다.

이것이 좋다 저것이 좋다고 해도 안 아픈 것만큼 더 좋은 게 없다. 난 그저 고개끄덕이고.

그대 진통제 맞고 가물가물 잠들어가며 내 손잡고 말한다.

"하루하루 즐겁게 지내시길"

그날 밤. 그대는 아프지 않을 때의 힘차고 매력적인 모습으로 나를 방문했다. 짙은 갈색 트렌치코트에 같은 색깔의 목단 문양이 박힌 머플러를 어깨에 두른 채 성지곡수원지 맑은 물속에 일곱 줄의 호스를 담아 우리집 부엌 큰 항아리에 연결해 주며 말한다.

"약수터에서 줄 설 시간 없을 테니 여긴 이렇게 만들어 줘야해"

선명했었고, 눈시울이 뜨거워질 만큼 고마운 꿈이었다.

이틀 후 아침, 그대 보석이었던 따님의 전화를 받았다.

"가셨구나."

"어떻게 아셔요?"

"예감"

그렇게 그대는 차안에서 피안으로 원래의 빛 무심의 근원으로 돌아갔다. 그러하나 낯설다.

존재하는 모든 것 사망을 향해 나아가고 있건만 그 허망한 현실과 마주 하면 언제나 낯설다.

천연색 고운 얼굴 위에 드리워진 검은 색 리본 그리고 촛불과 향과 술잔이.

靈駕.

영가가 된 그대 모든 속박 벗어난 그대 앞에 엎드려 삼가 조의를 표하는 데 가슴 참 아프다.

그대가 간절히 원하던 아프지 아니함과 잠 한 숨 푸욱 잘 자는 것 이제 완전히 해결되었지만 그 아프지 않아서 좋고 잠 한 숨 잘 자서 기꺼운 그 모습, 탄력 있던 그 목소리 이제 내 곁에 영원히 없다.

열다섯 해에 걸쳐 이웃해 살며 내 삶 언저리에서 무주상보시의 실천을 보여 주던 그대 없는 빈자리만큼 구멍 뚫린 황폐를 미리 본다.

그대의 49재에 동참하는데 라일락 향기 코를 찌른다.

<인연이 모였다 흩어짐이 예나 이제나 같아서 가고 옴이 자유 자재하다 하셨으니 다시는 이별 없는 무량수불 곁에서>

왕생 발원문이 그윽하게 번져나가는 도량, 그대 가벼워진 몸으로 흐느끼는 권속 바라보고 있는가.

그대가 남기고 간 백자 다관 흠 없이 원만한 무문다관에 반야로 차 한 술 담아 달인다. 혼자 마시는 차 신선놀음 그대 밝은 음성 귓전을 때린다.

열다섯 해 익힌 情 가슴에 고이 품고 적요한 신선놀음.

이 아름다운 계절에 그대는 하늘에서 나는 땅에서.

20

명주옷 입으시는

염.

이제 어머니 마지막 옷 입으신다. 아주 고운 유백색 명주옷이다. 어머니 살아생전 명주 천을 이용해 몸에 두르신 것은 명주 목도리뿐이었다. 요즘은 중국에서 무더기로 들어와 옛날 삼베처럼 흔하게 되었지만 어머니가 가진 명주의 개념은 '귀한 물건' 오직 그것이었다.

누에가 실을 토해 스스로 제 몸 가두어 고치가 되고 그 고치 삶아서 물레에 실 자았으면 손가락 한 마디의 짙은 갈색 번데기만 남는.

맑은 생명이 맑은 실 한 줄 남기고 가는 누에의 한살이 그 실이 명주실인데 어찌 귀하지 않겠는가 하는.

세 오라버니의 학적을 따라 부산에 오기 전까지 고향 진주에서 어머니는 누에를 치셨다. 양잠업이라 할 만한 큰 규모는 아니었다. 넓은 창고에 넉넉히 칸을 질러 한 평 정도의 채반을 스무 개정도 만들어 넣고 넓은 마당 가장자리에 울타리 역할을 하던 나이 많은 뽕나무의 무성한 뽕잎으로 누에를 치신 것이다. 늦가을과 겨울을 뺀 잎사귀 성성한 봄부터 낙엽 지는 가을까지 어머니의 뽕잎 써는 소리와 함께 나의 하루가 열리었다. 뽕잎 따는 소리는 톡! 톡! 유별나며 정겨웠다.

내가 들어가 웅크리고 앉을 정도로 속이 넓은 대나무 소쿠리에 그득 따 모은 뽕잎, 내 손바닥 넓이의 풋풋하고 억세게 보이나 적당히 기분 좋게 느껴지는 까칠까칠한 뽕잎 검은색이 은근히 깔려있는 하얀 누에는 어머니가 썰어서 채반에 올린 뽕잎을 사각사각 소리 내며 잘 먹었는데 누에들의 뽕잎 먹는 소리는 고요한 숲 속에 내리는 비 또는 갈대밭에 바람 지나가는 소리와 흡사했다. 그 서늘한 파열음이 만든 풋풋한 푸른 성찬 그윽한 포만으로 마디 허리 통통 일자로 부풀고 그리하여 더할 수 없는 無心의 平和를 누리던 채반의 생물들 그렇게 초록색 뽕잎만 먹어도 토실토실 하얗게 살이 찌고, 어른 손가락만큼 키가 크던 누에 그리고 고개 꼿꼿 쳐들고 도시 잠들었다할 수 없는 모습으로 깊은 잠에 빠져있던 누에의 신비로운 잠, 그러한 누에의 먹이를 만드시느라 노상 뽕나무와 더불어서 계시던 어머니 실한 그네 뽕나무 등걸에 매 주시고 어머니는 뽕잎을 따다가 그네를 밀다가 오디도 따 주시며 나는 뽕나무 그늘 긴 그네에 흔들리며 입술이 까맣든 말든 달콤한 오디를 먹다 잠이 들고. 그렇게 딴 뽕잎 위에서 누에씨가 부화되고 누에가 잠을 자고, 누에가 허물을 벗고, 누에가 점점 자라고, 누에 스스로 실을 토해 고치 속에 갇히고 그 하얀 고치가 열매처럼 섶에 달리면 뽕잎 담던 소쿠리에 고치만 가득 탐스럽게 거두어 내시던 어머니.

누에.

비단실을 짜내는 경이로운 벌레. 어머니가 자식처럼 먹이고, 키우고, 잠재우며 섶에 올리던 애물 그 애물이 사람에게 준 유백색 비단으로 치장하시는 어머니 다만 깨끗하시다.

비단옷은 걸쳐볼 생각도 않으시고 어머니의 누에치기는 어머니의 살림에 유익하였으되 당신의 겉치레와는 무관하시었다. 아기 배부르기만 바랄 뿐, 당신의 시장함은 사양치 않으시고 머슴처럼 하인처럼 우리 시중들기 밤낮 없으시어 그러시느라 그리고 한 번 입고 난 뒤 바느질을 되 뜯어 다른 빨래와 철저히 분리해서 달래듯 어르듯 빨아서는 곱게 풀 먹인 뒤, 다시 원형을 찾아 바느질을 시작하는 그 옷의 까다로움이 짐짓 싫었던 것이다.

"모시듯 입어야하니 그게 옷인가"

아들 셋, 딸 둘 낳으시고 그 아들 딸 두 셋 씩 자녀 두었으므로 옷 선물 받으실 일이 잦으셨으나 어머니는 곱게 입어 동전만 바꾸면 새 옷처럼 입을 수 있는 비교적 값싸고 뒷처리 수월한 인조견을 선택하시었고 만족해 하셨다. 그러셨던 어머니 이제 명주옷 입으신다. 살결처럼 부드러워 간지러움 지레 와 닿는 감미로운 명주로 첩첩 단장하신다. '빨래는 편한가. 물이 빠지지 않는가. 모양이 틀어지지 않는가.' 일체 말씀이 없으신 어머니.

"애, 싫다."

부축도 흥타 하신 어머니 '젊은이들 자리 양보 민망해서' 힘이 닿는 한 걸어서 오갈 수 있는 거리는 쉬엄쉬엄 걸어서 다니시던 어머니.

"늙은 게 뭐 자랑이라."

인적 드문 호젓한 길 골라서 혼자 다니시며 들꽃 만나는 즐거움 크다 하시던 어머니 종내 그리하시었던 어머니 온 몸 그대로 내 놓으시고 타인의 손길 마다하지 않으신다. 적삼 입히면 입히는 대로 허리에 치마 감으면 감는 대로 버선 신기면 신기는 대로 순순히 얌전하시다.

어머니.

막내 가지기 전 때때로 태몽 말씀하시었다.

"산에 나무하러 갔는데 누런 솔가리가 집채만 하게 묶여져 있는 기라. 어쩌나 반갑던지 그걸 지고 오려고 지게를 냅다 들이대는데 솔가리 뒤에서 수염이 허연 노인이 여남은 살 돼 보이는 참한 처녀를 앞세우고 나오는 기라. 노인의 수염은 발등을 덮을 만큼 길더라. 내 평생 그런 수염 그 꿈속에서만 봤다. 그래, 그 노인이 말했다. '솔가리는 손대지 말고 이 처녀를 데리고 가거라' 난, 또 노인이 시키는 대로했다. 지게도 벗어 두고 그 처녀만 데리고 집으로 내려왔지. 그 처녀가 바로 막낸 기라. 가을에 낳아서 가을, 낳고 보니 그 처녀 얼굴인데 하도 사랑스러워서 사랑, 그래서 秋愛가 됐다. 추애는 그 처녀가 죽어서 태어난 것일 게라. 그 노인은 아마도 산에 사는 신령이시고"

<애정은 무거워 숨길 수 없고, 은혜는 깊어서 차라리 서러우셨던>*

어머니 이제 날 데리고 내려오신 산에 드시기 위해 새 옷 다 입으셨다. 책 값, 차비 준비한 주머니 없어 날개옷처럼 가벼운 명주옷으로 빈틈없이 갖추어 입으신 어머니 고우시다. 어여쁘시다. 그 위에 천금 지요로 겹겹 더 감고 장메로 싸매니 뇌리에 스치는 누에의 고치.

不敬.

哭대신 웃음나온 막내 입 가리다.

이천일 년 일월 이일 鷄鳴 丑時, 여든 여덟 해의 生 접으시고 無想에 드신 어머니 이천일 년 일월 삼일 巳時 어머니 殲.

*< > : 부모은중경

24

주신 다기

중앙동 인쇄 골목을 지나가다 이면 도로와 산복 도로를 수직으로 연결하는 가파른 계단이 보였다. 아, 스님! 스님이 생각났다. 목적지이던 출판사를 목전에 두고. 계단 난간을 짚고 느린 걸음으로 올라가 좁은 골목을 지나 스님 기거하시던 포교당에 들렀다. 조계종 정오사, 새 이름이 정문에 붙어 있다. 스님이 계실 때는 '대승불교회관' 이란 현판이 붙어 있었다. 마루판으로 삐걱대던 법당, 지금은 튼튼하게 고쳐진 그곳에 올라 가 보았다. 놀랍게도 부처님 마주 보아 오른쪽에 스님의 영정이 모셔진 영단이 있는 것이다. 나는 절 살림에 대해서는 문외한인지라 스님의 사진이 여태 거기 모셔져 있다는 사실만으로 놀라움이 컸다. 스님 가신 지 언제인데 佛子들은 저렇게 끝끝내 정성을 다 하는구나. 감동이 일었다. 스님께 목례를 올리고 정오사를 나와 다시 그 계단을 되짚어 내려 왔다. 그리고 뒤돌아본다. 계단 위 조각난 허공뿐이다.

기억 저편 분청 다기 일습을 보자기에 싸 주시며 스님 그 계단까지 나와 주셨다. 바람이 엄청 불었다. 계단을 조심조심 내려와 뒤돌아보니 스님 아직 계단 위에 서 계시었고 나와 시선이 부딪치자 손을 흔들어 주셨다. 흔들리는 손, 흔들리는 먹물 옷, 흔들리는 기다란 두 줄기 고름, 늦은 가을이었고 해질 무렵이었다.

"잠시 다녀가세요."

스님이 달마다 발행하시는 포교지『주장자』에 동화를 게재하는 중이었다. 바람이 무화과 나뭇잎을 마구 떨어 뜨려 마당을 덮었다. 나무를 흔들어 떨어질 잎사귀를 미리 추락시킨 뒤 쓸고 있는 중에 걸려온 전화였다. 입은 옷 그대로 외출 바지 위에 편하게 내렸던 셔츠의 말미를 바지 속에 훔쳐 넣고 벨트를 매면 평상복이 외출복이 되는 것, 스님의 포교당은 오막살이다. 통천굴이라 하셨다. 두루 막힌 데 없이 이르는 곳 이름만 크다. 내 생각이었다. 스님의 원력이 그러하신? 하시는 일과는 썩 걸맞다는 생각도 아울러 했다. 그렇게 옥호만 그러한 스님의 처소가 좁을 수밖에 없다. 그 방 옆을 가로지른 삐걱삐걱 목 계단을 오르면 다락방 같은 법당이 있고 들창 너머 늘 푸른 시누대가 바람에 허리를 꺾고 있었다. 다려서 건네주시는 차 한 잔 量으로 치면 딱 반 잔 그러나 한 잔이라는 넉넉한 말 한 마디로 잔은 이미 채워지고 천천히 머금고 천천히 돌려 가며 천천히 씹어서 삼키면, 삼킨 그 차 향내 날숨으로 되 올려 오던 맑고 깊은 맛 스님의 차 내는 솜씨는 두루 알려져 있었다. 이름하여 圓光茶. 다관에 우전 차를 넉넉히 넣어 약물처럼 아주 조금 다려내는 '감로다' 그 한 잔.

"어때요?"

별 말씀 없으시다 뻔한 차 맛 물으시고.

"좋은데요."

싱겁게 대답하며 빈 잔 내려놓으면 그 빈 잔 다시 채워주시는 스님. 그

26

리고 벽장문을 열고 이런 저런 그릇들을 꺼내셨다. 차주전자, 식힘사발, 물 버림사발, 차반침대, 차항아리, 그리고 차순가락과 찻잔 여섯 개였다. 그 그릇 모두 너구리 가마에서 장작불로 구워낸 귀한 것이었다.

"부딪치면 깨져요. 아기 다루듯 해야 해요."

하나하나 한지에 따로 뭉치고, 넓은 보자기에 우전차 두 봉지와 함께 싸서 안겨 주시는 한 아름의 차그릇. 후, 달마다 두 봉지씩의 차가 우편을 통해서 집으로 왔다.

"稿料도 못 주는데."

그리고

"번거롭지 않아요. 그렇게 받는 재미가 더 큰 것 아닌가 해서요."

배려에 따른 감사의 말씀 적절히 못 드린 아쉬움. 거기에다 내 첫 동화집 출간의 기념으로 雅號를 지어 주셨는데 '茶亭'이었다. 하지만 나는 그 아호를 사용하지 않았다. 茶房같아서 그 이유로 고교교사 둘, 대학생 둘, 아낙 둘 그리고 나는 매주 화요일 저녁 일곱 시에 포교당과 동떨어진 작은 공간에 '차 연구반' 이란 이름으로 모였다. 그 놀이패의 꼭두쇠는 스님 우리는 스님이 복사해 나누어주시는 초의 선사의 동다송과 육우의 다경을 읽었다. '네 됨됨이 진실 되고 신기하게 뛰어났음을 알기에' 초의 차를 이렇듯 칭송하고 '금 은 보다 더 진귀한 것은 차 외에 없으며' 하여 육우는 甘草癖이란 雅號를 얻었으며 그리하여 우리는 차의 고귀한 성품인 차의 아홉 가지 德을 배웠다. 즉 음다 九德, 머리를 맑게, 귀를 밝게, 눈도 맑게, 밥맛도 돋우며, 술을 깨게 하며, 잠을 쫓으며, 갈증을 면하게 하며, 피로를 풀어주고, 추위와 더위를 막아주는 신묘한 차 잘 다루고 잘 마시는 다례를 익혔다. 그리고 가끔 차와 궁합이 맞는 다식을 만들어 먹었으며 차와 어울리는 간결한 꽃꽂이와 함께 굵은 무명실 같은 등나무 줄기를 잔뜩 사 와서 찻상을 만들어 가지기도 했다. 그러시던 스님 아주 기분이 좋을 때면 해인사로 출가하시기 전의 힘들었던 시절을 담담히 떠 올리기도 하셨다.

"리어카에 포도나 사과를 떼다 팔기도 했고, 공부는 하고 싶은데 여건은 안 되고 해서 마음에 드는 대학을 골라 盜講을 했지요. 어느 가수가 울고 싶어라 하고 노래하던데 꼭 내가 그랬거든요. 그러다가 울화가 치밀면 주먹도 좀 썼는데 이런 구차한 날 사람으로 구제해 주신 부처님께 날마다 감사하고 감사해도 부족하지요. 하고 싶은 공부도 실컷 하고, 좋아하던 蘭도 원 없이 길러 보았고, 이렇게 좋은 茶도 만나고, 詩도 쓰고, 질 그릇도 만지고. 그러니 틈만 나면 부처님 감사합니다하고 절하는 게 내 생활이 됐어요. 난 다음 生에도 주저 없이 중이 될 겁니다."

유익하고 즐거운 시간이었다. 그 공간 그 시간. 우리들은 他人의 칭찬도 흠도 입에 아니 올렸고, 탁하고 어지러운 세상사 입에 담지 않았다. 고요히 정좌해서 묵묵히 차를 다려 내고 권하시는 스님의 모습이 섣불리 들뜨기 쉬운 우리들의 언행을 가지런히 차분히 정리해 주신 것이다.

스님은 미당 선생의 추천으로 詩를 시를 쓰기 시작하셨고, 먹을 갈아 蘭을 치셨는데 광목에 인쇄해서 다포로 만들어 여럿에게 나누어 주셨으며, '茶心'이란 계간지와 불교 문인들의 글을 모아 '實相文學'도 발행하셨다. 또 젊은 불교를 제창하시며 '육화 청년부'란 젊은이들의 모임에 애정과 관심을 크게 쏟으셨다.

그런 어느 날 새벽이었다. 넓고 푸른 강물과 나란히 흐르는 언덕길에 스님이 다급한 걸음으로 어디론가 가시고 계시었다. 그 걸음 몹시 바빠 보여 내가 어디로 가시는 지 물어 볼 겨를 전혀 없었다. 그렇게 지나신 스님이 다시 되돌아오시는 것이다. 그리고 쓸쓸한 목소리로 혼잣말을 하셨다. '내 들어 갈 집이 없다.' 그리고 스님은 다시금 내 앞을 휙 지나 아득히 안개 속으로 멀어지고 사라지는 것이었다.

잠에서 깨어나 아침 밥상을 준비하며 꿈속의 말씀을 생시인양 되새겼다. 스님과 같은 문단에 있으며, 일주일에 한 번 씩 뵈면서 공부한 지 삼년 가까이 되었는데 꿈에서 뵌 적은 그 새벽이 처음이지만 스님이 집이 없다한들 뭐 불편한 게 있을까 예사롭게 여기었다. 운수납자들은 길가다 멈춘 곳이 집이고, 보이는 것 느끼는 것 죄다 비로자나 佛인데 법당이니 선방이니 하는 공간은 결국 방편이란 허울 좋은 所有慾의 소산이 아닌가 해서. 그날 땅거미가 지는 시간, 건축사, 대학 강단에 서기도 하는 무설자의 전화를 받았다.

"남해 고속도로에서 교통사고가 났는데 원광 스님의 차 같습니다. 몇 분 선생님이 확인 차 그 쪽 병원 영안실로 급히 떠나신 것 같은데……"

1989년 12월 26일. 일어나지 말아야 될 일이 그날 일어났고, 스님은 세속의 연을 그렇게 성급히 끊으셨다. 스님 세납 마흔 일곱, 하실 일 태산 같이 많으셨고, 긴 茶 생활 탓인지 위통이 있다는 것 외는 건강하셨으나.

"내 들어갈 집이 없다."

夢中, 스님이 말씀하신 대로 스님의 영혼이 거처할 집, 스님의 육신은 어처구니없게도 고속도로에서 직접 운전하신 자동차와 함께 무너져 내린 것이다.

양산 통도사의 다비장에서 다비식이 있었다. 꽤 많은 文人과 茶人과 佛子들이 운집해서 스님과의 좋은 인연 안타까이 정리하며 염불로 환송

했다. 따로 독립시킨 벽난로 같이 생긴 다비소 굴뚝의 노란 연기, 흙과 물로, 불과 바람으로 환원 중인 스님의 육신. 그 어쩔 수 없이 우울하고 쓸쓸한 정경 눈 시리도록 보고 또 보았다.

중생계. 화택이며 고해라는 사바세계의 한 점 티끌, 한 점 구름에 불과하다는 한 치 앞도 가늠치 못 하는 위태롭고 순간적인 사람의 삶과 죽음. 입적하시는 날 새벽에 통천굴에 전화를 걸어 꿈 이야기했더라면 스님 특유의 음성으로 허허 웃고 말았을까, 아니면 그 시간부터 횡래지액을 대비해서 정해진 계획을 취소하고 문밖출입을 자제하며 그야말로 몸조심을 했을까. 알 수 없다. 나는 그저 방관자. 구경꾼에 불과할 수밖에 없는 입장. 꿈에서조차. 스님 들어가실 집이 없다는 독백을 들었으되 멍하니 바라만 볼 뿐인.

어느 火曜日.

"스님, 꿈을 어떻게 생각하시는 지요?"

내가 여쭈었고

"꿈? 우리 사는 이 순간이 한낱 꿈에 불과한데 꿈속에서 꿈을 논해 보았자, 뭐! 안 그래요?"

스님이 일축했을 때

"그래도 스님, 산삼 캐기 전에는"

"불합격 먹던 날 새벽에"

하면서 화요일의 도반들 일제히 꿈의 예시와 체험을 들고 나오는 통에 그날 火曜日 저녁은 우연의 일치를 넘어선 동시성의 원리에 입각한 신비롭고 괴이쩍은 夢曜日 저녁으로 바뀌었었다.

스님 가시고 한 달이 지났을까. 모 라디오 방송국 PD라는 분이 전화를

주셨다. 돌아가신 승려시인에 대한 추모 대담을 생방송 하려는데 참석할
수 있는 지 물었다. 대답은 간단했다. 스님이 복사해 주신 동다송 몇 편
읽은 인연으로 무얼 얘기하겠는가. 同參 不.

　현 내 방에 있는 것. 벽장에서 꺼내주셨던 분청 다기. 스님이 남긴 시집
'가고지고 가고지고', '차안의 노래', '제 자리 걸음', '하모나 하모나',
'풍경' 그리고 蘭그림 한 장.

　스님 책 속의 詩 한 구절.
　겹겹 입었던 껍질 훌훌 벗고.
　이리 저리 엉킨 끈들 끊어 버리고
　거짓말처럼 참말로 아주 가볍게 떠나야지.

　- 〈나는 가야지〉 中에서

　그렇게 가시고 스무일곱 번째의 봄이다. 스치는 솔 냄새 같았던 스님과
의 몇 가지 기억 점점 희미해져 가는데. 창 밖에 후둑후둑 비오는 소리.
스님, 비 내리는 날 차 마시기 좋은 때라 하셨다.

　茶罐에 물 올렸다.

觀水洗心

괴정 해인정사 관음전 상량식 기념 다포.

'觀水洗心' 敬齋 조영조 선생님의 휘필이다. 물 보는가. 몸만 씻지 말고 마음도 씻어라.

해인사 강주로 계셨던 스님은 풍기는 외모부터 예사롭잖다. 투명하게 아름다워 스님 참 깨끗하다는 느낌 질로 우러나오게 한다. 스님은 휴대폰도, 자가용도, 컴퓨터도 없지만 괴정 해인정사 낡고 초라한 암자를 백양산 삼광사만큼 크게 확장시키는 불사를 추진하셨는데 내 눈에 그게 그냥 술술 그냥 되는 것처럼 보여 사찰국수를 먹는 자리에서 여쭈었다.

"이 불경기에 어찌?"

"그것 뭐! 아니 不, 아니 不하면 안 되는 것이고, 부처佛, 부처佛하면 되는거지 뭐!"

하는 것이다. 그런 원력의 스님 불사에 경재선생의 觀水洗心. 그리고 스님 직접 쓰신 海를 광목에 찍어 배포하는 일에 관여한 즐거움이 컸다. 경재 선생님과 더불어 글을 읽은 문하생은 참 많다. 명심보감, 삼국유사,

통감, 고문진보 등 자신의 내면을 확장하려는 사람들이 원근에 관계없이 선생님의 주변에 모였었다. 고등학교 재직 시 제자들도 숱하다. 모두 선생님을 쉬 잊지 못할 것. 그분의 해박한 지식과 정담과 가창과 글씨로 말미암아 사람들 저마다 그분과의 곡진하고도 아름다운 기억 하나씩은 품고 살 것.

首露窯.

甫泉陶藝創造學校.

수로요 입구부터 선생님의 휘호다. 누구 글씨라는 설명이 필요 없다. 이내 와 닿는 선생님의 향기.

茶香滿堂.

차밭에도 있다. 뿐만 아니다. 집에서 가까운 성지곡 수원지, 친구의 사무실, 일가의 제사 병풍, 詩人의 詩碑 어딜 가든 선생님의 글씨를 만난다. 선생님은 지병인 간암으로 돌아 가셨다. 1942년에 태어나신 선생님은 2001년 1월 14일 광혜병원에서 이승의 命을 다하셨고, 김해 선영에 드셨다. 그렇게 이제 故人이 되신 선생님. 나는 지인을 통해 선생님의 부고를 들었지만 가지 못했다. 어머니 돌아가시고 내 스스로 작정한 두문불출의 시간이었다. 마음만 한없이 간절했다.

꽤 오래전이다. 선생님이 방문하신다 했다. 선생님을 마중하기 위해 골목길을 나섰다. 저쪽 골목 끝에서 선생님이시다 짐작되는 왜소하고 강파른 노인이 부채를 활활 치며 갈색 가방을 들고 꼿꼿하게 걸어오고 계시었고 곧 나와 시선이 부딪쳤다. 지금 돌이켜 생각해 보니 그때 선생님 연세 불과 마흔 여섯의 중년이었으나, 투병 후의 여위고 초췌한 모습이라 그때 지금보다 15년이나 젊었던 내 눈에는 분명히 노인으로 보였다. 미백색 두루마기와 매화를 친 합죽선과 두 개의 안경과 반백의 장발이 안겨 준 노태.

"선생님?"

"아!"

짧은 탄성과 동시에 선생님 특유의 90도. 내가 고개를 들었을 때 선생님은 아직도 90도였고 다소 민망한 나는 웃음으로 균형이 깨진 시공을 무마시켰는데 선생님 천천히 허리 펴시며 이마에 손 올리시고 하늘과 동서남북 방위와 멀리 높고 낮은 건물에 가려진 화지산과 백양산 등선의 산세까지 짐작하신 후 대문 앞에 서시고는

"자식이 잘되는 좋은 곳입니다."

풍수에 입각한 덕담 주시었다. 여름이었다. 선생님은 위 언급대로 미백색 모시 두루마기를 길게 걸치셨으며 손에든 합죽선 활활 쳐 땀 식히시며 두 개의 크고 작은 안경 하나는 머리테처럼 정수리에, 하나는 콧잔등에 걸친 안경 치켜 올리며 선생님 그렇게 내가 살고 있는 땅과 하늘과 바람을 읽어주신 것이다.

"배냇골에서 내려 온 지 얼마 안 됩니다."

가족과 함께한 저녁 밥상 앞에서 선생님이 담담히 뱉으시는 밀양 배냇골 이야기.

"암 말기였어요. 치료는 하지도 않고 진통제만 잔뜩 주는 겁니다. 내가 영어 선생을 했기 때문에 의사들이 제 아무리 갈겨써도 처방전 정도는…… 그 약 쓰레기통에 다 버렸습니다. 배냇골에 들어갔지요. 그리고 나는 산짐승이었어요. 산에서 나는 풀, 열매, 뿌리 중 먹을 수 없는 것만 빼고 다 먹었으니까요."

첫 방문이었지만 선생님은 많은 이야기를 들려 주셨고 밤이 이슥한 시간에 돌아가시며 다음 방문을 예약하셨다.

"무화과 따러 자주."

우리 집 무화과. 연지동에 살기 시작하면서 옆 집 담벼락에 붙어있던 무화과나무 가지를 내 팔 길이로 꺾어다 심은 게 오동나무처럼 살이 찌고 미루나무처럼 키가 자라 해마다 가지치기를 하지 않으면 넓은 마당을 다 덮을 지경이었다. 그 무성한 나무가 만들어 내는 열매는 잎사귀 하나에 열매 두 개로 풍성했으며 그 열매는 다른 집과 달리 개구리참외만큼 굵었으니, 그것은 술도 되고 잼도 되고 간식도 되었다. 꽃도 안 피고 열매부터 달려서 무화과라 하나 실상 작은 항아리처럼 생긴 열매 자체가 꽃덩어리였다. 그 무화과나무 높은 곳에 이름 모를 새떼들이 하얗게 내려앉았다가 흩어 졌고 길고양이들이 원숭이 떼처럼 이 가지 저 가지에 진을 치고 앉아있기 예사였다. 그리고 그 곳에서 매미가 울었다. 그 매미 소리 들으며 선생님 말씀하셨다. 길게는 6년을 땅 속에서 굼벵이로 지내다 그 허물 벗은 매미의 모습이 선비가 쓴 관의 끈이 늘어선 형상이라 文선비, 나무 그늘에서 사니 儉검소, 이슬만 먹으니 淸맑고, 긴 허물에서 벗어나 꼭 한 번 절도 있게 어김없이 울어주니 信신뢰가 간다. 사람이 먹는 곡식을 먹지 않는廉염치 그야말로 깊은 德을 골고루 갖춘 생명이라는 육운의 寒蟬賦를 읊어 주셨고, 임금이 정무를 볼 때 쓰던 익선관의 뒷장식이 곧 매미의 날개라는 이야기도 덧붙이셨다. 매미의 성품대로 行하면 어진 임금 된다는 의미의 익선관 그 익선관을 맨 처음 쓴 이는 세종대왕. 그 당시 명나라 황제의 선물이라! 그렇게 눈앞에 보이는 사물에 따른 진귀한 얘기 즉각 들려주시는 선생님 대학의 강의며 요청된 여러 강좌 그리고 문화재 위원 등의 소속으로 두루 바빠 해가 거듭될수록 집에서는 아주 가끔 뵈었다.

무화과! 하시던가, '죽순'이라 적힌 얇은 동인지 한 권 내밀며 화안하게 웃으시며 들어서시던 선생님. 우리 집 가족들은 선생님의 막힘없는 지식과 식견이 좋아 '진지 드시고 가시라' 졸랐고 선생님 시간이 허락하는 한 쾌히 응하셨다. 밀양 얼음골 사과 한 상자 가져오신 날은 손 흔드는 뒷모습만 보았다. 어느 누군가의 자동차에 실려 온 그것은 우리 집 대문에 옮겨져 벨만 눌러 놓고 인터폰에 사과가 왔다는 메시지만 넣고 황망히 떠나시는 중이었다. 각대봉투에 배냇골 연지버섯 가득 가져 오신 날은

"연지버섯은 연지동에서 먹어야 제 맛."

그날 선생님 한가하시어 자정을 넘기고 가셨다. 그때 하신 말씀 중

"내생에도 아마 이렇게 모여서 밥이든 물이든 먹고 있을 것."

그리고 사람과의 인연을 '連理枝'에 비유하셨다. 연리지. 두 개의 각기 다른 나무가 자라 어깨동무하듯 팔을 뻗쳐 하나가 되는 기묘한 현상. 夫婦의 인연뿐만 아니라 무수한 사람 중에 유독 그를 만나 차를 마시고, 글을 읽고 마음을 터놓으니 그것 참 기묘하지 않는가하는.

괴혈석에 판 도장 주실 때는

"잘 먹고 잘 살아랏꼬."

은행이나 동회에서 그 도장으로 날인할 때마다 직원들 예외 없이 얼굴 보고 도장 본다. 괴혈석의 쭈뼛쭈뼛 사각의 담을 넘은 전서체의 전각이 독특하고 무거운 탓으로.

범어사 산내 암자 대성암과 계명암에 일부러 들러 茶 한 잔. 차 다리는 비구니가 선생님의 제자였다고 소개하신다. 그 절 앞의 불두화 선생님 안

계시니 더 짙은 향으로 기억된다. 그리고 중국의 옛글을 詩經으로 편찬한 공자가 말하기를 <詩經은 思無邪>라 말씀하시던. 고문진보는 대국에서 그때 참 별 할 일 없던 한량들이 노래하고 술 마시던 풍류의 산물이라 흥겹게 말씀해 주시던. 주련이든 탁본이든 문인화든 지렁이 기어가듯 난해한 초서체도 그야말로 즉설주왈 참 아름답게 풀이해 주시던.

예순 다섯 가지의 반찬이 나오는 사찰에 밥 먹으러 가자고 권해주시던 그리고 '정몽주와 요도적소'나 '여나산곡' 같은 사화, 곡진한 어조로 얘기하시던 그리고 우리 집 客들과 가진 조촐한 茶會에서 불러주신 '불 꺼진 창'과 '명태' 그리고 퍼포먼스.

보천 선생의 작품 전시관을 만들어 그 그릇 만지는 첫날이었다. 분청무문호, 분청목단문호, 분청침화코스모스문호, 진사병, 진사호, 진사다기 등등 유려하고도 날렵한 행서로 이름표 만들어 주시며 말씀하셨다.

"이 귀한 그릇이 그 멀리서 여기로 왔다?! 이거 보통 인연 아니다. 전생 인연이라도 있어야 이런 일이 일어나지. 나도 이 자리에 내 글씨 주고 싶은데 싫지 않다면 지금 당장."

그렇게 오게 된 표구까지 완성된 작품 두 점.

溪山無盡處 水石有明岩

그리고

淸談亨茶 靜坐觀心

단정하고 용틀임처럼 힘찬 휘필 두 사람이 맞들어야 될 예서체의 큰 작품 우리 집 거실과 서재에 벽 하나씩 차지하고 걸려 있다. 보천 선생의 작품 만질 때 위용 당당한 그 작품보고 적당히 넘기라는 유혹 자주 있었지만 매물이 아니다며 적극 사양한 게 이제 유작이 되었으니 절로 숙연하다.

글씨를 좋아하는 사람은 茶도 좋아하고, 茶를 좋아하는 사람은 도자기를 좋아하며, 도자기를 좋아하는 사람은 쪽빛도 좋아하는 보편적 성향. 영광 갤러리 고담 선생의 쪽물 전시회에서 선생님을 뵈었다. 역시 茶 모임이나 꽃 모임이나 글 모임에서 바람처럼 스쳤던 얼굴들이 그 자리의 손님들.

"漢詩 구절구절 글감이 무지 많은데 그것 활용 안 하니 너무 아깝네요. 다른 사람 아무도 안 읽어도 딱 한 사람은 읽어줘야 되는데. 다음 주부터 중국 송나라 황견의 고문진보 들어가거든."

농담 속에 진담 담아 공부하라, 공부하라, 공부기회 늘 주신 선생님. 송나라 구양수의 '三多'를 진심으로 권해주셨다. 즉 다독, 다작, 다상량이라.

"당연히 많이 읽고, 많이 쓰고, 많이 생각하겠지만 한학의 한량없는 깊이와 넓이, 혜원이 작업에 조금만 접목시켜도 엄청 멋있는 글 쑥쑥 나올 텐데 안 그래요? 혜원"

혜원은 나의 아호. 그 날도 그렇게 쪽물 전시회장의 긴 의자에 내 옷자락 당겨 앉히고 선생님 다시금 공부하라 채근하시었다. 몇 달 있으면 저 승에 가실 선생님. 누가 짐작하겠는가. 이승에서의 마지막 기억이다. 그날 한 달 전 쯤.

"통감반 배냇골에 소풍 가는데."

동참을 권하셨다. 그러나 가지 못했다. 그 소풍가는 날 도장떡 두 되 만들어 선생님 댁에 갖다 드렸다. 대나무 숲에 안겨있는 아주 작은 집이라 작은 엽서처럼 설명해 주셨던 배냇골 그 집은 나와는 종내 연이 닿지 않왔다. 그리고 지금 가장 마음 아픈 일은 선생님 이런 저런 선물과 배려에 '종이 값', '돌 값' 명분이나마 제때 적절한 예가 될 휘호료를 갖추어 드리지 못한 점. 실로 면목 없다. 있으면 있는 대로 없으면 없는 대로의 때에 알맞은 인사에 서툴고 아둔하여 경우 없었다. 그 경우 없던 자괴감 탓인 지, 선생님 간 밤 꿈에서 뵈었다.

서면 로터리였다. 다섯 방향으로 나눠지는 그 넓은 광장을 바라보는 차량들은 일제히 움직임이 없다. 그 광장 가운데 검은 두루마기의 선생님은 광장의 반을 차지하는 큰 그림을 그리고 계신다. 나는 먹을 갈고 있다. 그런데 그림이 수상하다. 먹빛의 장미다. 내가 말한다.

"선생님, 사군자를 안치고 하필이면 장미를 그립니까?"

내 말에 선생님은 묵묵부답이시다. 그 침묵을 뒤로하고 나는 벼루와 먹을 차량 쪽으로 밀며 생각한다. 먹이나 갈자. 사람들이 보고 있는데 하면서 나는 먹을 간다. 숱한 눈동자를 의식하며 천천히 힘차게 먹을 간다. 그리고 그 꿈속에서 먹을 갈다 아침을 맞이했다.

보천 선생의 닷컴에 들어갔다. 사진 자료실 클릭, 눈 내린 수로요 어귀, 선생님의 흔적, 고요적정을 향한 되내임 청안하신지요? 그리움을 만난다. 주름살 많던 그 깊은 눈, 마른 뺨에 번지던 익살스런 웃음, 동서고금을 꿰뚫던 해학과 풍자, 그리고시원한 가창과, 신비롭게 이어지던 붓의 움직임 이제 전설.

관수세심

등하나 달았네

　어둠이다. 하늘도 숲도 길도 없다. 칠흑의 공간에서 난 그냥 멍하니 어둠의 한부분으로 대책없이 서 있다. 극도의 공포도 절망도 없다. 어떻게 달리 해 볼 엄두도 궁리도 서지 않는다. 지독한 어둠으로 모든 생각이 정지된 것이다. 그때였다. 아득히 먼 곳에서 반짝이는 불빛 하나. 나는 그 불빛을 본 즉시 단숨에 위로 솟구쳤다. 내 몸에 날개가 있을 리 없었지만 그 불빛을 향하여 나는 참으로 기분좋게 날아갔다. 좀전의 비참한 슬픔은 뇌리를 즉각 떠났다. 오직 그 불빛만이 환희며 목적이었다. '나'란 自我가 생긴이래 처음 맛보는 가장 완전한 평화와 강렬한 희열이 날아가는 그 순간에 있었다.

　그러다 갑자기 불빛이 사라지며 나는 흔들렸고, 혼란스러웠고 다시금 답답하고, 암담했으며 걷잡을 수 없는 짜증이 일기 시작하는 것이다. 그러면서 좀전까지 나를 사로잡았던 지극한 평화와 희열을 놓치기 싫어 나는 온 몸을 뒤틀며 필사적으로 저항했다. 눈을 뜨니 창문이 열려 있었고 나는 책상에 엎드려있었는데 꿈결의 아쉬움이 그대로 남아있었다.

40

白日夢이었다. 그리고 전화벨 소리. 햇차가 와 있는데 나누어 마시자는 산골짜기의 초대. 그는 가끔 그러하다.

힘차게 꿈을 털고 허공을 가로 질러 구비구비 산길 돌아 내게 닿은 복음의 근원지에 갔다. 노 보살 혼자서 연등을 만들다 처음 보는 나에게 온유한 웃음을 흘린다. 사제가 놓고갔다는 우전차를 사형은 아낌없이 다관에 붓고 따슨 물을 만나게 한다. 맑은 차의 향기 뒤로 관등 인등 연등의 축원문이 보였다. 그 자리에서 亡人을 위해 등 하나씩 밝히기로 했다. 새삼 뭐! 끽다거의 온정이 자칫 권선의 빌미로 변질 될까 저어하며 사형은 축원문 당겨주길 마다한다.

"파격이야, 파격!"

사형의 독백을 귓전에 흘리며, 먼지 일으키며 내가 챙긴다. 주섬주섬 손에 쥐는볼펜과 몇 장의 축원문과 이제는 만날 수 없는 기억 속의 그들을.

合掌.

그리고 적기 시작했다. 젊디 젊은 나이 서른 살에 이 세상 훌쩍 하직한 男子 남자는 하루 종일 힘들게 일해서 번 돈을 아내에게 고스란히 갖다 주었지만 아내는 겨우 밥 짓고 밥 먹고 설거지하는 능력 밖에 없었지만 남자의 벌이에 늘 불만이었다. 아내는 그 불만의 상대였던 남자를 사고로 여의자 즉각 다른 남자를 취해 떠나갔었다. 맨 먼저 그 남자를 적었다. 다음 생에는 어머니 같고 누이 같은 아내를 만나시길.

두 번째는 집 두 채는 족히 될 큰 돈이 있었지만 동회와 자선단체에서 주는 생활보조금이 더 달콤해 끝내 쪽방에서 외롭게 죽어간 할머니를 적었다. 할머니는 지레 지치도록 내 돈 오로지 내 돈 하며 몇 개의 저금통

장 행여 손탈까 싶어 장판 밑, 냉장고, 이불 깃 따위에 숨기고서도 종내 불안에 떨다 저 세상으로 갔다.

세 번째는 중학교만 나왔어도 시의원 도의원 다 해 먹었을 거라며 늘 기고만장하던 노인을 적었다. 노인은 그런 자신감으로 중기대여업을 하며 풍족하게 살았다. 그러나 아우가 맡긴 돈을 되돌려주지 않아 송사에 휘말렸고, 죽음에 이르기까지 아우의 공부 뒷바라지를 했으므로 아우돈은 내돈이라는 지론을 굽히지 않았지만 나에게는 물심양면 은혜로운 분이었다.

네 번째는 녹즙과 생식과 만보기로 만수무강을 도모하던 여자. 가방 가득 비타민을 넣고 다니며 수시로 입에 털어넣던 그 여자의 이름을 적었다. 도연화. 이름만큼 도도하던 그 여자. 찬불가 합창단의 꼭두쇠였다.

생 전, 그들 살림. 있으면 있는 것 지키느라 진부했고, 없으면 없는 궁상으로 청승스러웠지만 나와 나눈 잔정은 혈연만큼 곡진해서 이승에서 가졌던 그들과의 만남이 기꺼웠던 것이고, 아직 기억에서 생생한 음성과 웃음이 새삼 그리웠던 것이다. 그들 이승의 마지막까지 털어버리지 못한 물질에 대한 욕심조차 애틋하다. 서로의 가슴에 피멍만 들이던 가족도 업연이라 수용하며 어떤 성취도 없이 무의미한 갈등 속에 그저 먹고 살았을 따름인 그들. 그들에게 나 아직 살아있다는 이유로 무심의 등불하나 밝힌다. 원한 바 없지만 우리는 영겁의 이 땅에 나그네로 얹혀졌고, 먹이사슬은 존재의 공식이다. 처연하고 억울하지만 비켜갈 수도 없다. 먹고 먹히우며 분노하고 절망하고 추스르는 윤회를 적멸의 문턱까지 되풀이한다. 가진 것이 근심이라지만 우리는 가지려한다.

내 옆의 인연이 무섭게 지겹지만 쉬 정리하지 못한다. 덧없을 생명의 시작과 함께 죽음은 공존하지만 그 목숨 종지부까지 죽음이란 언제나 타인의 것이다. 이런 일상 속에 일체유심조를 연발하며 초연을 가장하나 실상 그 초연의 심연에 박힌 질기디 질긴 세진 오욕락의 심지를 끝내 뽑아내지 못한다. 아닌가!? 내심 자탄하며 천천히 그들의 이름을 다 적었다. 그곳은 어떠하신지? 어느 날 문득 나 또한 가 닿을 그 곳. 그들이 이미 가 있는 그곳을 궁금하게 여기며 마주한 이름 석 자 얼굴처럼 응시한다. 유감스럽게도 그들이 살았던 동네의 지번을 몰라 그들의 현주소를 적었다.

천자봉, 영락공원, 낙동강, 팔송공원묘지 등이다. 그네들 육신이 가루로 뿌려진 곳이거나 납골당이거나 무덤이다.

그렇게 한 낮 의식과 무의식이 응집된 짧은 꿈이 준 영감에 따라 그들 사후에 밝히는 등불 하나. 혹 어둠에 걸려 망연자실 하실제 제가 켠 등불 하나 어둠 속 길눈 틔워 드린다면. 이런 나의 행위가 또 하나의 꿈을 조립하는 핫라인이 되었을까. 그날 밤과 다음날 밤에 걸쳐 그들의 생전 모습 생시인 양 상면했다. 기이하고 즐거운 경험이었다. 그리고 은근한 유열이 지속되었다.

별 일 없어도 즐거웠고 보이는 모든 것들이 귀하게 아름답게 와 닿았다. 이런 묘한 충만을 혼자 누리기 싫어 오래도록 가지고만 있었던 백자 큰 접시 서른 개를 꺼내어 깨끗이 거듭 손질했고 한지로 하나하나 곱게 포장했다. 포장된 그것은 두 개씩 세 개씩 새 임자를 만나 내 손을 성급히 떠나갔다. 그것은 나눔도 배품도 아니었다. 그저 들뜬 내 기분풀이. 곱게 얌전히 제자리 지킬 수 없어 무거운 접시를 내리고 씻고 닦고 싸서 이웃에게 배급한 유희에 불과하다.

망인의 이름표를 새긴 등 달기도 마찬가지다. 나를 위한 의지며 선택이었다. 그들이 어둠 속에 떨고 있지 않을 것이지만 나는 그들의 이름으로 등달기를 망설이지 않았던 것이다. 그것은 소중했던 인연을 도용한, 그들을 빙자한 내 위안이며 위선이다. 더 솔직히 말하자면 그들은 변형된 내 분신이었다. 덧붙이자면 대낮의 꿈 속 어둠 속의 나를 구원했던 등불에 심지 한껏 돋운 것이다. 그것은 단지 나를 위한 계략이며 적선이었던 것이다. 그랬으므로 난 또 숙연해진다. 난처하고 미안한 일이어서.

그로 인하여 며칠 내내 혼자 행복했으므로. 또한 그들의 앞서 떠나감조차 나에겐 허탈한 기쁨이었으니.

애써 좋은 음식 찾아 먹는다해서 그것이 명줄 늘리는 일은 결코 아니란 걸 바라보며 몸에 안 좋다는 음식만 입에 맞는 내 천박한 식성조차 한 줄기 오락이었으니. 이런 회오와 성찰 속에 또 하루가 저물고!

종지부

終止符

壬午年 첫날 첫 전화.

입적.

임종게臨終偈

我身本非有 心亦無所住 鐵牛含月走 石獅大哮吼.

나의 몸은 본래 없는 것 마음 또한 머물 바 없다 무쇠소는 달을 물고 달아나고 돌사자는 소리 높여 부르짖네.

스님 그리고 가셨다 한다.

종지부, 마침표, 空으로 無로 환원되는 죽음이란 경계선 연습이 있을 수 없는 존재의 불가피한 귀결. 生의 데드라인 을 본다. 보고 듣고 느끼는 것 중에서 가장 큰 외로움이다. 홀로 가는 그 同伴이란 아름다운 결속이 있기는 하나 그것은 자신이 마지막으로 이 세상에 끼칠 수 있는 가장 악랄한 복수에 불과하다. 동반 자살이 곧 그것이다. 우리는 이 세상 혐오해 마지않아 함께 떠나니 남은 자는 잘 먹고 잘 살아라 식의 저주인 것이다.

죽음은 오로지 홀로 간다. 당연히 홀로 가야 한다. 누굴 데리고 가서는 절대 안 된다. 남은 자는 좌우지간 살아가게 되어 있으니 남은 자를 지나치게 걱정말라. 모처럼의 외출이었는데 추위와 기다림으로 이제 지쳐있었다. 차를 타고 지나가는 사람들이 부러울 지경이다. 어디에서 막혔는지. 車는 보이지 않고 칼바람을 막기위해 동동걸음 치며 모자로 머플러로 마스크로 중무장을 한 사람들이 지나가고 이윽고 택시 한 대가 멎었다. 이미 한 사람이 타고 있다. 합승이다. 괜찮다. 다만 고마울 따름이다. 그리고 다시금 정체다. 끝없이 밀려있는 차량의 꼭지와 꼬랑지가 없다.

"저는,"

지루한 탓이었을까. 뒷좌석의 여인이 말문을 열었다.

"어제 남편을 묻었습니다."

나는 뒷좌석을 향해 귀를 열었다.

여인이 덧붙였다.

"내 몸 씻어 줘. 새 옷도 주고."

새벽이었다. 남편의 느닷없는 요구에 아내는 피곤한 몸 일으켜 큰 그릇에 물을 받았다. 수건을 담궈 짜서 남편의 몸을 구석구석 닦았다. 앙상하게 까맣게 그을은 간암 말기의 남편. 너무 아파 수면제 많이 먹고 내쳐 자다가 죽었으면 하던 남편. 술도 담배도 안 하던 남편이 간암에 걸린 이유 영 모른 체 생살 찢는 단말마적 신음 내뱉으며 죽음을 향해 이승의 날을 접고 있었다. 아내는 정성을 다해 곱게 닦았다.

"개운해요?"

"응. 아주."

사뭇 좋아 보이는 남편. 아내도 함께 좋아했다. 드디어 낫는구나. 종잡을 수 없는 게 암이라지. 죽는다는 사람은 살고 산다는 사람은 죽고 남편은 이제 사는 거다. 기적처럼 일어나는 거다. 아내는 남편의 수염도 깎아주고 크림을 발라주고 옷을 갈아입히고 손톱과 발톱도 정리하고 머리도 빗겨주며 남편의 기분 맞춰 주느라 마음 바빴다. 하지만 남편의 다음 말엔 미간을 안 좁힐 수 없었다.

"문 열어. 활짝! 대문도."

"아니, 이렇게 추운데요?"

"뭐가 추워, 어서 열어."

아내는 남편의 말에 따랐다. 먼저 두터운 스웨터를 남편의 어깨에 걸쳐주고 자신은 목도리로 목을 감싸고 방문과 대문을 활짝 열었다. 그동안 얼마나 답답했으면 그 측은한 지정으로 창문까지 열었다. 차가운 바람이 밀려오고 한 공간에 오래 묵은 환자의 냄새가 시원하게 빠져나가는 상쾌함도 나쁘지 않았다. 그때 남편이 말했다.

"왜 안 오나? 올 때가 됐는데."

"누가 오기로 했어요?"

아내는 건성 되물었다.

"응. 가마."

아내는 가슴이 철렁했다.

"가마라니요?"

그러나 남편, 더는 자상하지 않았다. 아내의 말에 대꾸도 하지 않고 한 음성 높여 역정을 내는 것이었다.

"왜 안 와! 올 때가 됐잖아!"

그리고 남편은 열려진 대문께에 눈을 박고 미동도 하지 않았다. 아내도 멍하니 그쪽만 주시했다. 가마가 온다니 섬뜩하기도 했다. 그리고 이윽고.

"아, 온다!"

남편의 그 환희에 넘친 목소리. 그 기쁨. 그 반가움. 남편의 마지막 목소리였다. 한동안 모두 말이 없었다. 그 침묵을 깨고 여인이 다시금 말을 이었다.

"남편은 그렇게 목욕하고 새옷 입고 가마타고 좋은 곳에 갔습니다."

"아프기 전 뭘 하시던 분이었나요?"

내가 뒷좌석으로 고개를 돌리며 물었다.

"회사에 다니고 있었는데 도무지 융통성이 없었어요. 놀러도 안 가고. 용돈도 안 쓰고, 적은 월급 가지고 살면서 다른 사업은 궁리도 안 했어요. 나는 남편이 벌어다 주는 돈 적으면 적은 대로 쓰며 마음은 편하게 살았지요. 그러다 병이 났지요. 그래도 가마 기다릴 동안 나한테 한 마디 쯤 했으면 지금 덜 섭섭할 텐데."

그랬겠다. 가마 기다릴 동안 아내에게

"그 동안 고마웠어. 먼저 가서 미안해."

했더라면 아내는 지금 그의 작별인사조차 행복으로 기억될 것이나 홀로 가기 바쁜 남편은 제 타고갈 가마만 챙겼다. 나는 추운 날씨와 차량의 정체가 고마웠다. 흔하지 않은 임종을 전해 들었으므로. 그 이유로 운전수가 거슬러 주는 잔돈 즐겁게 거절했다. 그리고 연지의 얘기도 떠올렸다. 연지의 오기에 불을 지른 사람은 남편 준우였다.

"앞집은 근사하다. 불야성이네."

앞집은 칙칙한 커텐 걷어내고 옅은 하늘색 버티칼과 블라인드로 창문을 장식했다. 연지가 보기에도 산뜻했고 불 밝히면 윤기를 더해 불야성이라 할 만했다.

"앞집 안주인 감각 있어. 보통 여자들 하곤 다르다니까!"

연지의 마음에 생채기를 내며 앞집 안주인을 드높이며 연지를 비롯한 뭇 아내들을 여과 없이 평가절하 시키는 남편의 면전에 연지가 쏘아 붙였다.

"그 집에 가 살구려."

연지의 뒤틀린 언사에 준우는 재미있게 웃었다. 허나 연지 짐짓 불쾌했다. 준우도 기억하고 있을 것이다. 두 달 전에는 그 집 창가에 피워 올린 나팔꽃을 본 준우 입술에 침 발라가며 칭찬을 아끼지 않았다.

"대단한 솜씨다. 너무 멋지다. 어때 당신도 한 번 쯤 나팔꽃을 피워보지 그래, 하긴 저런 일을 아무나 하나."

준우, 연지의 마음을 긁어주려는 저의 전혀 없었다. 준우 언어생활의 예사체일 따름이다. 그랬으나 연지 매번 마음이 상했다. 다음날 연지는 홈 아트 샵에 전화를 걸었다. 5년 동안 사계절 전천후로 걸려있던 녹색커튼을 과감히 걷어내고 최신 로만 쉐이드로 교체했다. 바꾸어 놓고 보니 보기에 좋았고 느낌도 좋았다. 준우와 딸은 만세 삼창이었다. 그랬으나 그 기분 오래가지 않았다. 앞 집 베란다에 매달리는 노란 메주. 하얀 눈빛처럼 시린 이불호청, 그리고 크리스마스트리와 붉은 제라늄이 그리고 된장 고추장이 가득가득 들어 있을 갈색 오지독 오형제가 알뜰한 살림 솜씨 부족한 연지의 비위를 거슬리게 하는 것이다. 그런 어느 날 앞집에 조등이 걸렸다. 그리고 보험 설계사로부터 가슴 아픈 이야기를 들었고 연지는 얼마간 밥맛을 잃었다. 오래 전부터 앞집 여인은 죽음에 이르는 암과 살았단다. 병 자랑 아무에게도 하지 않았단다. 아무 곳에도 가지 않았단다. 남편과 두 딸이 있는 보금자리만 맴돌며 암 안고 살았단다. 이불호청 뜯어 씻고 풀 먹여 널고 한 땀 한 땀 시쳐내면서. 철마다 꽃피워 올리며 사랑하는 가족에게 먹일 음식 작고 여윈 손으로 일일이 삶고, 빨고, 절이고, 담구어 내면서. 마지막까지 가족과 함께 호흡하다 고요 속으로.

적정의 그 본래 자리로 찾아가는 죽음.

예외 없음.

이승의 아름다운 모든 것 두고 가기 싫어도 가야하는 그곳.

그곳의 문을 여는 그 순간, 이승에서의 마침표, 여인의 남편이나 앞집 여인의 준비된 종지부는 사뭇 경이롭고 경건하다. 그리고 어느 날 문득 우리 모두가 맞이하는 그 시간.

그대 섰던 그 자리 꽃이 놓이고, 바람이 지나가고. 다시금 동이 트고.

그대 원래 없었고 이제 다시없을 따름이니.

짧든 길든 한 생의 종지부 준비된 죽음, 그 순간 짐짓 고요히고 단정하길.

幻의 늪

幻의 늪

　하늘과 맞 닿은 높은 산 봉우리. 그 산 봉우리를 감도는 영기어린 서기. 그리고 산자락부터 산봉우리까지 한 길로 이어진 좁은 사다리 같은 하얀 돌계단, 그 계단을 한 두 사람 꼭대기를 향해 앞서거니 뒷서거니 힘겹게 오르고 있고, 나는 돌계단을 가로 지르는 산 중턱 산 허리에서 편안히 거닐며 산 봉우리 바라보며 말한다.

　"피곤해, 저 꼭대기 까지는 벅차. 다음에 올라 가자."

　서두의 꿈은 새 천년이 시작되는 새벽의 꿈이다.

　나는 지난 해 퍽 편했다.

　'돈이 되는 원고' 든 '회원 자격으로 쓰는 돈 안 되는 원고'든 간에 이리저리 글 써서 부치는 일이 갑자기 시시하고 귀찮고 부질없어 '오늘은 피곤해, 저 꼭대기까지는 벅차. 다음에 올라가자'하는 꿈속의 혼잣말처럼 '내가 가장 스스로 폼잡는 일'인 '글쓰기'를 미련없이 제끼고, 빼고, 쉬며 놀았던 것이다.

胎夢.

'華'와 '有' 두 아들을 두기 전 나는 소쿠리를 들고 날마다 남새 밭에 나가서 빈 손으로 돌아 오는 일 없었다. 어느 날은 가시가 성성하고 팔 뚝만큼 길고 푸르고 살찐 오이 다섯 개를 따 왔다. 다음 날은 푸르다못해 검은 색이 감도는 럭비공만큼 큰 풋고추 다섯 개를 툭툭 따 왔다. 고구마 밭에서는 건강한 남자의 장딴지 같은 '마 고구마' 다섯 뿌리를 캐내어 무 겁게 들고 왔다. 집의 큰 방 창틀 위에서는 큰 돼지 다섯 마리가 나란히 직립하여 붉은 생식기를 일제히 쳐들고 오줌을 누는데 그 소리 요란한 폭포수 같아 그 참에 잠이 깨기도 했다. 그리고 또 눈부시게 흰 백마 다 섯 마리를 앞세우고 역마차를 몰기도 했으며. 새까만 물개 다섯 마리와 백두산 천지에서 멱을 감기도했던 것이다.

역술인 정도사는 나를 본 적 없다. 날 본 적 없으니, 가족 상황, 내 業 을 짐작할 리 없다. 그러나 그는 나를 보자 대뜸 말했다.

"아들 다섯 두겠고."

꿈이 절로 생각났다.

옛날식으로 생산하면 다섯 개의 열매와 동물의 숫자대로?

그는 덧붙였다.

"사는 일이 힘들더라도 그냥 사세요. 다른 일은 할 생각도 마세요. 해 도 안 됩니다."

나는 그때 도헌을 열어 질그릇을 취급하며 茶道및 經典 강좌를 열고있 으면서도 내 안의 반란 이게 뭔가 하는 의정에 몸살을 앓고 있었다. 그가 말하는 그냥 살아라는 말은 도헌도 집어 치우고 글쓰기를 권유하는것 이 었다. 그게 내 삶과 영혼을 가장 평화롭게 만들어준다는 것이었다. 무엇을 보고 무엇을 읽었는 지를 정도사에게 묻지 않았지만 영적 혜안을 가진 사람이 있긴 있구나하고 생각했던 것인데, 나는 정말이지 물건을 사고 팔고 돈을 계산하는 일들이 끔찍이도 싫었던 것이다.

동화창작童話創作.

내 일상의 작은 편린이나 적잖은 기쁨이고 즐거움이다.

하늘 가운데 다리를 놓았다. 구름은 바로 다리 옆에 있다. 나는 참 열심히 길고 긴 다리를 만들었다. 꿈에서 깨어나도 푸른 창공과 길다란 다리, 그리고 솜덩어리 같은 하얀 구름은 현실인양 기억된다. 그 꿈은 띄엄띄엄 세 번 쯤 되풀이 되었다. 큰 간격을 두고 두 지방 방송국에서 文藝作品을 현상공모. 두 곳에 童話를 응모했을 때의 꿈이다. 결과는 두 곳 다 당선. 어머니께 용돈을 쥐어 드릴 수 있었다. 그때 어머니 말씀하셨다.

'이 세상에서 제일 깨끗한 돈, 天主님께 바칠 연봇돈으로.'

그 말씀 듣기 좋아 나는 原稿料가 發生하면 어머니께 갖다 드리길 주저하지 않았다. 詩나 小說은 가깝게 다가서지 않았다. 써 보려고 마음도 먹지 않았다. 시집이나 소설책을 서점에서 산적도 없다. 호감을 가져본 詩人은 김수영에 불과하다. 1921년에 태어나 1968년에 교통사고로 타계한 그의 詩 '도취의 피안'을 그림을 보듯 오래 들여다 보기도 했다. 아직도 중간중간 기억되는 金洙暎의 詩.

<사람이야말할수없이애처로운것이지만내가부끄러운것은사람보다도저 날짐승이라할까하루에한번씩찾아오는수치와고민의순간을너에게보이거나 들키거나하기가싫어서가아니고나야늙어가는몸위에하잘것없이앉아있으면 그만이고너는날아가면그만이지만잠시라도나는취하는것이싫다는말이다짐 승이여짐승이여날짐승이여도취의피안에서날아온무수한날짐승이여>

현재 교단에서 국어를 가르치면서 詩를 쓰고 詩集 3권을 상재한 朴선생이 學生이었을 때, 그는 김수영의 시집, '달의 行路를 밟을지라도'를 읽어보라며 내게 건냈다.

지난 달 10월 중순의 새벽녘이다. 박선생은 책가방 속에서 김수영의 시집을 꺼내준다. 나는 담담히 시집을 받아 속글을 살피며 시인들은 죄 不幸해 하는 마음이다. 그러다 꿈에서 깼다. 그날 오후 목소리도 알아채지 못하며 선생의 전화를 받았다. 5년 전인가 역시 詩를 쓰는 그의 아내와 함께 있던 어느 모임에서 슬쩍 스쳐지나간 뒤의 전화였다. 출판기념회를 한다는 것. 재미있는 것은 김수영의 시집이다. 그 시집을 받은 날은 무려 이십 삼년 전의 가을이다. 그리고 긴긴 세월이 지나 꿈으로 재현되었으며 그날 김수영처럼 암울한 이미지를 지닌 그의 음성을 들은 것이다.

冊을 직접 사서 보는 경우는 거의 없다. 마음 내어 집을 나서서 내가 직접 서점에서 산 책은 '꾀보따리 여우' ' 어린 왕자' '갈매기의 꿈' '탄트라 비전' '숫타니파아타' 정도다. 서가에 꽂혀있는 대하소설 '혼불 10권' '태백산맥 10권'과 '이문열전집 5권'은 山水畵를 그리시다 이제는 눈에 백태가 끼어 문방사우와 결별한 白川 선생이 길 가다가 안겨준 것.

'책방에 잠시'

나는 선생이 화장실을 빌리러 가시는 줄 알았는데. 불시에 나에게 안겨준 冊보따리. 그 전, 白川 선생과 언성을 높였다. 동호인과 書畵展을 가졌는데 초대에 응하지 않은 날 괘씸하다 벼른 모양이었다.

"사람은 인격을 제대로 갖춰야 사회생활도 원만하고.

더 들을 것도 없이 섭섭한 마음끝에 날 겨눈 화살이었다.

그 괘씸죄적 논조가 한 풀 꺾일 때까지 공손히 경청.

처세라는 것은 인격과 인격의 만남이라, 피차 情이 교류되고 확인되면 상호 밀어주고 당겨주고.

하는 진부한 처세론엔 내 하찮은 자제력 상실.

"처세? 돈거래지요. 돈이 인격이지요. 돈이 상전이며 돈이 양반이지요, 제 말이 아니라 동서고금의 잠언 아닌가요. 저는 비인격자라 선생님 말씀 사바중생의 모리배 찬양으로 들립니다."

당연히 언짢게 헤어졌다.

후, 뭐하시는가? 아침마다 주시던 안부전화 일체 두절이었다.

일주일 뒤의 새벽, 선생과 겸상하여 해운대 달맞이 고개의 음식점에서 식사를 하다가 잠이 깨었는데, 책이라도 나오면 筆者인 나 보다 더 좋아하시던 선생께 너무 불손했다는 생각도 잠시, 바쁜 아침 시간에 그 꿈은 뇌리에서 사라졌다.

그리고 그날, 남천동 쪽으로 정해진 일정에 따라 주행 중인데 버스 정류소에 선생이 서 계시는 것이다. 나는 그대로 지나가려고 가속패달에 지그시 힘을 주는데 선생은 이미 차를 발견하고 수신호를 보내는 것이다.

"오만도도차에 타니 덜덜 떨려."

선생의 농담이 즐겁고. 일주일 전의 舌戰에 따른 冷戰도 절로 종식되었으며 밥은 이미 먹었다는 내 말을 묵살하고 점심을 사 주셨는데 꿈 속 달맞이 고개는 아니고, 내 목적지 앞, 광안리 해변의 음식점이었다. 그리고 위의 책보따리를 과분하게 안겨주신 것이다.

자신의 이권에 관해선 칼날같은 분. 그러하시나 나에게는 선생의 표현대로 '책을 썼다' 라는 이유 하나만으로 관대하셨고, 나는 그게 민망하고 미안해서 경재 선생님의 손을 빌어 李太白의 글귀 笑而不答心自閑<빙그

레 웃고 대답을 않으니 내 마음 스스로 한가할 뿐>을 전서체로 휘필해 드렸더니 매우 좋아하셨다.

경재 선생님 돌아가셨지만, 어머니 가신 지 얼마되지 않아 못 가 뵈었다. 선생님의 49재가 선생님의 댁과 대성암, 계명암, 관음포교당, 성전암, 은하사, 범어사 설법전 등지에서 고루 나뉘어 올려진 것은 선생님 생시에 많은 사람들로부터 고루 흠앙받았음이다. 영광 갤러리에서 있었던 고담 선생의 '쪽' 전시회에서 뵈었던 게 마지막 모습.

간 밤 선생님을 뵈었다.

'나, 힘 좀 나게 밥 좀 먹여 주시오' 하시며 내미는 것은 숟가락 하나와 밥이 아주 조금 담긴 스텐 공기. 내가 그것을 받아 선생님을 도우려는데 선생님 갑자기 통증이 온다며 화장실에 들어 가시고는 감감. 어젯밤 잠들기 전, 선생님이 두고 가신 삼국유사를 잃다 잠이 든 탓인지.

선생님의 휘호, 성지곡 수원지, 용두산 공원 등 각처에 향기롭다. 내가 지닌 것만 해도 병풍이며 족자. 전지에 쓴 선서 및 헹서체의 반야심경. 이젠 '불꺼진 창' 선생님의 노래도 기억 속에서만.

송구영신의 조촐한 의식을 위하여 우리 가족은 바다가 한 눈에 들어오는 해운대에 있었다. 호텔측은 제야의 종소리에 맞추어 촛불행진이며 칵테일 파티, 댄스 패스티발 등등의 프로그램으로 숙박인들의 유희를 종용하고 있었지만, 나는 온 몸을 감아 도는 졸음을 이기지 못하고 의자에 기댄 채 설핏 잠이 들었다. 그리고 뿌리 부분에서 무참하게 무너지는 아름드리 큰나무. 소스라치며 깬 잠. 냉장고에서 꺼낸 차가운 물을 병째로 마시며 애써 마음을 달랬다.

'좋은 꿈이다. 나무는 뿌리를 떠나야 농짝도 되고 책상도 되며 걸상도

된다.'

이틀 후, 어머니가 돌아가셨다. 연세 높으시었고, 자식들의 봉양 흠뻑 받으시었고, 주무시다가 고요히 가셨으므로 애곡하며 몸부림칠 일은 아니었으나, 맛있는 음식 향기로운 꽃이 있으면 밤낮 경계없이 달려가던 애틋한 즐거움 하나 없어졌다.

어머니 그렇게 가셨으나 꿈결에 자주 나에게 오시었다. 맑은 물에 내 빨래 훌훌 행궈주시는 어머니. 내가 꺼졌다고 낙심하며 들여다 보는 아궁이에 연탄불 푸르게 지펴 놓으신 어머니. 화롯불에 숯불 발갛게 부채질 하시며 김장고추도 여기서 말리자 하시는 어머니.

꼭, 생시처럼 선연히.

그렇게 어머니 뵙고 나면 꼭 언니를 보네.

"기름 짜 놨는데." "결명자 볶아 놓았는데." "나물 무쳐 놓았는데, 잠시 들리지." 하는 전화 거의 어김없어. 피안의 어머니는 이 세상 큰딸의 손을 통해 주어도 주어도 끝없는 사랑 끊임없이 부어주시는구나.

그러하신 어머니, 이제 꿈에서조차 뵐 수 없다.

초가을 새벽의 꿈 큰오라버니의 품에 안겨 '진주 간다' 하시고는 영영.

7년 전의 꿈도 선연하다. 새벽닭 울기 전이다. 마리아 할머니가 소복으로 나타나서 누워계신 어머니를 두 손 잡고 일으키는 것이다. "7년 기다릴 것 없다, 지금 가자." 어머니는 일어났다. 그리고 마리아 할머니의 손에 이끌려 문지방을 넘는 것이다. 그때 어린 '華'가 할머니를 부르며 치마끈을 잡아 당겼다. 어머니는 돌아 섰고 '華'를 보듬어 안기 위해 마리아 할머니의 손을 털어냈다. 그 꿈 후 어머니는 7년 더 우리 곁에 계시다 미수의 나이로 떠나신 것이다.

태어날 적부터 전신장애를 가진 아들이 청년이 되었을 때 방안에 연탄 화덕을 들여 놓고 아들과 함께 이승의 恨을 서둘러 청산한 마리아 할머니. 독실한 카톨릭 신자였고, 동갑이라서 '갑장'이라 호칭하며 지금 진주 선영에 계신 어머니와 퍽 가깝게 지냈었다.

夢.

나의 꿈은 현실과 크게 다르지 않지만 나는 꿈의 좋고 나쁨에 따라 행동해 본 적은 없다. 지극히 나쁜 일진을 예시한 꿈이라도 그것이 내가 맞이하고 거두어야하는 '운명적 불운'이라면 애써 몸 사리며 피해갈 생각은 없다는 것이다, 그리고 발목 잡힐만한 섬찟한 꿈 몇 번 만났으되 다행히 실제 흉한 일은 일어나지 않았다. 어머니의 타계로 연결된 거목의 절단은 분명 악몽이지만 生者必滅, 會者定離의 有爲法에서 냉엄이 말해 순리적 마침표이지 악재가 아니다.

생의 종착역 죽음의 형태는 옳지, 저것! 하며 선택하고 싶은 것은 하나도 없는 것. 가지가지 병으로 새까맣게 말라 죽거나, 불난리, 물난리로 비명횡사하며, 차바퀴 밑에서나, 일터에서도 어처구니없는 죽음을 맞이하는 것이다. 그러한 비참한 죽음의 유형 가운데 어머니가 맞이하신 죽음은, 죽음 중에 가장 편안하고 고운 것이었으니 돈으로 살 수 있다면 사서라도 권해드리고 싶은 生의 終止符 아니겠는가.

童話를 쓰면서 풀잎에게, 구름에게 무시로 말을 걸어서인가. 나는 꿈속에서 현란한 날개 가진 큰새였으며, 다리 길쭉한 사슴이기도 했다. 또 어느 때는 치렁치렁 비단을 휘감은 왕비였다가, 정자에서 위의를 갖춘 도령의 사랑을 받는 낭자이기도 했고, 자주색 가사를 수한 외로운 중이기도 했다. 수로요 차밭에서 세작을 채다하여 귀가한 날 밤에는 법명 뚜렷이

밝히며 들어서는 키 훤출한 스님을 뵈었다. "수좌, 백겁이외다." 心卽是
佛. 굵은 전서체로 손수 일필휘지한 글씨 한 점이 왔었고, 스님이 모처에
사용하고 싶으시다는 동화책 '장미스님' 100권을 그 말씀을 나에게 전한
보리심의 車에 실어 보냈다. 후, 보리심은 나에게 자주 同行을 권유했다.
지리산 골짜기로 가자는 것이다. 못 갔다. 그리고 꿈, 수좌, 백겁이외다.
나도 오체투지로 영접했다. 이튿날, 보리심은 회사가 쉬는 휴일이 아닌데
도 집에 왔다. 월차를 냈다고 했다. 茶를 마시며 슬쩍 간 밤 꿈에 뵌 스님
의 모습을 애기했더니 말투조차 틀림없다는 것이다. 보리심은 재차 권한
다. 오늘은 車가 막히지도 않는 평일이니 지리산 禪房으로 한 번 움직여
보자는 것. 응하지 못했다. 보리심은 아마 오해했으리라 자신과 '함께 다
니는 걸 꺼리는구나' 그렇잖았으면 보리심과의 인연 지금도 극진할텐데
그녀는 소식도 없다. 그녀는 아주 예외적으로 순전히 글만 읽고 독자의
입장에서 여러 곳에 길을 물어 나에게 닿았다. 실핏줄이 비치던 투명한
피부를 가졌던 그녀, 2년 정도 나에게 꽤 고마운 사람이었지만 내 생활이
그녀의 여유를 따라가지 못했고, 그리하여 점차 멀어졌다. 꿈. 범부중생
분별심 미치지 않는 신비롭고 불가사의한 無意識界. 어둠에서 빛으로. 고
치 속 번데기가 黑暗의 껍질을 깨고 허공으로 치솟는 自由. 깨어나면, 공.
無相. 우리의 삶도 한 마당의 꿈. 일흔 안팎의 一生도 영겁에 견주면 찰
나. 아상과 번뇌도 곧 소멸될 幻. 金剛經은 우리가 보는 물질 空한 줄 알
면 여래를 본다 했다. 묘유, 眞空妙有. 슬프도록 아름다운 無爲法. 나는
오늘도 꿈 속에서 꿈을 꾸고.

타력

"비파사나를 해 보세요."

달마像을 지닌 스님이 말씀하신다.

他力이 있어야 제대로 된 글을 쓸 수 있을 거란 것이다.

"큰일 날 소리. 그것 잘 못하면 싸이코됩니다. 생각도 마세요."

대승기신론을 역해한 金 선생님의 담론이자 반론.

타력. 그것은 남의 힘, 의지 밖의 힘, 아미타불의 불가사의한 원력이기도 한데 그 원력을 바탕으로 성불에 이르기도 하는.

소설쓰는 金 氏는 새벽산 속 기도 석 달 끝에 자신도 알 수 없는 힘으로 90매 짜리 단편을 일순에 써 내려간 경험을 진지하게 이야기했다.

存在.

'나' 라는 작은 生命

생성과 소멸. 내가 원하지 않았건만 나는 이 땅에 왔고, 내가 원하지 않아도 사망은 도래하는 것. 이 자리에 내 의지는 없다. 그저 느닷없이 생겨

60

서 당하고 있다는 생각도 때때로.

이런 절망과 아울러 우물 안 개구리처럼 세상 풍경 모르고 살며, 無에서 생긴 내가 無로 돌아가기 위해 이렇듯 쉬엄쉬엄 늙어가고 있는데.

나야, 맑은 茶 한 잔만 있어도 넉넉하고 긴 길 걸어가는 고난도 달콤하며 좋고 나쁨에 대한 갈등도 없이 물욕으로부터 자유로워 그런 문제로 끄달린 적도 없건만.

그럼에도 불구하고 나는 내 앞의 고마운 인연에게 악폐를 끼치는 빚쟁이가 되는 일이 빈번했다.

내 의지 밖의 일이다.

돈의 문제가 내 뒷통수를 치고, 내 발목을 잡고, 내 간을 아프게 하는 것이다.

그리고 그 의지 밖의 낭패와 봉변을 극복하도록 나를 응원하는 내 의지 밖의 또 다른 힘을 본다. 타력이다. 불보살의 가피가 아니고 인연복이다.

그 힘은 다만 경이롭다. 그 힘은 내 앞에 닥친 문제로 말미암아 나 자신 무참히 구차해지거나 비굴해지거나 이런 저런 설명과 변명의 여지가 없도록 내 앞의 문제를 가지런히 정리해 주기도 했던 것인데. 마음에 새기고 하나씩하나씩 갚아나가는 중이다.

점집순례를 취미생활처럼 즐기는 경자와 컴퓨터 앞에 나란히 앉아 사이버 토정비결을 빼냈다.

별반 주시할 것은 도무지 없는데 딱 하나 눈 가는 구절이 있었다.

'貴人이 곁에 있어 그대를 돕는구나'

귀인은 무엇인가? 글자 그대로 귀한 사람이다.

조선 시대엔 문무관 내명부 열여덟 등급에서 위로부터 두 번째 승품에 오른 여자를 귀인이라 했었지, 왕의 첩들 말이다.

내가 생각하는 귀인은 오랜 세월 如如히 바위같이 바다같이 한 자리에 원래의 색깔 그대로 지키고 선 헛되고 삿된 말 함부로 내뱉지 않고 보이는 대상과 물질에 따라 낮과 밤이 다르지 아니하고, 어제와 오늘이 다르지 아니하고, 행위가 가볍지 아니하며, 섣불리 노하지 아니하며, 처음부터 끝까지 한 입, 한 마음, 한 줄기로 흐르는 푸른 대나무 같은 사람이 바로 존귀한 사람이겠거니 싶은데.

그러한 사람이 언제나 내 곁에 있다니 얼마나 다행인가

사방에 귀인이 계시어

천지 사방에 풍년의 꽹과리가 울려 퍼지네.

꾀고리가 버들가지에 앉았으니 아름다움 넘치고

열매가 익어가는 가을 낮 햇살이 찬란하며 과일이 주렁주렁

하늘이 쇠밧줄을 내려주고,

머리에 어사화를 썼구나.

어느 싯구가 날 이처럼 그윽히 매료시킬 것인가.

내 생년월일과 내 이름이 빚어낸 뜻밖의 보너스로구나.

이거 혹시 정보입력의 오류가 아닌가 싶을 정도의 희소식.

반면, 경제적 자유를 누리며 늘 행복하게 살아가는 경자의 사주풀이는 영 아니다.

홀로 선다, 외롭다. 바람 앞의 등불이다. 망망대해의 조각배 하나 떠 있다. 인연이 희박하다.

경자를 아연하게 했다.

이게 나야? 뭐 이런 게 다 있어?

웃을 일이지.

그녀가 과거나 현재에 어떤 어려움이 있었다면 사뭇 황당한 문구와 억지 줄긋기라도 했을 텐데 그녀는 좋은 환경, 원만한 가족, 좋은 조건에서 정말 무사무탈 잘 먹고 잘 사는데 말이지.

우린 정말 즐겁게 웃었다.

그리고 나는 내심 '사방에 귀인이 계시어 풍년의 꽹과리'란 구절이 사무치게 와 닿았던 것인 데.

지난해 여름 어줍잖은 글을 썼고 집필비 육백만 원을 받았다.

주신 분은 나와 아무런 연고도 없다. 전화가 왔고, 나를 확인하고자 멀리서 오셨고, 나는 그 분이 원하는 글을 쓰겠다고 했으며 원고를 드리자마자 집필비를 주시며 하신 말씀.

"다, 因緣이외다."

인연은 거부할 수 없는 이미 예정된 일의 현재진행형일 터.

나는 그분의 인연설에 공감했다.

육백만 원. 나는 그 한도액으로 몇몇 사람에게 도움을 주었다

살아 가며 이해타산없이, 어떤 반대급부없이 그냥 돈 선물을 주고 싶은 사람이 있는 것이고, 나는 내가 하고싶은 대로 내 마음 변하기전 실행에 옮긴 것이고 육백만원이란 한도액 만큼의 여유를 부리도록 도와주신 그분은 분명 풍년의 꽹과리를 내 손에 쥐어주신 분이다.

그리고 십년 세월 하루같이 팩스를 통해 오늘도 좋은 일 만나라고 축원해 주시며 일주일에 한번 씩 손수 그린 수묵화를 우편으로 보내주시던 신발수출을 가업으로 이어가는 분이 계시었는 데 내가 모회사 사보에 쓴

글의 독후감을 엽서에 써서 부쳐주신 분이다.

어느 날 그분의 전화. 오늘 딸에게 차를 선물하는 데요 내친김에 하나 더 살까요? 하는 것이다.

나는 처음 茶를 얘기하는 줄 알고 집에 묵은 茶. 햇 茶 다 있으니 차는 필요없다고 말했었다.

그러나 그게 아니었다. 자동차를 말함이었다.

나는 일언지하에 거절했다.

내 차가 있는 데 달리 무슨 차를.

나는 매사에 내 방식대로 오해하며 착각도 잘 하나 내 자신에 대한 주제파악은 제대로 하고 사는 지라 과분한 호의에 거부권행사를 하는 일은 어려운 일도 아니었으니 그 분이 나에게 주고자한 꽹과리는 진심으로 주고자하는 마음은 이미 행한 바와 같으니 크나큰 선물 받은 거와 같다는 말로 정리하고 그분께 감사했었다.

한가로운 오후

경자와 함께 뽑아본 사이버 사주풀이는 웃음거리로 충분했고

세상만사 일체유심조.

원하지 않아도 내 앞에 놓여지는 이런 저런 문제도 내 마음먹기 따라 문제는 문제로만 존재하지 않을 것이고.

오늘이란 선물. 내가 이 날의 주인.

아름다운 날 눈부신 순간

내 안에 일렁이는 푸른 물결

뭐하니?

집으로 들어오는 어귀에 공중전화 부스가 있다.

부스의 발신자가 던지는 말.

내가 들은 바, 거의 한소리로 시작된다.

"뭐하나?"

수신자는 아마도 전화를 받고 있다고 하든지, 바쁘다든지, 그냥 있다고 말할 것이다. 그런 류의 통화는 남녀노소 따로 없이, 춘하추동 관계없이, 밤낮 경계없이 되풀이 중이다. 그야말로 별볼일없는 전화를 무시로 걸어대고 있는 것이다.

비단 공중전화 뿐만 아니다. 집전화 손전화의 경우도 특별한 경우를 빼고는 대개 그렇게 사용되고 있다. 그리고 그것은 분명히 여유있다는 것이며, 안녕하다는 것이며, 건강하다는 일상적인 메시지일 것이며 그 확인일 것인 데.

그렇다.

별일없는 나날이 평화와 지복의 나날이다.

우리 집에서 주고 받는 전화도 예외아니다. 대개 일상적인 안부를 묻고 대꾸할 뿐이다. 이렇듯 단조로운 통화처럼 우리의 생활도 그러할까. 절대 아니다. 생활은 말처럼 단순하지 않다.

골목을 나서는데 영구차가 보였다. 자주 이용했던 가게의 남자가 죽은 것이다. 작은 오토바이에 무나 배추를 싣고 나르며 늘 부지런했던 이승의 삶을 접은 것이다. 내가 집으로 돌아올 때 영구차는 보이지 않았지만 남자의 오토바이는 전봇대 밑에 그냥 서 있다. 이제 저 오토바이의 주인은 누가될 것인가. 남자의 짧은 일생을 그림 하나로 표현하면 오토바이 꽁무니에 배추와 무를 싣고 달리는 모습으로 정지되어 있을 것이다. 남자는 마냥 그러다 삶을 마쳤다.

남자만 그런 게 아니다. 골목 귀퉁이에서 콩나물을 팔던 할머니도 콩나물통을 옮기다 저 세상으로 갔다. 할머니는 젊었을 적에도 콩나물을 팔았다고 사람들은 말했다. 내가 할머니의 콩나물을 먹기 시작할 때가 이십년 전이었으니 사람들의 말이 사실일 것이다. 머리에 서리가 앉고, 주름이 굵어지며 넓게 퍼지는 무거운 몸으로 종내 정리되지 못했던 할머니의 콩나물통. 그리고 비오는 날, 곗돈을 떼였다며 안절부절 못하면서도 빛바랜 낡은 파라솔 아래서 이슥한 밤까지 콩나물통과 함께했던 고달픔 그대로 껴안고 홀연 이 세상을 떠난 것이다.

옷보따리를 머리에 이고 집집을 돌던 덕이 어머니와, 가출한 아내를 기다리며 국수를 말아 팔던 연식이 아버지도 끝끝내 그러다 세상을 떴다.

그 사람들 모두 내 인생 이야기 풀어내면 소설책 한 수레라 했었다.

나는 참 알 수 없다며 자주 고개를 갸웃거렸다. 그들은 남들보다 앞서 일찍 일어났고 아주 늦게 잠드는 근면 성실한 사람들이었지만 그들은 제 앞의 삶을 조금도 향상시키지 못하고 어수선한 시장통에서. 좁은 가게에서 서성이다 그냥 속절없이 떠나버린 것인데 먹이고 입히고 교육시켜야할 자식이 남달리 많거나, 약값이 푹푹 들어가는 환자가 있는 것도 아닌데도 말이지. 열심히 일한 만큼 이익이 있을 것이고 이익은 일부분 저축이 되었을 것이며 저축은 가게를 넓히거나 사는 집을 쾌적하게 변화시키는데 적절히 사용해야되는게 아닌가 싶은 내 생각. 그래야만 최소한 길거리에서 코가 맵도록 먹어왔던 먼지를 덜 먹을 것이며 겨울 한기를 막으려고 겹겹쓴 무거운 털모자, 털목도리, 누비외투에서 늙어가는 육신을 보다 따스한 공간에서 쉬게할 수 있을 것이기에. 내 생각은 생각으로만 그쳤다. 그들은 낮은 천정, 비좁은 셋방을 벗어나지 못했고. 늘 보아왔던 그들의 사유재산인 낡고 작은 오토바이나, 무거운 콩나물통이나 옷보따리나 연탄 화덕. 그리고 손수레를 생의 종지부까지 착실하게 끌고 갔던 것이어서.

덕이는 어머니의 장례를 치른 후, 우리집에 왔다. 혹 어머니가 돈을 맡긴 게 없느냐며 그는 물었다. 그 물음에 희망이 될 돈이 있었다면 그는 헛걸음을 면했겠지만 그는 낙심하며 돌아갔다. 덕이 어머니는 글자와 숫자를 읽어내지 못했으므로 돈이 좀 생기면 은행이 아닌, 사람에게 맡겨서, 사람은 그 돈을 되돌려 주지 않아 화가난다는 말은 종종 했었다.

그때도 생각했다. 산다는 것은 밑빠진 독에 물붓는 것인 지. 슬픈 각시는 어딜가나 슬픈 각시인 지. 팔자 도망 안 간다는 속설 또한 불변의 진리인 지. 빌려주고 못 받는 것도 자업자득, 자작자수인 터라.

다른 아이들 대학에 진학할 때 원양어선에 작고 여윈 육신 올리고 돈 벌려 떠났던 덕이. 고기를 건져 올리는 북쪽 바다가 너무 추워 동상에 걸린 발가락 두 개나 절단나서 배에서 내렸다는 덕이. 덕이 어머니는 그렇 듯 오래도록 무거운 옷보따리 이고 다니며 번 돈, 근덕이의 발가락과 바꾼 처절한 돈을 외아들 덕이 안 주고 누굴 주고 떠났을까.

답답한 일이었다. 그리고 허무적 긍정.

얻었다한들 본래 있던 것.

잃었다한들 본래 없던 것.

추석.

부전 시장에서 유쾌한 풍경을 만났다. 무거운 시장바구니를 바닥에 내리며 안경 아주머니가 분통터진다는 듯 푸념을 했다. "밑 동서는 돈 몇 푼 던져놓고 가 버리고 이 고생 나 혼자 다 한다." 그때 아주머니의 푸념을 맞받아치는 목소리가 뒤에서 들려왔다.

"괜찮다, 마! 편할 사람은 편해야 되고 고생할 사람은 고생해도 되는 거라."

목소리 한 번 시원하다 느낄 때 주변은 웃음바다였다. 난전에서 얼음덩어리 같은 생선을 풀어놓고 파는 년륜이 상당해 보이는 노파의 말과 그 동료들의 폭소에 푸념을 내뱉은 아주머니의 찌든 얼굴도 웃음으로 금세 밝아졌다. 노파는 오래 살아 만사 초월지에 이른 것인 지. 보살이 따로 없다는 일순의 희열. 서로 모르는 사람끼리의 툭 터진 대화는 한풀이 마당의 추임새처럼 아귀가 맞아 떨어져 내 양 손에 든 무거운 짐마져 가벼워지는 것이다. 가난과 고난도 저 정도의 낙관과 수용이면 이미 가난도 가난이 아니며 고난도 고난이 아닌 것. 그리고 혼자 푸실푸실 웃으며 집으로 오는데, 전화 부스 속에 어김없이 사람이 들어있다. 작업복을 입은 노동자다. 문이 없는 그곳으로부터 다이얼을 돌린 사람의 음성은 내 귓전에

68

고스란히 와 닿는다.

"고향에도 못 갈 것 같다. 돈이 안 잡혀."

쓸쓸한 목소리였다. 빛바랜 작업복 때문에 더 그렇게 들렸는 지 모른다.

음!

평소 오다가다 귓전에 스치던 무미건조한 통화, 한심스럽기조차했던 건조한 대화가 갑자기 쏴한 정겨움으로 되살아나는 것이다. 만일 내가 작업복 전화의 수신자라면 빚 진 사람처럼 쩔쩔 맬 것이다.

내가 편하면 편한만큼 미안해서.

한 켠은 그가 돈 빌려달라할까 싶어서.

돈없는 내가 돈없다 말하는 것 여간 고역이 아닌 거라서.

그러한 애닲은 문제에 요만큼의 도움도 못되는 내 못난 처지가 못내 부끄러워.

그리하여 그러한 내 사정 잘 알아 힘든 내색 전혀 안 하고 그저 방긋방긋 "지금 뭐하나?" 근황 물어주던 몇몇이 새삼 고마워지는게 아닌가. 그리하여 나는 갑자기 조급해졌다. 전화기 저쪽에서 싱겁다하건말건 이쪽에서 '뭐하나? 밥 먹었나? 하며 넌즈시 한가위 인사 먼저 챙기자는 마음으로 발걸음 총총 다급히 옮겨지는 것이다.

그리고.

송수화기를 들었고, 그녀의 무조건 보고살자는 유쾌한 음성을 들었고 나는, 택시를 잡았다.

산동네 쪽이라고 말했을 때, 택시 기사는 한숨울 폭 쉬는 것이다. 나는 요금의 두 배를 주겠다며 기사의 불만을 미리 삭히고자 했다. 돈이 문제가 아니고…… 기사는 언짢은 기색으로 띄엄띄엄 말했다.

"그쪽 사람들은 차 무서운 줄 모릅니다. 애, 어른이 없어요. 빵빵거려도 어디 비켜 줍니까. 배 째라는 식이죠. 그쪽 돌 적마다 열받습니다."

그런 지경이면 내가 차에서 내려 걸어가야 되겠다싶어 그대로 말했더니 기사는 또 말이 그렇지 택시 기사가 어딜 못 가겠느냐며 희미한 웃음까지 띄며 방향을 꺾었다.

우리가 사는 시내는 어딜가나 비좁다. 골목길, 시장터, 지하철, 버스안, 백화점, 약수터, 찻길 등등. 그러므로 왠만큼 비좁은 장소에는 대체로 익숙해져 있고, 영업용 기사는 더더욱 그럴진데, '창'이라고 빗대는 그 골목에 대한 비하는 그곳에 사는 사람들에 대한 멸시와 홀대인데 역시나 그 기사는 예사롭게 봐도 될, 그야말로 대수롭잖은 일에 벌컥벌컥 화를 내는 것이었다.

"야! 자전거, 빼! 제기랄. 여긴 온통 저런 인간들 뿐이니!"

그리고 무리지어 앉아있는 아낙들과, 멍하니 가는 사람 오는 사람 구경하는 노인들과, 웃통을 벗어 제끼고 벌건 모습으로 화투를 치고 있는 남정네들과, 위험한 차를 가까스로 피해 가며 위태롭게 놀고있는 아이들과 지나가는 강아지까지 골고루 나무란 뒤 이윽고 도착한 내 목적지에 잠시 정차하곤 씩씩대며 U턴을 했는데 가관이었다.

그 기사의 사나운 언사는 소위 '나는 이곳 무리들과는 엄청 다른 인종이라는 나름의 자존이 분명하겠는 데'

그래도 이 한여름 땡볕아래가 아닌 쉬원한 차 안에서 편히 산동네까지 올라 가는 것이 감지덕지해서 차비를 두 배로 받고도 심사가 뒤틀려 있었던 그 기사의 안전운행을 슬쩍 빌어 주었다.

소희의 집. 산동네 전형적인 낮은 스레트집. 좁고 낮은 방 두칸과 ,연탄을 사용하는 재래식 부엌, 들어 서니 열기가 후끈했다. 창이란 창, 문이란 문은 다 열어 제껴 두었어도 바람은 이곳만 피해 가는지 숨통이 콱 막히는 더위가 거기 있었다. 또한 막 갈아넣은 연탄탓인지 냄새까지 지독했는데 냉커피를 만드는 소희는 방글방글 웃으며 말하는 것이었다.

"시원하제? 우리집은 선풍기 없어도 된다. 하늘바람, 산바람,들바람 모두 내꺼다. 냄새부터 다르제?"

실제 소희는 땀 한방울 없었고, 더위에 익지 않은 맑고 밝은 모습이었으며 사뭇 자랑스럽기조차한 기꺼움이 보였다. 또한 방안에 둔 냉장고 옆에는 없어도 되는 선풍기가 어깨에 전선을 돌돌 감고 방치되어 있었다. 나는 그 물건을 성급히 당겨서 전원을 연결하고 강풍을 쐬었다. 강풍은 다소 시끄럽기는 했으나 그 공간에서 족히 견딜만한 바람은 넉넉히 공급했다. 강풍답게. 그 강풍으로 머리카락을 날리고 있으니 냉커피와 비스켓을 가져온 소희가 강풍을 미풍으로 바꾸며 걱정하는 것이었다.

선풍기 바람 몸에 하나도 안 좋다.

미풍. 전기세도 오르고.

하하

더는 바람 다툼을 할 수 없었다. 전기세가 오른다지 않는가.

그러는 사이 그 공간의 모든 상황에 곧 적응이 되었다. 조용히 감도는 미풍이 냄새와 더위를 싹 밀어냈으며 커피도 맛있었고, 오랜만에 만난 소희가 좋기만 했다.

가난한 소희. 선풍기의 바람값을 염두에 둘만큼 곤궁한 처지나 방 안을 둘러 보면 꼭 그렇지도 않다. 미닫이 문으로 칸을 지른 두 칸의 방은, 미닫이 문을 한쪽으로 밀면 큰 방 하나가 되었다. 그 방에 없는 게 없다. 냉장고, 털레비젼, 오디오, 전기밥솥, 그리고 괜찮아 보이는 그림 두 점과 예의 선풍기에다 소희의 풍요를 대변하는 책장과 붉은 돼지저금통 등등. 또 있다, 미백색 다기 일습이 수선화가 그려진 다포로 덮여서 한켠 얌전히 놓여 있다.

행복하구나. 우리 지금. 소희와 나.

우리는 피차 매도할 대상도 없고, 딱이 대화랍시고 나눌 소재도 없어서 시시하기 짝이 없는 소리를 주고받으며 실없이 웃네, 종아리를 뻗어 벽에 기대기도 하면서 한 번씩 엉뚱한 말이나 내뱉으며 차나 축내네.

소희는 독신자이며 꽃꽂이 사범이다.

불경기가 겹치지 않았던 몇 년 전에는 초등학교 교사들의 꽃꽂이 팀이 일주일 내내 연결되어 있어서 수입이 괜찮았는데 지금은 은행 두어 곳에 꽃을 꽂고 교회 행사를 돕는 게 고작이므로 내핍생활을 하지않을 수 없는 처지가 되었다. 낡은 차는 무겁고 부피큰 각종 꽃다발을 안고 다니는 그녀에게 없어서는 안 될 발이다. 그 차를 이용해서 종횡무진 누비고 다닌다. 교회, 은행, 절. 엄마집 등등. 오라는데 없어도 갈 곳은 너무 많은 그녀다. 거마비를 적당히 받고 꽃꽂이를 해주고 나면 약간의 짜투리 소재가 남는데 그 소재를 알뜰이 챙겨서 마음 가는 곳에 달려가 꽃꽂이 선물을 해주는 소희 덕분에 내 집도 사철 꽃으로 화사하다.

그러한 소희는 보는 것은 보는 그대로 듣는 것은 듣는 그대로 믿고 감동한다. 책을 읽거나, 영화를 보거나, 애기만으로도 그녀의 가슴은 뜨거워지고 눈시울이 붉어지는 것이다. 허구든 현실이든 그녀는 가슴으로 받아들이니 어떤 편견이나 왜곡이 없어 보인다.

72

그런 그녀가 말한다

"우리 동네 사람들처럼 밤낮없이 노력해도 안 되는 경우가 분명히 있어. 여기 힘겹게 사는 사람들 대부분이 그래. 양식이 없고, 학비가 없고, 중고차의 기름값이 없어도 남에게 패악질 안 하고, 남의 것 별로 탐 안 내고 시장이든 공장이든 일터에서 꾸준히 일하며 자식들 뒷바라지 하고. 다들 욕심도 없고 선해서 좋네."

띄엄띄엄 어눌하게 말하는 소희가 더없이 사랑스럽고,

그녀도 살아가면서 걸림도 많고 트러블도 존재하겠으나 이 시간 이처럼 말해주는 그녀가 좋은 걸.

사는 일이 늘 지지부진 제자리 걸음이지만 들꽃같이 심성이 맑고 순한 사람과 조우하며 하루하루 살아가는 일, 새삼 괜찮고, 정답고, 고마워.

그런 그녀에게, 그녀는 나에게 때때로 묻는다.

"뭐하니?"

갈음도천수

병들었다.

우리 사는 이곳이.

벼라별, 가지가지 부정행위를 통해서라도 나만큼은 잘살아야지 물욕이. 탐욕이 내가 사는 사회를 병들게 했다.

탈세, 조작, 갖가지 부정, 학력위조, 퇴폐문화 한국은 생존경쟁이 갈수록 치열 무자비해지고 도덕성 부재. 부정과 부패가 도처에 발생 중이다.

설날이면 나는 오꼬시를 한 말 정도 마련했다.

오꼬시는 일본말. 우리말로는 쌀강정, 밥풀과자겠지만 오래도록 내 입에 예사롭게 붙은 일본말로 그냥 오꼬시라 말한다.

나와 인연된 그 오꼬시는 그냥 오꼬시가 아니다.

'박사 오꼬시'다

청년은 머리가 명석해 소위 명문대를 졸업하고. 미국 어디에서 석박사 코스를 밟았고 학위를 따는 데 칠 년 세월을 보냈다. 그렇게 박사가 된 청년은 박사적 지위를 꿈꾸며 고국에 돌아왔으며, 곳곳에 박사 명함을 내

밀었지만. 돈없고 빽없는 그를 어느 곳에서도 불러주지 않았다. 나는 청년의 이력을 대략 요 정도만 알고 있었다.

박사인 청년은 백수의 처지에서 노모가 설날의 반짝 경기를 틈타 만드는 오꼬시 작업에 합류했다.

박사가 진짜 박사라는 것은 아는 사람은 다 아는 진실, 그가 만든 오꼬시는 그를 아는 극소수의 사람으로 말미암아 '박사 오꼬시'로 회자되었다.

나는 그 박사 오꼬시를 일부러 넉넉히 주문해서 먹었고. 여러 해에 걸쳐 박사 오꼬시는 안타까운 가운데 여전히 존재했었는데.

그리고 올 해의 설. 그는 박사 오꼬시를 만들지 못한 희소식을 들었다.

노모의 말을 빌면 그는 이윽고 취직을 했으며 노모로부터 분가한 것이었고 나는 그의 뒤늦은 '밥도 되고 자존과 긍지도 드높이는 사회진출을 진심으로 축원했다.

그랬던 진짜 박사의 오꼬시를 기억하며, 요즘 세간의 가짜들의 행진을 연속극처럼 보고있는 것이다.

그리고 옛사람 육사형의 글을 옮겨본다.

갈불음도천수渴不飮盜泉水
열불식악목음熱不息惡木陰
목이 말라도 도천의 물을 먹지 않고,
더워도 악목의 그늘에 쉬지 않는다.

도천은 도둑의 샘이다.

도천은 산동성 동북쪽에 있는 샘이다.

晉나라 육기. 자는 사형士衡이다. 오군화정吳郡華亭 : 江蘇省 吳縣 출생, 명문 출신으로 조부 손遜은 삼국시대 오吳나라의 재상이며, 아버지 항抗은 군사령관, 동생 운雲도 문재文才이 있어 그와 함께 '이륙二陸'이라 불리었다. 20세 때 오나라가 멸망하였기 때문에 고향에 퇴거하여 10년간 학문에만 전념하였다. 그 후 동생과 함께 뤄양洛陽으로 나가 당시 지식인의 중심 인물이었던 장화張華의 지우知遇을 받았고, 가밀賈謐과 함께 문학집단文學集團에 가입하여 북방문인과 교유하였다. 얼마 후, 혜제惠帝의 대에 이르러 정국이 혼란하고 팔왕八王의 난이 일어나자 이 난에 휘말려 동생과 함께 죽음을 당하였다.

그의 시는 수사修辭에 중점을 두고 미사여구와 대구對句의 기교를 살려 육조시대의 화려한 시풍의 선구자가 되었다. 또 문부文賦는 그의 문학비평의 방법을 논한 내용으로 유명하며, 작품은 ≪육사형집陸士衡集≫ 10권에 수록되어 있다.

그러한 육사형陸士衡이 읊었다.

목이 말라도 도천의 물을 먹지 않고, 더워도 악목의 그늘에 쉬지 않는다.

요약하자면!

회남자淮南子에 실린 진晉나라의 육기陸機이 쓴 <맹호행猛虎行>이라는 시의 첫 구절에서 갈음도천수 열불식악목음渴不飮盜泉水 熱不息惡木陰(갈증이 나도 도천의 물은 마시지 않고, 더워도 악목의 그늘에서는 쉬지 않는다.) 했던 것이다.

좀 더 구체적으로 접근하면, 육기가 선비의 길을 걷고 있으므로 '도천'이나 '악목'과 같은 나쁜 이름을 가진 곳은. 비록 이름에 불과할 지라도 애당초 가지 않는다는 것이다.

육기의 신념은 우리나라 속담에 '군자는 곁불을 쬐지 않는다'는 말과 몹시 어울린다.

지성인으로서 부정과 불의를 멀리하는 마음가짐과 오해·중상·모략·유혹 등을 받을 우려가 있는 곳을 가까이하지 않는 몸가짐으로 처신해야 한다는 것이다.

공자도

勝母라는 마을에 이르렀지만

단지 그 마을 이름이 '어미를 이긴다'는 승모라는 이유가 마음에 걸려 그 마을에 묵지 않았으며 도천의 샘물도 마시지 않았다.

도천의 샘물을 마시지 않는다는 것, 그것은 아무리 가난해도 나쁜 행위로 돈을 벌지 않겠다는 말이며. 악목의 그늘에 쉬지않는다는 말은 옳지못한 사람과 교류하지않는다는 말이다.

위와 유사한 예가 하나 더 있다.

허유는 성군으로 유명한 요 임금 때 사람이었는데요 임금이 왕위를 물려주기 위해 은자 허유를 찾아갔으나, 허유는 딱 잘라 거절하고, 더러운 소리를 들었다 하여 시냇물에 귀를 씻는 것이다.

마침 시내에 소를 먹이러 온 소부라는 사람이 허유에게 그 얘기를 듣고는 그 더러운 소리를 들은 귀를 씻은 물을 송아지에게 먹을 수 없다고 상류로 올라가버리니!

부귀영화를 티끌처럼 가볍게 여기는!

군주가 되어 시달리느니 자연과 더불어 유유자적하겠다는 도교적 삶.

이제 갈음도천수는 이제 옛사람의 남긴 문헌 속 짧은 문장에 지나지 않을 것인가!

요즘, 농담인양 진담인양 회자되는 말이 있다.

사람은 상대방이 있으면 평균 3분 마다 한 번씩 거짓말을 뱉어내고. 네 쌍 결혼하면 한 쌍은 이혼, 여자셋 걸어 가면 한 여자는 화류계 종사자. 두 사람 걸어 가면 한 사람은 사깃꾼. 그 외 언급하기조차 꺼려지는 여러 말들이 존재하는 바 적어 놓고 보니 사뭇 썰렁하다.

그런데 이게 우리 사는 세상의 풍경이라니.

이렇듯 우리 사람의 삶이 분별없이 악랄하고. 거짓투성이고 무모하기 짝이 없다는 것을 요즘 각 방송국의 리얼 스토리가 수시로 조명해 주고 있다.

고정적인 시청자를 확보하고 있다는 실화를 바탕으로 재구성한 그것이 알고 싶다. 사건 25시. 긴급출동, 사랑과 전쟁. 싸인 등등에서 보여주듯 살인, 사기. 강도, 매음, 탈법, 비리는 학계, 종교계. 예술계, 재계에 두루 만연에 있다는 것이고.

오로지 네 탓, 사회 탓

종내 참회없는 몰염치로 변명하며, 스스로 지핀 지옥불에서 시종일관 발악하니 사람의 이중성과 비인간적 작태는 추악하다.

겉모습은 멀쩡하건만 사실은, 그게 아니올시다로 폭로되고 있으니 무서운 세상이다.

귀여운 여인이 춤을 추며 진작에 노래했다.

잘난 사람은 잘난 대로 살고 못난 사람은 못난 대로 산다

야들아 내 말 좀 들어라

여기도 짜가 저기도 짜가 짜가가 판친다

인생 살면 칠팔십년 화살 같이 속히 간다.

세상은 요지경

세상은 허허 웃을 일 허다히 많아서

세상 요지경이 법구경처럼 가슴을 치네

우리가 사는 현주소의 서글픈 작태

"한국 공인의 80%는 학력위조를 했다"는 것과 '학위공장'으로 알려진 미국의 미인가 대학에서 박사학위를 받은 사람도 수백명이니 그 외, 각계 각층의 광범위한 표절과 가짜 도용은 이루 다 손댈 수 없는 점입가경일 터.

그리하여 죄는 오로지 한 가지 뿐이라지.

들킨 죄.

재수없이 들통나기 전엔 참다운 박사요. 성직자요, 요조숙녀다.

들키기 전까진 멋진 아비요, 어미요, 스승이었건만.

조심하세요

사람다운. 부모다운 스승다운 품격있는 인격체들이 어느 날 갑자기 글쎄 그게 그렇지않다는구나.

발 없는 천리마를 채찍질하는 일이 없기를.

가짜들의 무모한 자기변호와 자기선언을 공상허언증空想虛言症으 진단하기도 하는데 공상허언증은 거짓말이 반복되면서 어느 순간 스스로 진실이라고 믿어진다는 기이한 병의 일종이라지만 나는 도저히 공감할 수 없다.

사람들의 파렴치한 거짓말, 거짓행각의 바탕은 물욕이며. 허세인데 물질적, 정신적 이익이란 자신의 목적을 달성하기 위해 야비한 수단과 방법을 가리지 않는 범죄적 행위다.

거짓말을 잘 하는 사람들은 사람에 대한 기본적인 예의가 없는 가운데
그리하여 물질만능 물신주의로 돈 주고 바꾼 가짜를 진짜처럼 사용하며
태연히 살아가는 것인 데.

가증스럽지.

오래 살아봤자 일흔 이쪽 저쪽에서 무위로 끝나는.

실시간 이별하고, 사별하는 물거품 인생.

욕망은 뒤끓고. 질투는 뜨겁고, 유혹은 달콤할 것이나.

제 능력, 제 몫이 아닌, 남의 돈이나 명예를 탐취하는!

하찮은 것에 눈독 들여.

한밤중 허겁지겁 봇짐 싸는 일 없도록 조금 부족하더라도 그냥 바르게
편하게 사는 게 제일 좋은 거지.

사람이란 존재 얼마나 허망합니까.

그러니까요.

보석입니다

바람이 차가워졌다.

목에 머플러를 두르고 두꺼운 쉐타를 어깨에 걸치고 우체국을 들러 우편물을 부치고 시장에 갔다 어머니 기일을 앞두고 제숫거리를 준비하는 것이다.

과일을 사고 나물거리를 사고 생선전은 그냥 지나쳤다.

생선은 무려 33년 째 거래하는 어물전을 거치면 종료

33년 어물전에 가서 생선을 고르면 어물전 주인이 단련된 솜씨로 소금을 찰찰 뿌려 넣어 주는 대로 들고 오면 되는 것이고 생선은 밤바람에 꾸들꾸들 말려질 것이고.

어물전,

골목길 낡은 리어카에 걸쳐진 나무판자 위로 이런저런 종류의 생선과 두툼한 도마 그리고 크고 넓직한 칼. 그리고 리어카 모서리마다 걸린 검은 비밀봉지 묶음과 생선내장을 쓸어내려 모아두는 넓고 검붉은 통이 놓여진 그 곳이 내가 33년 째 거래하는 어물전이다.

그 어물전 주인은 내 오래된 인연이고.

왜소한 몸집이며 환하게 잘 웃는 얼굴을 지녔으며.

그녀의 평생 운명, 생존의 터전이 돼버린 생선장사는 내가 개입한 한 순간이 존재했던 것인데.

그해 가을이었다.

단층 슬라브 집 마당에 우물이 있었고, 우물을 중심으로 동그랗게 시멘트로 포장된 가장자리에 코스모스가 씨앗을 매달고 있었으니 늦가을 즈음이지. 내가 코스모스 까만 씨앗을 흩어 작은 그릇에 담는 데 그녀가 대문을 두드리며 곱게 단장한 얼굴로 찾아왔다.

어머니와 그녀는 큰방에서 꽤 긴 시간 이야기를 나누었고 나는 큰방에서 나누는 그 이야기를 작은방에서도 한방에 있는 양 다 들을 수 있는 집의 구조였다.

남편이 중풍으로 쓰러졌고 이제부터 내가 벌어 살아가야하는데.

대략 이런 이야기가 간간히 들려온.

그러나 어머니는 그녀의 비상구가 아니었다.

그러다.

"나, 간다."

나를 향한 작별인사.

그 목소리를 듣자 말자 몸을 일으켜 책장 맨 윗 칸에 꽂아둔 책 한 권을 뽑아 들고 그녀의 뒤를 따라 나섰다.

어둑어둑 땅거미가 깔리기 시작하는 좁은 골목길로 어깨가 죽쳐져 걸어가던 그녀가 돌아섰다.

"이거"

나는 책갈피 속에 모아둔 지폐를 접어 그녀의 손에 쥐어 주었다.

나는 그 때 그 지폐가 모두 얼마인지 모른다.

책갈피 속에 끼워 넣어둔 모두를 그녀에게 준 것.

땅거미가 어둑어둑지고 있었고 스치는 바람이 차가왔다.

기억 한 조각

나무 조각을 태워 밥을 지어 새우젓과 무나물을 무쳐 밥상을 차려주던 그녀였다

그리고 내가 그 밥을 먹을 동안 밖으로 나가더니 사과 두 알을 사 와서 내 팔 길이만큼 긴 부엌칼로 사과껍질을 깎는데 사과의 하얀 속살이 껍질과 함께 뭉텅뭉텅 잘라져 나가는 것을 보고 언니 사과 참 이상하게 깎네 했더니 사과를 처음 깎아본다며 그녀가 웃으며 나에게 칼과 나머지 사과를 건네주는 것이다.

나는 그때나 지금이나 사과껍질을 얇게 길게 거의 가느다란 리본처럼 잘 깎아낸다.

내가 깎은 사과껍질을 보고 그녀는 신기하다 기술 좋다. 어째 이런 재주를 가졌어 탄복하며 거듭거듭 놀라워하던 그날의 기억이 생생하다.

나는 시장에서 찬거리를 사다가 그녀가 생선을 판다는 기별을 떠 올렸다.

그리고 그녀의 단골이 되었다.

손님중 제일 신사.

그녀의 즐거운 농담도 싫지 않았고,

그녀는 명태 대가리를 힘차게 내리치고 고등어 아가미를 맨 손으로 처리하고 은빛 갈치를 툭툭 토막 내며 빠르게 말하는 것이다.

"그때 그 돈으로 이렇게 잘 살고 있다."

"잘 살고 있는 게 이거야?"

내 대꾸에 그녀는.

"자식들 학교 보내고 저 사람 약도 사고 이렇게 장사도 하며 잘 살아가잖아 이만하면 잘 사는 거지"

"나는 그때 그 돈으로 오리 두 마리 사서 저 사람 약을 고았고, 쌀 한 말 사고, 밀가루 한 포대 사고, 연탄을 오십장이나 사고, 이 리야카를 사고, 자갈치 가서 생선 한 다라이 떠억 떼고 나니 얼마나 힘이 나든지, 이렇게 괴기장사하니 반찬 걱정 안하고 날마다 장사해서 적으나 많으나 돈을 만지니 불편없어"

삶의 대긍정이었다.

그리고 그 말은 내가 어물전 앞에 섰을 때마다 되풀이되었다.

"이젠 그만하자"

했어도

"아냐 내가 이 은공을 잊으면 사람이 아니지"

하며 도저히 어쩔 수 없는 버릇처럼 그녀의 입에 붙어버린 고정언설이 돼버린 것이다.

그런 그녀가 뇌종양에 걸렸다는 나쁜 소식을 들었다.

그녀의 아들이 군복무 중이었고 딸은 대학교 재학 중

대학병원에서 눈이 하얗게 쌓인 길을 지나 병실에 가 보니 머리털 다 밀고 모자를 쓴 그녀, 내가 내민 위로 꽃다발 받으며

"아이고, 세상에! 이게 뭐냐 직접 만든 꽃이냐?"

"만든 꽃 아니면"

"겨울에 무슨 꽃이 있겠어"

그녀는 그렇게 살아왔네

꽃이 피는지 꽃이 지는 지 눈에 들어올 겨를 없이 하루하루 힘겹게

그녀는 다시금 병실의 모든 환자를 둘러보며 또 말하는 것이다.

"내가 죽으려고 마음먹었을 때 날 살렸고"

"그 큰 돈을 나에게 쥐어주었고"

"나는 평생 그 은공도 못 갚았는데 이렇게 꽃을 들고 왔고"

"이 사람은 나이를 먹어도 처녀 같고, 사과도 잘 깎고, 꽃도 잘 만들고, 글을 써 책도 척척 펴내는 재주꾼이고"

입에서 효자열녀난다지

아이고!

작은 사탕알갱이가 한 아름 솜사탕으로 변하듯

여러 환자들이 주렁주렁 링겔을 달았거나, 붕대를 감았거나, 누워있는 그 자리에서 큰 소리로 그렇게 다시금 듣기 민망한 이야기를 시작하는 것이었고 난 그 녀의 입에 붙은 재생기능을 정지시킬 방법도 없는 지라 더 길게 낭패를 당하기전 서둘러 그곳을 빠져 나왔던 것이고, 그녀는 아주 다행이 종양제거수술이 의학계에 회자되고 기록될 정도로 성공적이어서 두 달 정도의 회복기를 거친 뒤, 다시 어물전 그 자리에 섰다.

그리고 익은 손질로 정어리의 배를 따고, 꽁꽁 언 동태를 토막 쳐 내며. 길게 가른 고등어에 소금을 찰찰 뿌리고, 갈치의 은빛 비늘을 칼날로 쓱쓱 훑어내리다 가시에 찔려 손가락에 피가 철철 흘러도 앞치마에 한 번 닦아내면 그 뿐!

그렇게 긴 세월이 흘러가는 동안.

나 또한 불변의 원칙으로 그녀의 오랜 단골이었으며 여전히 단골인 채로 때때로 생각했다.

인간은 누구나 태어날 때 각자의 정해진 운명의 시나리오를 쥐고 태어난다는 숙명이란 가설에 접근하면 이건 너무 불공평하다.

그리고 수정 가능한 노력의 부분이 남아있는 운명을 적극적으로 수용하며 열심히 노력하면서 보다 나은 변화나 상승효과를 노리는 희망이라는 꿈나무에 기대는 자기 위안이 존재할 것인데 이 희망이 고달픈 평생을 거쳐 무위에 그친다면 이 또한 너무 억울한 일.

모든 희망사항에 제동을 거는 가난과 함께 가장 낮은 자리에서 피터지게 노력해서 겨우 세 끼 밥이나 해결한 것 같은 삶이란 물론 더 나쁜 처지에 비하면 그녀의 삶은 그런대로 나쁘잖네, 일할 수 있는 몸과 사랑을 나눌 수 있는 자식이 있고, 그녀와 웃음을 나누는 주변인, 그리고 고개를 들면 보이는 하늘도 있으며 돈만 주면 배부르게 먹을 수 있는 맛있는 음식이 즐비하니 더 달리 원할 바도 없구나.

이렇게 긍정하며 수용하며 견뎌내는 힘의 원천은 자식일 것이며 그 자식에게 먹이고 입히는 가운데 가끔씩 발생하는 그 자식이 안겨주는 기쁨이나 안도감이 거친 세파에 전복되지 않고 용케 건너는 징검다리 같은 것인지도 모른다는 생각도 드는 바.

이를테면.

적금이 만기까지 갔다든지

곗돈으로 병석의 남편에게 보신을 시켰다든가

또는 구차한 도움을 받지 않고도 두 자녀의 입학금을 마련할 수 있었다든 지.

자식이 좋은 성적표를 가져 왔다든지.

무난히 상급학교에 진학을 했다든지 하는 것들.

그리고 주인이 요구하는 전세금을 올려 주는데 별 무리가 없었다든가 하는 일들이 그녀 힘으로 해결된 뜨거운 만족과 뿌듯한 보람이었을 터.

그리고 또 한 가지, 그때 만추의 저녁무렵 내가 그녀에게 책갈피의 약간의 돈을 건네주지 않았다면 그녀는 그녀 말대로 최악의 선택을 했을까, 아니면 다른 출구가 생겨 지금과 같은 삶이 아닌 다른 인생길을 걷고 있을까 생각해보기도 했던 것인데.

사람 누구나 한 두 번씩 겪는 절대절망의 순간에 새롭게 진행된 인연의 소치에 동반한 각오가 그 사람의 새로운 삶을 만들어 주는 것이고 그 사람이 가진 어찌할 수 없는 기본환경과 천성, 적성과 연결되어 어떤 상황과 만나더라도 그녀는 지금의 모습으로 살아가고 있지 않겠는가 하는 것이고 그러므로 그녀의 지금 모습은 다시 삶의 전환점에 서서 뭔가를 새롭게 시작해야할 때 여전히 같은 방도를 모색할 것이다 싶어 그녀의 지금의 곤고한 현실을 인정하고 나는 홀연 벗어나는 것이다. 그렇게 사는 긴 세월 속에서 그녀의 남자는 이 세상을 떠났고 두 자녀도 그녀의 둥지에서 벗어났지만 그녀는 여전히 그 자리에 서 있고 그녀는 말한다.

나를 찾아주는 인정도 고맙고 말동무도 좋고 살아가는 이야기도 듣고 그냥 있으면 돈이 생겨 밥이 생겨 이렇게 꼼지락대면 돈도 벌고 반찬도 생기고 자식들 반찬도 챙겨 주고.

그녀 이제 속절없는 노인이지만 마음과 정신은 단단하고 변함없는 보석이다.

그 보석은 내 삶 언저리에서 오늘도 빛나고 있다.

누실명

두 평 남짓.

사방 지나가는 사람들의 숨쉬는 소리까지 들려 주는 얇은 벽 햇볕도 들어오지 않는 들창.

그녀 은조가 사는 곳이다.

긴 세월, 암으로 투병하다 떠난 남편의 허허 빈 자리, 그리고 빈 곳간. 두 평 남짓, 은조의 전투적 생활력으로 만들어진 전세 기백의 좁은 방. 전투적 결과가 고작 그것? 하겠으나, 빈 손의 여성이 여성적 특이성을 상업적으로 활용하지 아니하고 냉정하게 D업종에만 투신해서 남편의 병구완과, 아들의 대학 뒷바라지까지 겸했다면 이해가능한가.

다용도다. 상황에 따라 밥상이 놓이며, 다과상이 놓이며, 침구가 놓인다. 냉장고는 쪽마루에, 컴퓨터는 신발 벗는 바닥의 귀퉁이에 나와 있다. 경이적 상황은 절대 아니다. 최근, 아파트적 문화로 제각기 제 공간 확보해서 과거에 관한 기억상실이나. 우리들의 어버이 세대는 다 그렇게 살았다. 대부분 찢어지게 못 살았다. 방 하나, 부엌 하나 그 속에 온 식구 오글오글, 연탄가스에 중독되며 살았었다. 거기에 비하면 은조의 좁은 집은 대낮같이 밝히는 전기에, 전화에, 컴퓨터에, 읽을 수 있는 책에, 잘 만들어 먹는 음식으로 하늘이, 문명이 배려한 복은 다 누린다 하겠다.

군 제대하고 복학한 아들은 틈틈이 아르바이트를 하며 집을 돕고. 그 아들의 정성을 다한 사사로 인터넷 검색사가 된 은조. 틈만 나면 웹 서핑, 종횡무진 사이버 공간을 휩쓸고. 드디어 내 서재에 잠입하여 한마디. 그리고 내 메일에 몽환적인 음악 선물. 분홍색 융단 깔고 꽃가루 뿌려주네.

그렇게 고요히 평화롭게 살아가는 은조.

두 걸음 정도로 방과 쪽마루와. 부엌과 화장실과의 공간 이동이 죄 완료되는 좁고, 낮고, 낡은 집에 사는 은조. 하지만 그녀는 사이버 공간처럼 안이 넓다.

빈핍하되 부러운 것 없다.

좁되 더 넓을 필요도 없다.

아들 독방 없는 것은 조금 미안하지만 별 수 없다.

엄마 능력 이것 뿐이니.

은조는 늘 당당하다.

은조를 그대로 빼 닮아, 잘 생긴 아들은 엄마와 엄마가 가진 가난마저 자신의 장점으로 보태는 현실적 유연성을 지닌 쾌남아. 자신이 만든 까페의 명예회장으로 추대했다. 젊은이들의 전천후 열기에 찬물 끼얹어 달라는 취지였고, 은조는 허락했다. 그리하여 명예회장. 은조가 가진 유일한 감투이겠다.

은조의 방에서 뜨거운 茶 한 잔 마시고, 허균의 陋室銘 누실명을 붓펜으로 옮겨 주었다.

남들은 누추한 방이라고, 누추해 살지 못하리라 하지만 마음이 편하고 몸도 따라 편하니 어찌 누추하다 말하리오. 내가 누추하게 여기는 건 몸과 이름이 함께 썩는 것

누실명.

조선 중기의 文臣 허균은 스무자 가웃의 방, 갖가지 추문과 음해에 밀려나 바람벽이나 두른 누옥에 낙향해 살면서도 몸도 마음도 편하니 神仙이 사는 마을 따로 없다 노래했으나, 모진 운명은 고전 홍길동을 쓴 그의 육신을 참수로 처단했다.

은조.

아들 다 컸고, 젊고, 곱고, 건강하니 여러 곳에서 재혼구애를 받았다.

의·식·주 중산층으로 수직 상승할 기회 없지 않았으나 은조는 不動態다.

그녀 人生에서 두 男子만 있으면 된다는 것.

이승에 한 사람, 저승에 또 한 사람.

아들과 아들의 아버지만 있으면 됐지, 또 뭘! 하는 은조.

이런 인연, 저런 인연 얼키고 설키는 것 정말 싫다는 외골수, 아무도 꺾지 못하는 그녀의 고집이다.

그리하여 요지부동.

춤집, 노래집, 술집, 이런 저런 소문난 밥집의 문턱도 모른다하면 그 女子. 바보라 하겠지. 이 재미있는 세상에.

각종 모임에 '회원' '계원' 된 적 한 번도 없다하면 자폐증, 대인 기피증. 사회성결핍 사회부적응증 따위의 정신과적 질환이 얼핏 대두됨과 아울러, 제 겉치레 위해 이런저런 시장통 백화점 기웃거린 적 한 번도 없는

은조라면 새빨간 거짓말이야 단정지을 게 분명하겠으나, 그녀는 그러하다.

다 마음가는 대로 움직이는 거야

유희를 즐기고 싶은 사람은 열심히 즐겨야하는 것이고, 아닌 사람은 아닌 거지 단순한 논지 끝, 그녀의 밝은 웃음 소리.

화장을 전혀 안하며, 아들 입다 둔 남방 걸치고, 닳고 닳아 밑 단 조직이 올올 해체된 청바지 입고도 어디서든 씩씩하고 아름다운 은조

어느 날, 그녀 자신을 低能, 植物이라 했을 때, 나는 그녀를 超越, 無心이라 했다.

은조의 타고난 예외적 성품이 만든 고립무원.

그 속에서 오연히 자유로운. 남들이 애써 모면하고자하는 가나 의연히 껴안고. 여인들이 힘겹다 피해 가는 일에 서슴없이 뛰어 들어. 땀과 바꾼 댓가만큼만 살아가는 은조. 내가 아는 여인 중에 가장 말 없으며, 가장 정직하고, 가장 성실하고, 가장 가난하고. 가장 넉넉한 여자.

매화는 한 평생 춥게 살아가더라도 제 향기 팔아 안온을 구하지 않는다 했다.

은조 곁에 서면 매화향기 그윽하다.

기억, 가슴 아픈

윤수가 말했다.

"캠프장에 갔는데요, 우리 반 경호가 캠프장에 들어서자마자 엉엉 마구 우는 거예요. 모두 깜짝 놀랐어요. 경호가 큰 소리로 자꾸 우니까 반장이 왜 우느냐고 물었어요. 경호는 계속 울면서 띄엄띄엄 말했어요. '우리 엄마가 작년에 간암으로 죽어서 저 뒷산에 묻혀있다.' 그리고는 더 크게 우는 거예요. 그때 반장이 어른처럼 경호의 어깨를 두드리면서 '울지마, 경호야. 니가 공부 잘 해서 훌륭한 사람이 되어 하늘나라에 계시는 너그 엄마를 기쁘게 해 드리면 되잖아' 하니까 경호가 '맞다. 맞다' 하면서 주먹으로 눈물을 닦았어요."

윤수의 말을 듣고 나는 목이 꽉 메이는 것이다.

경호는 이제 꿋꿋해졌을까. 저승의 경호 어머니는 꿋꿋해진 경호를 보며 편안해 졌을까.

절로 터지는 울음. 어린 소년이 혼자 감당하기엔 너무 벅찬 슬픔.

1년이란 세월이 지났건만. 그 슬픔을 친구의 입장에서 의젓하게 잘 다독여 주는 반장.

초등학교 5학년 학생들 윤수, 경호, 반장.

그리고 듣기만 해도 가슴이 아파서 쩔쩔 매는 나.

유진. 그녀와 헤어질 때도 그랬다.

숨통이 막히듯 목이 꽉 메이던 그 날 그 시간.

'따르릉!'

신경이 곤두서는 야밤의 전화벨 소리. 그냥 두려다 열 번째의 울림 끝에 송수화기를 들었다.

"언니, 언니 맞나?"

낮고, 탁하고, 거친 저쪽 목소리.

유진이다.

"왜?"

약간의 짜증과 안도감이 섞인 내 반응.

"끊을까?"

당황하는 저쪽.

"됐다. 무슨 일?"

돌변해서 부드러워진 이쪽의 태도에 유진의 목소리 계속 이어진다.

"나, 시집 가."

"언제?"

"내일, 모레."

"내일 모레면 일요일?"

"응."

"누구하고?"

"남자하고."

"뭘 하는 사람인데?"

"몰라."

"농담하니?"

아니다. 진짜 몰라. 방범대원이라 했다가, 신문 돌린다 했다가, 소방서 망보는 사람이라고 했다가, 잠시 쉰다고 했다가 자꾸 바뀌니 몰라.

"어디 사는데?"

"전라도."

"몇 살?"

"나랑 같대."

34살의 나이를 가진 가난하고 무능하고 어정쩡한 사내가 머리에 잡혔다. 그리고 답답했고 역정이 일었다. 음성이 필요이상 커졌다.

"유진아. 너, 지금 34살인데 몰라, 몰라 하는 것 잘 하는 거 아니다. 결혼이 무슨 장난도 아니고."

"알아. 하지만 정말 몰라."

"나한테 올 시간은 있나?"

"응. 그래서 전화했어. 언니한테 줄 게 있어서."

나는 그녀의 전화로 인해 심란했다.

누가 그녀를 데려 가기로 작정했을까. 불안과 고마움과 수상쩍은 예감이 뒤엉키며 나는 걱정되고 혼란스러웠다.

꽤 오래 전, 대청동 서점 입구에서 유진을 처음 보았다.

동행한 설희의 이름을 부르며 절뚝이며 다가선 그녀였다.

옆집 아인데 이상하게 생겼지?

설희의 귀띔대로였다.

얼굴이 일반인의 두 배 정도로 컸고, 다리 또한 놀랄만큼 굵었다. 거기에다 쥐어짜는 음성이 귀에 거스릴 정도로 탁했다. 우리와 마주 선 그녀에게 오고가는 사람들의 시선이 집중되고 있었다. 나는 그게 민망하고 안타깝기도 해서 서점에서 막 구입한 '책 천국의 열쇠'를 그녀에게 주었더니 언니 친구 이상하다. 처음 보는 나에게 책을 다 주고.

하면서 커다랗게 웃으며 내 손을 두툼한 그녀의 손으로 집어 올려 마구 흔들며 야단스럽게 즐거워하였다.

그 후, 유진은 설희를 통해 편지도 보내오고, 거울이나 빗 같은 작은 선물을 보내오기도 했다. 편지는 '천국의 열쇠'가 어렵지만 좋은 책인 것 같고, 그 좋은 책을 선물한 언니를 잘 사귀고 싶다는 것이었다.

유진은 나보다 1살 아래였다.

편지 속의 유진은 겉모습과는 달리 지극히 정상이었다.

글씨체는 큼직하니 비뚤비뚤 초등 2학년에서성장을 멈춘 것 같았지만. 할 말 다하는 문장의 흐름은 정답고 순조로웠다.

그때 그녀는 넓고 큼직한 가방을 들고 집집을 방문하고 있었다, 종교단체의 열렬한 신자라는 것이다.

그녀는 불편한 몸을 무릅쓰고 '기쁜 소식'을 전한다며 아무 집이나 두들겨 대고 다니면서도 대단한 자부심과 긍지를 지니고 있었는데 '선택된 자' 라는 것이다. '하느님의 불림을 받은 종'이라는 것이었다.

그녀는 그러한 소명의식으로 '깨어라' "파수대" 등의 얇은 인쇄물을 큰 가방에 가득 넣고 다니며, 거부하는 사람에게 더 집착을 보이며 십여년을 꾸준히 전도의 현장, 집집을 돌고 있었다. 그런 그녀가 내가 준 '천국의 열쇠'를 받은 지 두 달만에 카톨릭으로 옮겨 앉았다.

언니가 다니니까. 나도 다닐래. 똑 같은 하느님인데 뭐.

그녀 개종의 변이었다.

나는 그때 집 가까운 성당에서 그레고리안 4부 합창의 알토 파트로 음성공양을 즐겁게 하고 있었다. 그리고 기타와 올갠도 좀 쳤으니 성당의 분위기와 잘 맞았다.

그런 나를 따라 그녀는 성당에 다니면서 수녀님을 꽤 흠모했다.

나도 저렇게 살고 싶다.

길다란 두건에, 길다란 치마에 사근사근 조용조용 좋은 말만 건네는 베네딕또회의 수녀들은 모두 마돈나처럼 아름다워 그녀가 매료되고도 남을 일이었다.

그러나 그녀는 제 육신의 결점을 너무 잘 알아 슬프다고 했다.

나는 이렇게 생겨 버려 아무것도 못 해.

그 해 가을,

우체부가 전해 주는 편지를 받았다.

유진이의 편지가 설희의 손을 빌리지 않고 우체통을 통해 나에게 전해졌던 것이다.

내용은 성당에 다니기 싫다는 것이었다. 성당에 다니는 사람은 모두 수녀님처럼 이쁘고 단정하고 목소리조차 다 좋은데 유독 자신만 그렇지 않다는 것이었다. 멋진 신부님을 보면 자신이 더 비참해 진다는 것이었다.

다니기 싫으면 다니지 말라. 진심으로 말해 주었다. 원한 바 없는 육신의 결함도 주체할 수 없는데, 소속된 팀에 대한 열등감조차 보태어진다면 고통은 배가될 것이기 때문이다.

가장 하고 싶은 일만 하고, 가장 가고 싶은 데만 골라서 가라.

우리의 삶이 말대로 되지 않건만 나는 늘 그렇게 말했고, 유진에게도 그렇게 말해 주었으며, 내 자신은 내 말대로 제대로 실행하는 쪽이었다.

그랬으나 유진은 큰 몸을 절뚝이며 주일 미사에 빠지지 않았다.

그래도 다녀야지. 안 다니면 언니도 못 만나고.

그렇게 두 해가 지났다.

유진과의 인연에 연결고리가 되었던 설희는 교사와 결혼해서 서울로 갔고 유진과도 소식이 끊어졌다.

내 生活도 유진이 원한 바 없는 육신처럼 내가 원한 바 없는 상황이 날벼락처럼 떨어지는 나날이 전개되고 있었다.

누가 그랬다.

인간 하나에 지옥하나.

나는 내가 상상도 못해본 내 앞의 지옥을. 지옥들을 그대로 인정하고 수용하고 들어가기로 단단히 마음먹었다.

그리고 라틴어로 부르던 그레고리안 성가와도 결별했고 올갠과 기타와 테니스도 접었다. 그 대신 붓다가 내 생활에 들어 왔다. 불교신문에서 동화를 연재하자는 것이었고 나는 연재집필자가 되었으며 큰절의 학인들과 글로 조우하는 기회가 잦아졌던 것이다. 그리고 틈틈히 읽은 법구경이 맑은 종소리처럼. 내 의식에 맑은 기쁨을 안겨 주었던 것이다.

그리고 글은 꾸준히 썼다.

각종 사보에 글이 게재되면 '고료'가 입금되어 살림에 보탬이 되기도 했으니까.

그리고

수로요 선생의 도움을 받아 차와 다기와 도자기를 파는 도헌을 열었다.

나는 이윤만 추구하는 장사치는 끝내 싫어 茶道敎室과 經典공부를 병행했다. 사회 평론을 집필하시는 분이 木園茶會 분위기를 고요하게 잘 이끌어 주셨고, 큰절 스님이 육조단경과 금강경을 설해 주셨으며 대승기신론을 역해한 무변 선생이 화엄경을 읽어 주시는 평화롭고 아름다운 어느 날 오후 유진의 전화를 받았다. 신문에서 글보고, 신문사에 전화해서 내 전화번호를 알아냈다는 것이다.

그리움이 한꺼번에 밀려 왔다.

내 사는데 급급해서 유진을 까맣게 잊고 있었던 것이다.

"지금, 당장 오지."

성급한 내 요구에 그녀의 목소리가 맥없이 처지고 있었다.

"나. 많이 늙었어. 주름살이 찌글찌글. 아직 결혼도 못 하고. 뭐 보여줄게 있어야 가지."

"그럼, 혼자 얌전히 살지, 전화는 왜 했어."

침묵

그냥 말없는 채로 나는 그냥 수화기에 귀만 대고 있었고. 긴 침묵을 그녀가 깼다.

"일요일에 갈게. 공장에 다니거든. 일요일엔 놀아."

일요일.

그녀는 나타나지 않았다.

그리고 느닷없는 야밤의 전화였던 것이고, 겨우 전라도에 산다는 현주소만으로 그 현주소에 결혼이란 관문을 거쳐 편입하겠다는 유진이 나타난 것이다.

"언니, 으리으리하게 잘 해 놓고 잘 사네."

유진의 첫마디가 내 실소를 자아냈다. 글씨와 그림, 도자기 그 사이 蘭의 배치가 유진의 눈에 그렇게 보였던 것.

유진, 예전의 그녀가 아니었다.

퍼머 머리, 울긋불긋한 화장. 깨끼 치마저고리에 진주 빛 파라솔. 거기에다 구슬 백까지 눈이 부실 지경이었다.

"이쁘다. 시집갈 만 하구나."

나는 그녀를 위해 밥상을 차렸다. 내일이면 멀리 떠나 영원히 못 만날 수도 있는 그녀를 위해 밥상이나 차리자.

그리고 눈시울이 찔끔 적셔지는 나. 화장이라곤 모르던 그녀의 넓다란 얼굴의 허연 분칠이 하도 낯설고 어색해서.

"이처럼 고운 것 누가 사 주데?"

"남자가. 가방과 양산도 남자가 샀어."

"남자가 마음에 드니?"

"아니."

"맘에도 안 드는데, 결혼은 왜?"

묵묵부답.

그녀는 고개 숙이고 밥만 먹는다. 그녀의 편한 식사를 위해 나는 먼지도 없는 蘭줄기나 닦고.

더는 어찌할 수도 없을 것이었다.

주변의 시선이, 환경이, 그녀의 나이와 그녀의 불구가 그녀의 등을 떠밀고 있는데. 마음에 든다 안 든다. 유능과 무능을 떠나서 오라는데 있으면 무조건 가줘야 하는 그녀의 입장이다. 여느 처녀와 달라서 가문, 학벌,

건강, 직장, 신장, 장남, 차남을 따질 수도 없겠거니와 첫인상이니 매너니 와 닿는 느낌이니 하는 감정의 유희는 애당초 배제되었을 테니까.

좋은 일을 앞두고 참담하다.

하지만 나도 유진도 애써 기분전환을 하지 않는다. 뻔한 현실 앞에서 희희낙락하는 광대의 재주를 우리는 애당초 갖지 못 했다.

밥그릇 반쯤 비웠을 때부터 그녀의 얼굴은 주루루 흐르는 눈물로 범벅이 됐다. 긴 시간에 걸쳐 겨우 비워낸 밥 한 그릇.

"성당에는 꼭 다녀라."

"그럴 참이야."

"기도 열심히 하고."

고달픈 삶. 확장된 의식만큼 인식하며 느끼는 아픔, 절망과 굴욕과 환멸의 악순환이 거듭됐을 미숙한 自我와 흠 덩어리의 肉身이 쉬어갈 곳은 기도 밖에 없을 터. 오직 믿음. 오직 믿음에 의지할 수밖에.

그래 믿음이 복이다.

"언니, 이것."

내가 마련한 작은 선물과, 제 소지품 주섬주섬 챙겨 들다 내미는 신문 지에 싼 책 같은 것.

일기장이다. 언니 주고 가려고, 창피한 일 뿐이라서 없애려다가 언니가 읽으면 재미있을 것 같아서.

죄어들고, 쥐어짜고, 끙끙 앓듯이 끊어지는 탁한 음성이 긴장과 불안으로 인해 더 힘겹게 이어졌고 간신히 끝맺었다.

두 권의 두툼한 일기장,

그야말로 유진의 젊은 날의 노트.

때가 묻었고, 얼룩이 졌고, 귀퉁이마다 보푸라기가 일었다. 그 일기장의 속지를 건성으로 넘기며 내심 유진의 일기장이 내게 건네지는 게 내심 달갑지 않았다.

연필로, 혹은 볼펜으로 굵은 흑색, 청색, 붉은색으로 빼곡한 그녀의 일기는 편지를 통해 눈에 익은 엉성한 필체와 고양이, 꽃, 인형 따위의 삽화가 유진이 웃으며 말한 '재미'를 반감시켰으나 그녀의 일기장을 가슴에 품었다.

그녀를 배웅하기 위해 그녀와 큰 길 까지 걷다가 택시를 잡았다.

잡은 택시 한사코 마다하며 버스를 타겠다는 유진. 그런 그녀를 억지로 택시 속으로 밀어 넣었고 기사에게 차비를 지불했다.

멀어져 가는 차. 뒤돌아 보는 그녀의 얼굴이 뒷창에 그림처럼 박혀 있는데 갑자기 가슴에서 치밀어 오르는 뜨거운 덩어리. 울화가 솟구치며 숨통을 틀어막는 것이다.

나는 내 앞에 닥친 부조리한 상황을 내가 응당 짊어져야될 십자가로 응답하며 절대자의 섭리로 승화시킬만한 신앙은 내게 없다. 또한, 시험이니 시련이니 하면서 고통을 감내할 수 있는 자에게 또는 가장 사랑하는 자에게 고통을 준다는 역설도 나를 설득시키지 못 한다. 인간을 진정 사랑하는 神이 존재한다면 사울이 바울이 되듯, 동정녀가 아기를 잉태하듯 절대적 능력으로 모순덩어리의 인간을 개조해버리면 되는 것이다.

또한, 자신의 의지와는 무관한 치욕스러운 육신이 자신의 죄 값도 부모의 죄 값도 아닌 단지 하느님의 영광을 드러내기 위함이라면 하느님은 얼마나 치사하고 이기적이며 모순적 존재인가. 그러한 이기적인 하느님을 향하여 보지 않고 믿어야 진복자이며 그 맹목적인 믿음으로 찬미와 감사를 지향하며 행복해질 수 있다는 것, 나는 사람의 억지논리와 가당찮은 합리화를 위선과 거짓말로 본다.

유진의 일기는 하루도 빠짐없이 主를, 聖母를 부르며 사랑하는 가운데 회의하고, 미워하고, 절망하고 있었다.

아랫글은

쌈박질은 다툼으로, 부애질이 났다는 화가 났다로 수정 교정하며 읽은 유진의 일기를 요약한 것이다.

맑은 날.

영세성사. 성당은 왁자지껄, 몹시 소란하다. 세례를 받는 자 뒤로 대부, 대모가 줄을 섰다. 나의 대모님은 수녀님이 정해 주신 나보다 어린 아가씨다. 신부님이 마이크를 잡고 조용히 하라고 거듭 말씀하셨지만 소요는 쉽사리 가라앉지 않았다. 신부님께서 조금 크게 꾸짖자 시끄러움이 사라졌다. 세례식이 시작되자 흰옷을 입으신 신부님이 우리를 축복하시고, 기름을 바르고 물로 씻으시며 십자인호를 그으셨고 '막달레나'라고 나의 세례명을 불러 주셨다. 미사포를 쓰는 것으로 영세식은 끝났는데 무척 서운했다. 거룩한 그 시간이 좀 더 길었으면 싶었다. 곧 다과회, 다과회에서 나는 못 볼 것을 보았다. 신부님이 담배를 태우시는 것이다. '신부님, 담배 태우지 마세요!' 나는 속으로 절규했다. 하지만 신부님은 태연히 담배를 태우시며 웃고 얘기하셨는데 그게 싫어서 나는 밖으로 나왔다.

제단 앞에서 영세자들이 기념사진을 찍고 있었지만 아무도 날 불러주지 않았다. 내 대모님도 뒤에만 섰을 뿐 보이지 않았다. 수녀님도 날 본체만체 하신다. 여기서도 모두 날 꺼려하고 싫어하는구나. 나는 지하실 교리반에 들어가 울었다.

바람부는 주일.

하느님, 막달레나는 벌레입니까? 다 쳐다봅니다. 그냥 지나가는 사람이 없어요. 나는 동물원의 짐승입니까? 나는 구경거리에 불과해요. 긴 다리 짧은 다리가 굵기도 해요, 넓은 얼굴, 짝짝이 눈, 하마처럼 큰 입에다 목은 없고 목소리조차 녹이 슬었어요. 하느님 저는 별로 잘 못 한 것도 없는데 왜 이렇게 태어났을까요. 하지만 감사합니다. 몸이 반 덩어리만 있는 사람도 있고, 눈이 없는 사람도 있고, 두 팔, 두 다리도 없는 사람이 많아요. 거기에 비하면 막달레나는 좋은 몸을 가졌어요, 잘 볼 수 있고 벙어리도 아니예요. 생각도 잘 되고 글도 적습니다, 이렇게 좋은 점이 많은데 투정을 부려서 죄송합니다.

이른 봄.

대모님. 길에서 대모님을 만났는데 모른 척 한다. 내가 힘들여 뛰어가 '대모님 서 주셔서 감사합니다' 인사했더니 '뭘요' 하며 나이 어린 대모님은 웃지도 않았다. 무안했다. 나같은 못난이를 대녀 삼아서 대모님은 싫은 모양이다. 수녀님이 시키는 대로했을 뿐인 대모였던 것 같다. 영세 때 상본 한 장도 나에게 주지 않았다. 내 탓이다. 내가 못난 탓이다, 대모님을 미워하지 말자.

나비를 본 봄.

벗겨진 신발. 시장에 가는데 신발 한 짝이 벗겨졌다. 무심코 돌아서서 신발을 신으려는데 아, 나는 소름이 돋았다. 시장에 나온 사람들 모두 나를 보고 있었다. 나는 땀을 뻘뻘 흘리면서 내 신발을 신는데 신발이 자꾸 뒤집어지는 것이다. 겨우 신발을 신고 나는 시장에서 뭘 사려던 것을 포기하고 집으로 오는데 다리는 평소보다 더 심하게 절었다.

늦은 봄.

아버지. 앞서 가는 아버지의 잠바를 보았다. 주머니가 떨어져 밖으로 나온 잠바. 나는 딸 된 도리로 아버지께 잠바를 새로 사 드리고 싶다. 하지만 공장에서 실밥을 따서 버는 돈은 어머니께 드려야 한다. 쌀이 되고 연탄이 되는 적은 돈. 나는 아버지께 잠바를 사 드릴 수 없다. 돈 없는 딸. 이상한 딸. 복도 없는 아버지. 일을 하며 종일 아버지의 잠바만 생각했다.

비 오는 날.

죽고 싶어. 막달레나는 죽어버려야겠다고 생각했지만 무섭고 용기가 없다. 바보, 겁쟁이 이러니까 이렇게 태어났지. 죽을 사람이 무서움을 타다니. 밤새울었다. 하느님이 막달레나를 죽여주세요. 빕니다. 아무것도 할수 없는 막달레나를 왜 세상에 얹어 놓았습니까. 일류 대학에 다니는 하나뿐인 남동생이 오늘 날 피해 골목길로 되돌아가는 걸 보았어요. 남동생옆에는 예쁜 여자가 있었구요. 동생 맘을 이해해요. 누나답지 못한 창피한 누나가 막달레나입니다.

사월의 봄.

부활절. 부활하신 주님, 미안합니다. 찬양을 하고 싶어도 아시는 것처럼 목소리가 엉망이잖아요. 성가대의 합창 들으면 슬프답니다. 저도 그러고 싶거든요. 찬양 드리지 못하는 저를 꼭 용서하세요. 하지만 제 마음 속 목소리로 노래를 불러 드릴 게요. 그리고 훗날, 제가 죽어 부활이 되면 진짜 목소리로 가장 아름다운 노래를 불러 드릴 게요, 그때는 사람들이 저를 부러워하겠지요.

여름.

맞선 열 번 째의 맞선이다. 결과는 언제나 후회, 정말 괜히 봤다는 후회. 나의 상대는 언제나 나와 비슷하다. 못났고 찌그러져 있거나 어느 곳 한가지가 없다. 아니면 아이가 두 셋이 딸린 늙은 할아버지. 나는 맞선을 볼 때마다 다리가 떨린다. 떨림을 멈출 수가 없다. 가슴도 쿵쿵 심하게 방망이질이 계속된다. 그러나 언젠가는 나도 신랑을 맞이할 수 있을 것이란 희망때문에 좌절의 늪인 줄 알면서도 맞선을 보게 되는데 오늘은 정도가 심하다. 마흔 다섯 살의 곱사등이 아저씨였는데 논밭이 많고 돼지를 친다고 했다. 날 소개한 아줌마는 내 의사도 안 물어 보고 잘 될 것 같다는 말을 했는데 다방에서 갑자기 그 아저씨가 화를 내면서 벌떡 일어났다. 일 잘하는 여자를 소개해 달랬는데 몸도 못 가누는 사람을 데리고 왔다며 커피도 안마시고 나가 버린 것이다. 다방의 사람들 모두 날 쳐다보았고 나는 고개를 들지 못했다.

여름.

안개. 기분이 썩 좋다. 내 흉한 모습이 감추어진다. 매일 안개가 짙게 깔리면 좀 좋을까. 안개 속을 걸어 공장에 가는데 콧노래가 절로 나왔다.

무서운 시선도 없다. 뒤돌아보지도 않는다. 안개를 만들어 주신 하느님께 감사했다. 평화의 주님. 여름. 싸움. 경희와 싸웠다. 경희의 잘못된 작업을 지적했는데 '병신'이라며 날 쏘아보았다. 공장의 사람들 모두 내 편을 들었다. 경희는 울고불고 난리를 쳤고 끝내 조퇴를 했다. 나는 일을 계속하며 경희가 울고 간 것이 내내 마음에 걸렸다.

늦은 여름.

어머니의 한숨 어머니의 말씀을 잠결에 들었다. '저것 죽고 나 죽고 싶다'는. 어머니의 긴 한 숨. 연이어 아버지의 신음. 두 분 모두 나 때문에 가슴 병이 생겼다. 나는 이불깃을 입안에 틀어막고 소리 없이 울었다. 가족들에게도 무거운 짐. 근심덩어리. 날이 밝으면 아무도 모르는 곳으로 떠나 버릴까. 떠난다는 것. 수 천 번, 수 만 번 마음만 먹었다 한 발자국도 떠나지 못 했다. 하느님 저를 어떻게 좀 해 주세요, 데려 가시든지, 떠날 수 있는 용기를 주시든지.

이른 가을의 기쁨.

다시 맞선을 본다. '우린 닮은꼴이네요' 왜소한 체구의 소년 같은 남자가 나에게 우유를 권했다. 음성이 엄청 좋아 놀라움이 컸다. 나는 그 음성에 풀이 죽어 고개만 떨구고 있었다. 내가 선을 본 남자 중에 가장 깨끗하고. 가장 다정하고, 가장 예의 바르고 가장 정상이었다. 다리 한쪽을 저는 것 외는. 그는 나를 친구처럼 대해 주었다. 얘기를 아주 잘 했고 전혀 지루하지 않았다. 그 사람의 말 중 가장 기억에 남는 것. '인생, 길지 않아요. 사는데 까지 즐겁게 사세요, 무대 위에서 연극한다고 생각하세요.

구경꾼은 많을수록 좋아요. 유진 씨 이름이 참 좋네요' 그 사람은 뭇사람
의 시선이 내게 집중될 때 내 몸이 절로 움츠려든다는 걸 알고 있는 것
같았다. 참 기분 좋은 사람. 참 당당한 사람, 나는 주저 없이 그의 말을
따르고 싶었지만, 간절한 바램이었지만 그 만남 이후 그 남자는 소식을
주지 않았다.

늦은 가을.

외출. 버스를 타기 위해 정류소에 섰을 때 긴장은 극에 달한다. 더불어
기도. 하느님 제가 타야할 버스가 제 앞에 서도록 좀 도와 주세요. 그러나
세상 온갖 것을 다 보살펴야하는 하느님이 제 버스 타는 것까지 챙길 수
없겠지요. 버스는 언제나 저만치 달아나고 성급하게 문을 닫네요. 나이를
많이 먹어 이제 버스 타는 것쯤은 익숙할 때가 됐는데 매번 서툴다. 간신
히 올라탄 버스. 손잡이에 매달려 비틀거리는 것도 힘들지만 학생들의 자
리 양보는 못내 민망하다. 이런 상황에 놓이지 않으려고 외출을 자제하고
있지만 시골에서 올라오신 외할머니가 엉뚱한데서 길을 헤매고 계시는데
집을 안 나설 수 없다.

겨울.

무당. '저 처잔 무당이 어울리겠는데' '글쎄 말이다' 처자는 나를 일컫
는 말이다. 미사를 마치고 얼음 과자를 사 먹고 있는데 두 노인이 말했다.
기분이 아주 묘했다. 뒷골목을 골라서 집에 오며 무당이 된 나를 상상했
다. 웃음이 나왔다. 이상한 몰꼴로 대를 잡고 색동 옷 입고 절뚝절뚝 작두
위에서 춤을 추며 끙끙 앓으며 이상한 말 내 뱉으면. 그래. 구경꾼 첩첩이

겠다. 자꾸 웃음이 나왔다.

봄이 가까운 겨울.

감추자. 작은댁에 다녀오는 길. 지하철을 탔다. 책 몇 권을 무릎에 놓고 앉아있는 안경 낀 남자. 보기 드물게 매력적이었다. 내 시선이 그쪽으로 쏠리었다. 그 남자와 무심결에 눈이 부딪쳤는데 화끈 불이 닿는 느낌이었다. 나는 시선처리에 애를 먹고, 표정 관리를 제대로 못했다. 그 사람은 아마 나를 정신없는 여자로 오해했을 것이다. 그 남자는 또 내가 내릴 양정동 역에서 가방을 내리고 있는 게 아닌가. 나는 내가 내려야 할 양정동 을 지나치고 말았다. 외양도 흉한데 다리까지 절뚝이는 걸 그 귀족남자에 게 보여줄 수 없는 것이다.

꽃샘 추위.

춥다. 어제도 춥고, 오늘은 더 춥다. 나는 내 어리석음을 안다. 나보다 훨씬 못난 사람도 다 잘 해 내던데 나만 엉망이다. 나는 영영 실패작인가, 나의 미래는 그저 무섭다. 내일도 오늘과 같을 것이고.

나는 유진의 글을 이렇게 대충 정리했고 그녀의 거칠고 살찐 일기장은 김해 도요리 강변 모래밭에 쭈구리고 앉아 긴 시간에 걸쳐 소각시켰고 그 재 깊이 묻었다.

그리고 남자를 따라 전라도로 갔을 유진의 무사무탈한 나날을 두 손 모아 빌었다.

밀양에서 밥 먹었다

일주일 전, 경주에 사는 명이가 나에게 전화를 걸어준 것이 대략 10년 만이구나.

명이는 붓글씨를 잘 써 국전, 시전 입상을 여러 차례 거친 후 서예교습소를 운영하고 있다.

명이도 나도 서로 오랜 친구지만 명이나 나나 서로를 찾고 챙기는 마음이 부족했다.

10년 전에는 한 달에 세 번 정도 전화를 주더니 어느 날 내게 부산에 전화하면 손해나는 기분이야 하는 것이다.

알았다. 이제부터 내가

나는 그때 나름 몹시 바쁜 시절이었다. 누가 먼저 전화를 했나 받았나 하는 상황을 염두에 두지 않고 어쩌다 걸려오는 그녀의 전화를 별 생각 없이 받았을 뿐이다.

그 후, 그녀의 전화가 없었고 내 말도 허언이 되었는데 십년 세월이 흐른 뒤, 그녀의 새벽전화를 받은 것이다.

마음이 몹시 허전하니 부산에 가겠다. 시간 좀 내 봐라

하는 것이고 나는 그러자 했다.

그녀가 부산역에 도착한 것이 오전10시. 그녀는 내가 지정한 장소에 곱게 단장하고 얌전히 서 있었다.

나는 그날 예정된 일을 모두 미루거나 돌리고 그녀와 동행하기 전.

집에 두면 하울링이 심한 빈이랑 가야 하는데 괜찮겠는가 물었고, 그녀는 내가 빈이란 이름을 가진 개와 동행한다는 의사에 쾌히 동의했다.

그녀는 아주 환한 얼굴로 차에 탔는데 차 뒷좌석에 길다란 다리를 아무렇게나 내던지고 무심하게 앉아있는 개를 보고 일단 경악했다. 너무 크고, 너무 귀족적으로 잘 생겼다는 칭찬이었다. 그녀는 내가 함께 간다는 개를 쬐꼬만 시츄정도로 짐작했다는 것이다.

뒷좌석의 개는 대형견 아프칸 하운드다.

내 개는 착하고 순해서 뒤에 앉아 있거나 서 있어도 별 무리가 없다. 명이는 그런 개를 자꾸 뒤돌아보며 허허 웃고, 안녕 인사했고. 네 이름이 로빈이랏꼬? 하고 로빈에게 자꾸 말을 걸었지만 로빈은 제 타고난 성품 그대로 창 밖 허공에 시선을 던져두고 명이에게 좀체 반응을 보이지 않는 것이었고, 명이는

개가 참 웃긴다. 뭐 저런 개가 다 있남, 개는 주인 닮는다던데 인사성도 없고 능청시린게 꼭 너 닮았다는 등등 말을 하다가말다가.

어디로 갈건데

나에게 묻는 것이고

밀양.

내 대꾸에 명이는 반색을 했다.

그럼 언니 집에도 가자.

그런 그녀와 함께 백양산 터널을 지나 양산과 배냇골을 경유. 가지산을 넘어 밀양으로 갔다.

밀양 단장은 그녀의 고향이다.

그녀는 맨 처음 나를 밀양에 데리고 가 그녀의 집에서 두 밤 세 날을 함께 먹고 자면서. 중학교에 재직 중인 그녀의 오빠와 내가 잘 되기를 바랬지만 그녀의 오빠는 하숙집 처녀를 건드려 책임지기 싫은 뒷처리에 골머리를 앓는 중이었고 나와는 아주 다른 세계에 속한 사람이었는데. 그는 내 상식으로는 도무지 이해할 수 없는 휴거니 영생이니 하는 사이비 종단에 들어가 황금같은 젊은 시절 20년을 고스란히 허비하고 간신히 그곳을 빠져나온 뒤 지금은 과거의 잘못된 선택을 망각하려 애쓰며 고등학교에 재직 중이다.

그때 처음 그녀의 집에 갔을 때 개구리가 엄청 울어대는 여름이었고 집으로 이어진 좁고 길다란 사잇길을 제외하곤 사방 푸른 논이었다. 그런 논두렁을 걸어 집에 도착하니 집의 기둥이나 벽면에 한지에 한문으로 뭔가를 써 놓았는데 명이 아버지의 시문이었다.

명이가 지금 서예원을 열고 있는 실력은 친정아버지가 물려주신 재능의 유전자임이 틀림없다고 칭송하고 나는 그녀가 때때로 말하는 전주 이씨에 대한 혈통적 자부심을 드높여 주었다. 그리고 두 칸 방을 이은 마루에 광목을 두른 쌀뒤주 넓이와 높이의 상청이 차려져 있었는데 할머니의 삼년상을 집에서 지내는 중이라 했다.

밤에는 그야말로 내 주먹만큼 큰 별들이 까만 밤하늘에 찬란했는데 장관이었다. 그러나 모기가 너무나 많아서 나는 모기에 시달리느라 거의 뜬

눈으로 긴 밤을 보냈다. 그리고 낮에는 그곳에서 멀지 않은 표충사 계곡
에서 놀았다. 표충사 계곡에 발을 담그고 노는데 큰 바위 뒤에서 들릴 듯
말듯 흐느끼는 소리가 들려 그곳에 눈을 박고 주시하는데 회색옷의 젊은
남자가 숨죽이며 울고 있는 게 얼핏 보였고, 명이와 나는 그 남자가 더
마음껏 울도록 살금살금 그 자리를 떠나 더 깊은 계곡으로 올라가다 명
이가 발을 접질러 넘어지는 바람에 찰과상을 입었고 그 자리서 절뚝이는
명이를 놀리고 부축하며 집으로 돌아온 기억의 밀양.

그 밀양에 명이의 작은 언니가 현재 홀로 농사를 짓고 있는 것이고 언
니를 본지 좀 오래됐다는 명이로선 환호할만한 소풍인 것이다.

밀양 역 앞에서 명이는 나에게 대형 마트 앞에 차를 세워 달라 했는데
언니를 위해 선물을 사야한다는 것이다.

마트에서 명이가 선물을 고른 것은 아주 작은 수박과, 제 철도 아닌 사
과 한 상자였다.

밀양에서 농사짓는 농부가 과일이 뭐 그리 그립겠는가하는 내 생각을
말했다.

밀양에는 얼음골 사과가 유명하고 여기저기 수박밭도 심심찮게 보이는
데 구태어 수박과 사과를 사는 건 좀 그렇지 않나?

언니는 쌀농사만 짓거든.

명이가 잘라 말했다.

그리고 언니에게 전화를 걸어, 마트의 적립카드에 마일릿지 적립이 가
능한 전화번호를 말해 달라는 것이었고 손 전화 저쪽에서 그녀 언니의
음성이 안절부절 이어지고 있었다.

이 번호인 것 같네. 아니다. 저 번호다. 어디 적어 놨다. 잠시 기다려 봐

라. 수첩이 안 보이네. 뭘 샀는데? 그냥 와도 되는데 아 여기 적은 게 있다. 근데 안경이 안 보이네. 안경이 어디 갔나 요즘 눈이 침침해서.

그럴 동안 계산대에서 명이는 뜸하게 찾아든 다른 손님에게 다섯 차례나 추월당했고, 명이의 어수선한 거래에 계산원의 시선이 곱지 않은 상황이었으며 나는 나대로 지루해서 그런 명이를 두고 매장 안에 들어갔다.

애견 코너에서 더운 차 속에서 나를 기다리고 있는 빈을 위해 육포를 사고, 어물 코너에서 굴비를 꺼냈다.

명이의 언니가 부산에서 결혼을 하고 두 살된 아들을 두었을 때 그녀의 남편은 자전거를 타고 건널목을 건너가다 기차 사고를 당해 이승을 떠났고 명이의 언니는 공장에서 일하며 줄곧 힘들게 살 수밖에 없는 처지였다.

어린 아들이 공장에 간 엄마를 하루 종일 기다리며 먹은 밥상을 신문지로 덮어 두었는데 그 밥상에 개미와 파리떼가 새까맣게 덮힌 것을 내가 두어 번 본 일이 있었다. 그리고 한 달 뒤 명이의 언니는 아들과 함께 개미떼 줄지어 가던 단칸방을 떠나 우리 집 바깥채 두 칸 방으로 이사를 왔는데 순전히 내 의사에 그들이 따른 것이다.

우리와 함께 살면 꼬마는 매끼니 우리 밥 먹을 때 함께 먹고, 언니는 공장에서 마음 편하고, 꼬마는 덜 외롭고.

그때 명이와 명이 언니는 나를 성모 마리아 화신쯤으로 표현하며 거듭거듭 민망할 정도로 고마워했었다.

그러나 두 해 정도 살고 떠난 명이네와 우리 집은 애당초 함께 산 것을 후회하며 마음의 상처만 남게 되었는 데, 명이 언니는 일본종단의 열혈신자로 공장에서 집에만 오면 큰 소리로 주문을 외워 우리집 식구들의 밤

잠을 설치게 했고 하나뿐인 자식에 대한 애정과 관심은 '네 팔자가 박복한 걸' 하는 수준으로 방치했으니 내가 그 아이를 좀 돌봐주는 일도 한계에 부딪힌 것이고 또한 그들의 집안을 쓸고 닦는 위생관념은 때때로 구더기도 발생시키는 최하지수라 되도록이면 함께 더불어 다정하게 살아야 하는 사람살이에 상호 염증과 환멸을 초고속으로 안겨주었던 것이다.

그리고 보니 지난날 그들의 단칸방의 파리떼와 개미떼는 그릇에 붙은 음식 찌꺼기를 보고 멀리서 찾아온 것이 아니고 불결한 환경이 제공한 자생적 산물이었던 것이고 어린 아들이 겪는 춥고, 외롭고 배고픈 문제는 명이언니의 종교적 신념에 멀리서 정작 아들의 슬픔은 안중에도 없었던 것이다.

그런 유쾌하지 못한 일들이 기억속에서 재생되고 사라지는 가운데 나는 보기 좋고 먹기 좋은 굴비를 샀고. 우여곡절 끝에 포인트 적립이 끝난 명이는 다시금 굴비분 적립을 찍으며 얼굴이 환해지는 것이다.

그리고 그녀 언니를 만났다.

적립을 위한 전화통화를 하며 내 방문을 알린 명이의 기별에 언니는 언덕배기 집이라 주차할 곳이 없다는 그녀의 집에서 500m를 달려 나왔고 나를 두 팔로 껴안고 진하게 포옹했는데 그녀는 완전히 깡마른 노인이었다.

"얼마 만이고! 오래 사니 이렇게 만나네. 아이고, 애야도 늙어가네. 반가워라! 어여 어여가 밥 묵자."

그러다가

내 옆에 얌전히 선 로빈을 보고

"이 짐승은 뭣꼬? 염소가? 개라꼬? 무시라. 안 무나? 야도 뭣 좀 먹이

114

야제. 가서 밥 묵자"

반가운 소리였다.

밥 묵자.

배도 고팠다. 그리운 밥.

아침밥 먹은 지 언제인가?

새벽녘 누룽지 끓여서 조금 먹은 게 전부다.

오전 10시에 명이를 만나 산과 들판을 천천히 주행하다 마트에 들린 후, 닿은 언덕배기 집. 오후 2시였다.

나는 새벽녘 명이의 전화에서 부산에서 내가 가자는 대로, 하자는 대로 다 하겠다는 말에 밀양을 염두에 두었다. 그리고 밀양에는 그녀의 언니가 농사를 짓고 사는 지라. 집에서 여유가 있는 것들을 미리 좀 챙겼었다. 쵸콜릿, 꿀, 장갑, 양말, 옷, 화장품 등등이다. 이런 물건에 굴비를 얹어 그녀의 집에 부리니 풍요로운 선물이 되었다. 거기에다 명이의 수박과 사과에 농부 언니는 설보다 추석보다 푸지다며 꽤나 즐거워했다.

그리고는 밥 묵자.

나는 그 밥이 이내 나올 줄 알았다.

그러나 그 밥은 정확히 오후 4시 50분에 내 입으로 들어 왔다.

명이의 언니가 작은 방에서 각종 곡물을 바가지에 퍼다가 나에게 보이며 이게 신토불이 쌀이다. 신토불이 팥이다. 신토불이 콩이다. 신토불이 현미다.를 거듭 설명했고 손수 심고 기르고 거둔 진짜 신토불이임을 거듭 강조했고.

텃밭의 고추와 상추와 쑥갓을 한 소쿠리 씩 뜯어와 다시금 나에게 보이며 이게 진짜로 농약 안 친 신토불이 상추며. 신토불이 쑥갓이며, 신토불이 고추임을 알리는 통에 시간은 흐르는 물처럼 무심히 흘러갔으며. 이 제는 내 귀에서 더 듣기를 거부하는 지긋지긋한 신토불이가 다시금 된장 과 고추장의 접두사로 신고식이 이어졌기 때문에 신토불이 푸성귀와 신 토불이 잡곡밥이 놓인 신토불이 밥상이 내 앞에 놓였을 때가 오후 4시 50분이었던 것이다.

그 밥상이 놓이기 전 명이는 부엌에서 언니를 향한 일차 훈시가 있었 고,

언니, 봐라. 전 번 추석 뒷날 영덕 큰 오빠네가 왔을 때. 점심밥을 저녁 에 먹었다고 올캐가 한 말 했다 아이가. 점심밥 먹자고 초대했으면 점심 밥 다 차려놓고 사람을 맞이해야지 사람이 도착한 그때부터 쌀 씻고, 배 추김치 담더라라고 한소리 들었다 아이가. 오늘도 그라네. 밥묵자 밥묵자 해놓고 쌀도 안 씻고 한 시간 보냈잖아

그 훈시를 나 또한 안 들을 수도 없는 명이의 우렁찬 음성인 지라.

'명이야, 훈시는 그만 두고 그냥 니가 쌀 씻어 앉히넌 안 되겠니'

하는 말이 목구멍을 타고 올라 왔지만 꿀꺽 도로 삼켰다. 될 대로 되라 지. 하루 굶는다고 죽기야 하겠어. 하는 심정으로 그냥 그녀들을 보며 공 기 좋다. 물 좋다. 앵두나무 푸르다며 하하 연신 즐거운 표정만 냅다 연출 했던 것이다.

그리고 이윽고 마주한 신토불이 밥상을 가운데 두고 세 사람 삼구 동 성으로 신토불이 밥상을 찬양하며 밥을 배불리 먹었고, 해 빠지기 전에 부산에 가야한다며 신토불이 누룽지도 안 먹고 내가 서둘러 일어서서 신 발을 꿰 차는데 말간 마당에 매 둔 빈이 어느새 외양간으로 옮겨져 그 긴 털에 소의 마른여물을 덮어 쓰고 허연 도깨비로 변해 있는 게 아닌가 말

116

이다.

'아이고, 우야노! 도시 개 소구경 좀 해랏꼬 마음내서 소 여븐디 매 줬는데 저리 됐뿟네!'

명이와 언니의 비명이었고 나는 그 자리에 주저앉고 싶었다.

그날 아주 늦은 밤까지 로빈의 몸에 속속들이 들어 붙은 지푸라기를 뜯어내는데 나는 내 몸 속에 저장된 모든 에너지를 다 소진시켰다.

그렇게 10년 만에 전화를 준 명이

밀양을 돌이켜 보면 엇찔 현깃증을 느낄 희극과 비극을 나에게 안겨 주고 경주로 돌아갔다.

돼지머리 이고

공원 로터리를 도는데 경수가 보였다.

혼자가 아니다.

경수가 팔짱을 낀 남자는 경수의 남편이 아니다. 두 사람이 선 자리는 모텔 입구다.

"누굴까?"

"누구든!"

죄지은 여자를 가운데 두고 사람들이 돌을 던지려 한다.

신약의 聖者는 말한다.

누구든 죄없는 자 돌로 쳐라

사람들은 곧 흩어졌다.

"웬 족발?"

밥상에 찻상에 올려지는 족발을 보고 사람들은 그 음식 먹기 전 꼭 물었다.

세상에서 제일 맛난 보양식품, 대추에, 생강에, 계피에, 감초를 넣어 고았으니 맛있게 드시고 사 가기도 하시길.

경수의 족발은 다소 값이 비싸다. 그래도 내 홍보로 몇몇 사람은 족발을 샀다.

일회용 접시에 어슷어슷 썰어 담은 한약재와 고아낸 연한 갈색의 족발 옆에 양파와 풋고추와 된장과 새우젓까지 담아서 랩으로 포장한 족발.

노조에서 장기간 데모를 하며 버텼지만 거대했던 신발공장은 문을 닫았다. 주야간 교대 근무를 하며 그 직장에 충실했던 경수는 실업자가 되었다.

그렇게 실업자가 된 경수는 생활정보지와 눈씨름을 했지만 익힌기술 없고 나이만 먹은 여자가 취직할 곳은 식당밖에 없었다. 숯불갈비집, 해물탕집, 냉면집을 돌며 돈을 벌었다. 그러다 그만 두었다. 단골이라는 손님과 자주 부딪쳤고 그 손님은 마음이 풀려 농담 반 진담 반 음담패설을 입에 올리며 추파를 던지기 시작하는데 그걸 참지못했던 것이다.

빵틀을 주문했다. '황금잉어 다섯 마리 천 원'이란 글씨를 수레에 써 붙이고 붕어빵을 굽기 시작했던 것인데 장사는 시원찮았다. 잉어가 되지 못한 반죽은 하룻밤 한나절이 지나서 하수구로 들어갔다.

그럴 동안 경수의 남편은 낚시터나 드나들며 용돈만 축내며 가끔씩 화풀이로 자식들 머리에 종아리에 팔뚝에 구멍을 내고 피멍도 들이고 밖으로 내몰기도 하는 무자비한 아비로 살아가도 자책이 없는 위인이었다.

아버지가 무섭고 싫은 큰 딸은 중학교를 중퇴하고 가출했다.

초등 6학년 둘째 딸은 아버지와의 관계가 조금 나았지만 성적 때문에 경수를 늘 실망시켰다.

막내며 외동인 초등 3학년 아들은 맨날 결석 지각 조퇴니 경수는 아침

마다 외동과 입씨름이었지만 외동의 생활습관은 개선되지 않았다.

빵틀도 밤사이 경수 곁을 떠났다. 길다란 가스통과 함께 사라진 것이다. 경수보다 더 고달픈 삶이 그것을 탐냈을 것이다.

다시금 있는 돈 털어 재도전 한 것이 모퉁이 분식집. 수제비와 국수를 팔았다. 손님은 극소수였다. 내가 아무리 온 식구를 총동원해서 먹어주는 것도 한계가 있는 것. 두 번의 월세를 내게 빌려서 지불했는데 가끔 수제비를 먹기 위해 들리면 돈을 안 받겠다해서 내 암산법으로 내가 빌려준 돈은 내가 먹은 수제비 값으로 변제되었다. 그러다 보증금은 미처 못낸 월세가 다 깎아 먹어 빈 손으로 분식집을 청산했다.

경수, 고등학교 3학년 때 전교학생 회장으로 맹렬학생이었을 때, 교무실에서 교감 선생님이 부르더란다.

경수야, 니, 되게 똑똑한데 손금 좀 보자, 앞으로 뭐가 되는지.

발랄한 경수 서슴없이 손바닥 내밀었고 큰일났네. 우리 경수, 니는 한평생 니가 벌어먹고 살아야 되는 기라.

경수, 그 기억 수시로 되살렸다.

교감 선생님의 말씀을 운명처럼 받아들이기도 하고, 말이 呪術이라 그 말이 현실이 됐다며 교감 선생님을 원망하기도 하던 1952년생 용띠 경수.

그녀는 또다시 여동생에게 꾼 십만원의 돈으로 시작할 수 있는 장사를 찾았다. 콩나물 장사, 채소 장사가 적당했지만 골목시장 가장자리는 빈틈없이 그런 것들로 채워져 있어 경수가 앉을 틈이 없었다. 그 시장에 없는 게 없었지만 눈 씻고 관찰하니 없는 것도 있었다. 족발이었다.

경수는 족발장수가 되었다.

큰시장에서 가져온 돼지족발의 털을 면도칼로 깎는데 그 시간 지루하게 길었다. 그리고 큰 솥에 넣고 삶다가 물을 빼서 비린내를 제거한 후 봉지봉지 사 온 한약재와 물엿과 양조간장을 넣고 맛이 밸 때까지 되삶는 것이다. '마수거리'를 내가 했다. 경수는 지폐를 머리에 쓱쓱 문지르며 "재수 주세요" 웃으며 염원했다. 그러나 족발 장수도 길지 않았다. 맛있게 정성을 다했고, 내가 홍보책이었지만 길거리에서 파는 그것을 모두 불결하게 보았는 지 족발은 좀체 돈이 되지 않았던 것이다.

추운 겨울날

난방 시설이 부실한 경수네 벽돌집은 안과 밖이 따로없이 춥기만 했다.

내가 자갈치 시장에서 반 자루정도 사온 홍합을 큰 솥에 삶았고, 큰그릇에 넉넉히 담아 경수네 집 대문을 열었는데 마당이며 마루며 부엌이다 뒤집어져 있었다. 이불은 마당에, 솥단지는 안방에, 국솥은 마루에 쏟아져있는 것이다. 경수는 산발인 채로 그 난장판 속에 엎드려 숨죽여 울고 있었다. 남편과 시어머니의 행패였다. 못난 계집 만나 평생 재수없으며, 남편 앞 길 가로막는 계집이라며 그녀를 모질게 학대했고 패악질을 서슴치않았던 노랗게 물들인 머리와 굵직한 금귀걸이가 먼저 눈에 들어오던 경수의 시어머니.

경수는 그들로부터 자주 그런 낭패를 당했다.

일주일 후는 더 납득이 안 되는 일이 일어났다.

두 살 밑 경수의 여동생. 경수가 족발을 팔기위해 빌려 쓴 10만원 안 갚는다고 동네가 떠들썩 하도록 발악을 치는 것이었다.

언니는 거짓말쟁이다, 며칠 뒤 갚는다 했으면 갚아야지 왜 안 갚아. 난 약속 안 지키는 사람 질색이야. 지금 당장 내 놔. 나는 정확한 걸 좋아해!

말 자체는 반듯하고 논리정연한데 말을 내뱉는 사람은 비정상인 것 같았다. 내가 건넨 돈을 받고 여동생이 돌아간 뒤 경수가 말한다.

어릴 때 버스하고 박치기를 해서 머리를 좀 다쳤는데 그 뒤부터 자기 것에 대한 애착이 남다르다는. "그래도 착해요, 알뜰하고. 제 자식 잘 거두고." 경수는 동생을 두둔했지만 그 말 듣는 나는 입맛이 매우 썼다. 이번 일 아니라도 제 언니를 위하거나 조카들 배려하는 마음은 티끌만큼도 없는 이기적인 모습을 종종 보아왔던 터.

고난은 어느 점에 있어서 고난은 고난되기를 그칠 것이나 그것은 높고 강인한 精神力을 가진 인격의 영역인 지라.

경수의 고달픈 삶은 그녀의 정신마저 흐리게 했다.

자꾸 헛것이 보인다는 것이다. 부엌의 천정까지 가득채운 돈.

방안에 앉아있는 백발의 노인. 그리고 흰나비떼의 군무. 경수는 무섭다며 '굿'을 해보고 싶다고 했다. 나에게 同行이 가능한지를 물었다.

반송동 깊은 산골짜기였다.

마을과 동떨어진 '굿당'이 그 골짜기에 있었다.

자정부터 푸닥거리가 시작되는데 경수와 나는 밤 10시에 집을 나섰다.

대나무 가지가 꽂혀있는 대문을 지나 저 여자 필경 무당이지싶은 화장 짙은 여인이 우릴 반겼고 짐을 좀 옮겨달라고 했다.

고사리. 도라지, 콩나물의 세가지 나물과, 솥뚜껑이 들리도록 지은 한 솥의 밥과, 길쭉한 입이 웃고있는 돼지머리. 굿판에 기꺼이 동참하려는 내가 그런 짐들이 부담스러울 리 없었다.

무당이 밀어주는 큰 그릇엔 돼지머리가 담겨있었다.

그걸 머리에 이고 차가운 겨울 깊은 산골짜기를 향하여 걸어가며 그들이 쥐어준 랜튼의 불을 밝혔다.

'굿당'에는 스님 복색의 박수가 2명 더 있었다. 우리를 안내한 무당의 손을 거쳐 재물을 올리는 할머니도 무당. 그들의 손님인 경수, 그리고 구경꾼인 나, 그렇게 6명이 그 깊은 밤에 오색의 원색 만장이 가득 드리워진 괴이쩍고 음산하기조차한 '굿당'에 별 말없이 앉아 있다가 자정이 되자 '굿'이 시작되었다.

네 사람의 무당이 경수를 가운데 앉혀두고 무슨 말인가를 중얼거리며 빙빙 돌면서 사물놀이를 시작했다.

꽹가리, 징, 큰북 작은북이 동원된 엄청난 굉음의 난타가 한 시간 이상 계속되었다. 시끄럽다 생각되면 그 자리에서 일 분도 못 견디고 일어날 것이었다. '다 받아 들이자' 마음을 열고 그 소리를 감상했다. 귀가 마비되는듯 했으나 그렇게 못 견딜 소음도 아니었다. 되려 가슴이 시원하게 뚫리는 장쾌함도 있었다.

그러한 와중에도 나는 어느 만신이 신딸에게 내리는 공수가 생각나는 것이다.

원수가 있어도 내리 사랑하고 도와주거라.

딸아 나를 따라 오너라. 험하고 머나먼 길. 가도가도 끝없는 길.

가고가고 또 가야하는 길. 돌부리 가시덤불 있으나 쉼없이 가야하는 길.

산넘고 물건너라. 깊고 얕은 물, 찬물 더운 물 수없이 있으되 건너다 지치면 힘내고 다시 용기 가지거라.

온갖 시련 싸워 이기고 극복하라.

멀리 보고 힘 내거라. 높이 가거라. 옅고 깊은데 있으되 마음 다잡고 겪고 겪으며 겪으라. 겪다보면 지친다.

지치면 넘어간다. 넘어가면 일어난다. 일어나면 또 넘어진다. 넘어지면 다시 일어나라.

이러한 상념과 공기가 찢어지는 소리 가운데 눈을 꼭 감고 앉아 있던 경수가 갑자기 율동을 시작하는 것이다. 간지러운곳 손바닥으로 닦아내듯 온 몸을 훑으며 긁적이기 시작하는 것이다. 얼굴을, 목덜미를, 팔과 손등을, 그리고 발등과 종아리와 무릎을 거듭거듭 훑어내리고 긁어대는 것이었는데 눈은 꼬옥 감은 채였다.

경수의 그런 반응을 기다렸다는 듯 네 사람은 더 격렬한 난타를 계속하는 것이다. 그리고 어느정도 시간이 경과하고 네 사람의 푸닥거리가 끝났을 때 경수의 움직임도 동시에 뚝 멈추는 것이다.

그리고 네 사람이 번갈아 가며 경수에게 묻기 시작했다.

누가 오셨습니까?

무엇이 보입니까?

무슨 말이 들립니까

누군가가 찾아 왔을 텐데요.

경수는 말이 없었다.

눈 꼭 내리 감은 채 묵묵부답인 경수로 인해 네 명의 무당은 저으기 당황해 하는 것이다.

눈, 떠요.

다소 강압적인 어투의 박수였고 경수는 눈을 떴다.

박수는 눈을 뜬 경수에게서 모르겠다는 말만 연거푸 들었을 따름이다.

제단의 제물이 내려지며 밥상이 차려졌다.

밥을 먹으며 박수가 경수에게 말했다.

당신 氣가 우리보다 강해서 일이 안돼요.

새벽 세 시.

무당팀은 굿당에 남고

우리는 굿당을 나왔다.

검은 골짜기를 벗어나며 경수가 중얼거렸다.

돈만 날렸어. 사깃꾼들이야.

나는 경수의 푸념을 못들은 척 했다.

헛것이 자꾸 보여 '굿' 한 판 벌린 후, 어떤 영험 얻어서 돗자리 깔고 돈이나 만질까했던 경수의 서글픈 희망은 빚을 내어 어렵게 마련한 돈 80만원을 꿀꺽 삼키고 그렇게 사라져 버렸는데

車를 타고 오며 나는 사뭇 궁금했던 것을 물었다.

온 몸을 왜 그렇게 심하게 긁었댔는지를.

대답은 싱거웠다.

전혀 기억에 없다는 것,

정말 모른다는 것.

열대야 현상으로 잠 설치는 여름밤. 경수는 잠자지 않고 글을 썼다며 원고지 30매의 글을 나에게 가져 왔다.

'까치의 행복' 원고지 첫 줄에 올려진 글의 제목이었는데 긴 글 쓰면서 고생한 흔적이 그대로 묻어있었다.

아무리 생각해도 드릴 게 없어서 밤새도록 글을 썼어요. 급할 때 쓰시라구요.

멍해지는 기분.

하지만 그녀의 마음은 고스란히 나에게 왔다.

너무 고마워서 정신이 다 없어.

나보다 키가 작은 경수를 당겨 품에 안으며 眞心으로 한 말이었다.

경수가 나에게 급할 때 쓰라고 써준 글

그게 주고 받을 수 있는 성질의 것이었다면 급할 때까지 저장할 필요도 없이 그 자리에서 당장 사용했을 것이다.

나는 경수에게 그걸 시작으로 틈틈이 글을 써 보라고 권했다. 그러나 경수는 그 글이 처음이자 마지막이었다.

경수는 이사를 가야했다 경수는 가까운 곳에 방을 구했지만 이내 다른 곳으로 옮겼다. 그곳에서 또다시 이사를 갔다는 소문을 들었다. 이젠 경수가 어디 사는지 모른다. 그러다가 그렇게 공원로터리 앞에서 낯 선 사내와 함께 있는 경수를 본 것이다.

반가웠다.

경수 혼자였더라면 그녀를 불러 차에 태웠을 것이고 그동안 어떻게 살았는지 근황을 알 수 있었을 것이나 경수는 그렇게 나와 아득히 멀어져 버렸다.

들은 얘기 셋

내가 본 영화나 소설 속 이야기는 대개 남자와 여자 사이의 애련이다. 드라마 속 허구의 애정 행각은 현실의 주변 상황과 크게 다르지 않다 남자와 여자의 얽힘.

남과 여의 일대 일의 관계는 도덕이며 합법이다. 두 사람만의 사회가 인정하고 보호하는 합법적 관계는 사랑이라는 이름으로 사뭇 아름답다. 그러나 제도권 밖의 사랑은 아름다움이 아니다. 삼각, 사각의 구도하에서 남과 여, 두 육신과 감정의 얽힘은 불순이며 일탈이며 추악이다. 거기에 연루된 사람들은 피차 숨기고 변명하고 추적하는 숨바꼭질의 악순환을 거듭하다 결과는 상처뿐이다. 사회가 인정하지 않는 감정과 육신의 유희는 큰댓가를 치루게 되어있으니. 모든 죄는 하나일 뿐이라던데.

내가 자주 사용해 먹는 죄목.

들킨 罪.

배우자 몰래 관능적 사랑에 탐닉하다 들키면 그것은 육신의 외출이지 마음은 아니었다 하는데 그 변명은 아마도 거짓말일 것이다. 흔히 몸 따로 마음 따로 라는 말을 섣불리 남용하는데 그건 말장난이며 붓장난이다. 마음이 박히지 않은 육신의 율동은 솜이나 스폰지로 쑤셔박고 밧데리로 움직이는 인형 밖에 없다. 오장육부를 가진 육신은 마음의 종일 따름이다. 몸이 시궁창에 가 있을 때는 마음도 시궁창에 가 있다. 몸이 술집 춤집에 가 있을 때도 마찬가지다. 마음 또한 술집 춤집이 좋아서다, 술맛 춤맛이 땡겨서 사는 것이다. 그곳 접대부의 웃음이 좋아서다. 동행하고 건배하는 동행이 좋아서다. 좋다는 것은 마음의 유희다. 그 유희와 동시에 몸은 리듬을 탄다. 그러기 때문에 몸 따로 마음 따로는 있을 수 없다는 것이다.

사람은 매번 선택의 순간에 서게 되는데 그 선택에서 이익과 즐거움이 있는 쪽으로 기울게 되는 것. 어느 놀이터에서 제 자신 꽤 인격자라 자처하는 양반이 사창가의 경험을 풍류로 포장할 때 내가 말했다. 몸과 마음이 원한 오입질이며 뿐이며 같은 물, 같은 색깔이다. 끼리끼리지.

근래 이혼지수가 꽤나 높은 데 배우자의 외도가 큰 범위를 차지하고 있다.

외도는 말 그대로 정도를 벗어난 일인데 정도를 벗어난 일이 어디 한두 가지일까만은 이 자리의 외도는 화이트하우스에서도 써 먹었던 형용사 '부적절한 관계'를 말한다.

그 外道.

생물학적 측면에서는 본능이라는 원론으로 자연법이며 일부일처제는 악법이란 설도 있다. 사회 제도적 견지에서는 불법이며 부도덕이며 탈선이다. 당사자들끼리는 불가항력이며 운명적 비련이다.

윤 처사가 산속 수도승이었을 때 말했다. 이성에 대한 육체적 갈망은 엄청난 고역이었다고. 부엌에서 밥짓는 늙은 공양주도 여자로 보이더라고 말했을 때 그래서 수도승이잖겠는가하는. 내 생각.

견딜 수 없는 것을 견디며 불처럼 일어나는 육체의 갈구를 바위마냥 누르며 하루하루 허무를 익혀 이윽고 누진통에 도달하는 장부의 초지일관. 허나 그는 그를 지극히 따르던 소녀의 손을 잡고 서둘러 환속했고 딸 둘을 생산, 양육하며 세간에서 살고 있다.

바다 아득히 수평선이 보이는 기슭에서 현이가 견디기 힘들다는 마음 터 놓았다.

현이는 횡단보도에 서 있었다.

시장 앞이라 서 있는 사람들도 많았다. 그때 신호등이 푸르게 바뀌었고 걷기 시작했다. 옆의 사람들도 일제히 움직이기 시작했다. 그리고 귀를 째는 자동차의 경적.

섰다. 어찌된 일인가. 왕복 8차선 도로 가운데 홀로 서 있었다.

양쪽 각종 차량들이 현이를 가까스로 피해 가며 손가락질하며 소리소리 질러댔다. 그때 비로소 푸른 신호등이었고 차량들이 정지선에 섰으며 사람들이 걷는 것이었다. 현이는 서늘해지는 가슴 쓸며 그 자리를 다급히 벗어났다. 그렇게 정말 글에서나 읽었던 정신 착란이 현이에게 있었으며 헛것을 보았다. 훤한 대낮에 그렇듯 착시현상을 일으킬 정도로 현이는 마음앓이를 하고 있었다. 배신. 남편의 외도탓이었다.

남편이 노골적으로 자신을 무시하며 사무실의 젊은 아이와 보란듯이 외도한다는 것. 간밤엔 서로 험한 말 뱉으며 싸우기도 했다며 그냥 저 바닷물에 빠져 사라져버렸으면 좋겠다며 절망하는 현이다. 두 해에 걸쳐 그랬다. 좌절과 분노와 슬픔 후 현이는 부쩍 성숙해졌다.

나는 나. 당신은 당신. 당신이 당신의 손으로 날 떠밀어 내지 않는 한 나는 내 자리에서 홀로 서 있겠다는 강한 의지 앞에 남편은 이제 지극히 정상이다. 사무실 아이가 결혼을 해서 떠나고 평정을 되찾은 것이다. 그러나 현이는 한 번 데인 상처에 늘 가슴속에서 솟구쳐 오르는 뜨거운 화기를 감내하기 어렵다는 것이다.

카풀.

나쁘잖은 동행이었다. 같은 방향. 같은 지역의 일터

서로 좋은 의도로 권하고 응했다. 더구나 원희보다 다섯 살이나 많은 이웃집 성님이므로 행여있을 남편의 어떤 유혹에 방패 및 파수꾼이 될 수도 있다는 속셈 없지 않았기에 원희 적극 주선했던 것인데 그게 화근이었고 불행이었다.

이웃집 성님은 원희의 좋은 의도를 비웃기라도 하듯 원희가 우려한 그 대상이 된 것이다. 한밤중 자다가도 벌떡벌떡 일어나 진땀 흘리며 불면에 시달린다는 원희. 그녀 그렇게 아픔 토해내며 한숨지었다. 그리고 더는 참지 못하고 전화를 걸었더니 '귀찮아. 제발! 너, 서방 단속 좀 잘해.' 성님 아닌 원수의 버럭. 그리고 그녀는 정말 모든게 귀찮다는 표현 그대로 어디론가 몰래 집을 옮겨 버렸다. 그러나 그것은 그녀의 간특한 말장난이며 눈속임일뿐, 남편의 자가용과 외투에서 그녀의 재취가 물씬물씬 풍겨 나오고 있음을 남편은 뻔뻔스럽게 숨기지도 않았다. '맘대로 해. 나와 헤어지고 싶다면 그렇게 하고' 하루하루 지옥같이 참기 힘들어 정말 이혼도 고려해 보았지만 남편과 헤어져 더 나은 삶이 기다리고 있는 것도 아니어서. 고등학생인 외동딸에게 상처를 주고싶지 않아서. 주변의 친구들이 같은 문제로 과감하게 독립만세를 부른 후, 이 남성, 저 남성 전전하며 묘하게 뒤틀려져 가는 모습이 자칫하면 자신의 미래가 될 것 같은 두려움도 없지 않아. 그러한 모든 이유로 남편 스스로 지치고 정화될 때까지 속수무책 기다린다는 원희.

각급 학교의 동기 동창회.

그곳 모임으로부터 남편은 달라지기 시작했다.

남은 生에서 서로가 함께 바라볼 태양은 서산 어깨에 걸려 있지만 동창회에 모인 그들의 마음은 제각기 동틀 무렵이었다.

그때 그 시절로 돌아가 풋풋한 기억 되살리며 철수야 영이야 불러가며 술잔을 돌린다. 창희는 그런 모임을 알리는 엽서와 전화 음성과 문자 도착의 신호음이 몸서리치게 싫었다. 그런 모임 때문에 늦고, 그런 모임을 향해 허겁지겁 집을 나서는 남편이 역겹고 미웠다. 창희는 제 마음 그대로 남편에게 전달했다. 돌아온 대답은 엉뚱했다. '당신도 당신의 동창회에 나가면 될 것 아닌가' 그렇게 말하는 남편은 여자 동창들과의 내밀한 관계를 청산할 조짐은 전혀 없다. 그래도 창희는 그를 이해하려는 마음으로 그를 차분히 지켜보며 자신과 집안이 허전하므로 집밖으로 돌지 않겠는가하는 냉정히 객관적인 자기 성찰의 시간도 가졌다. 동시에 문제있음을 애써 부인하고 변명하는 남편은 그나마 기본을 아는 건강한 양심이라는 측근의 위로도 수용하며 그의 허물 들추기는 곧 자신의 허물이기도해서 그가 일해서 번 돈으로 쾌적하게 여유있게 살아가는 고마운 현실만 되새기며 자신의 울화는 자기 선에서 수습하기로 했다는 창희.

신뢰했던 대상의 몸과 마음의 변이, 그 괴질성 내분에 걸려 자신이 소중히 여기고 키워온 소중한 모든 것들을 분해시키기 싫은 체념이며 자신과의 타협이다. 그런 갈애가 반복되고 있으나 남들 보기엔 무풍지대.

그저 남의 눈에 원만한 가족으로 비치는 정도의 관계만 유지하려는 그녀들. 무엇의 무엇보다 자식들에게는 보다 의연한 어버이로 보이고 싶어. 또 긴 세월 희노애락 함께 나눈 반려자보다 더 나은 사람은 없을 것도 같아서 '바람 조금만 쐬다 돌아 오세요' 염원하며 사경하고 염불외며 자신을 애써 다스리리니 보다 편하게 덜 지치는 쪽으로 마음관리가 되더라는 그녀들.

짧고 허무한 인생

둘이서 여하튼 돕고 받들며 살아야 되는데 여의치 못할 때가 많다. 부딪치다 보면 피차 시원찮다. 그런 누적된 불만과 아울러 집 밖은 해방구라 여겨진다. 직장이라는 생산 현장에서 남과 여는 거의 반과 반의 비율로 만난다. 그곳에서 그들은 업무상의 상종으로 그치지 않는다. 단합이라는 조직의 결속을 내세우며 집으로 돌아가는 길을 막으며 공휴일도 산으로 들로 그 행렬은 이어진다. 또 그들 개개인의 경조사에 수시로 동참한다. 그런 연유로 집에서 남편 또는 아내를 또는 부모를 기다리는 가족들은 빈자리만큼 외로워진다.

평생 한 사람만을 사랑했습니다.

자신있게 말할 수 있는 자 몇이나 될지

뭇사람 가운데 하나를 발견하고 하나를 품고, 하나를 유지시키며 종내 하나만 품고 떠나는 것은 고귀하다. 그렇게 긴 세월 순일하며 여일한 마음은 애틋하며 아름다우니.

누구나 이런 마음을 가진 상대를 원하니

서로 원하고 서로 고맙고 서로 감동하는 두 사람이 종내 함께 하기를!

그가 좋습니다

몹시 더운 날이다.

월희는 두터운 등산복 차림으로 나타났다.

"아니, 왜?"

놀라웠고, 반가웠고 동시에 솟구치는 의구심으로 내가 뱉는 첫마디는 그럴 수밖에 없다.

월희는 지금 검정 고무신에 남성용 내의 입고 그 위에 잿빛 개량 한복 걸치고 막일하며 경전 외우는 깊은 산 속 행자승아닌가 말이다.

"여행 중"

"여행?"

"거기로부터 여행?"

절간을 뛰쳐나왔다는 것이다.

"언제?"

"좀 되네"

"왜?"

"인연따라."

인연따라 흐르다 쓸쓸한 마음 주체할 수 없어 여기까지 왔다는 월희.

산 좀 탔다

혼자서 여기저기 산등 밟고 다니다 외로움에 지쳐서. 그리움에 지쳐서. 걷다걷다 여기까지 왔다는 진지하고 솔직한 월희, 물 한 잔 마시고 나직이 다시금 입을 열었다.

공부를 한다든가. 외진 처소에 그는 혼자 기거했다.

그가 얼굴을 보이는 시간은 조석 예불 시간과 하루 세 끼의 공양 시간. 그는 시계의 움직임처럼 정확하게 출입했다. 말은 거의 하지 않았다. 그의 목소리를 들을 수 있는 것은 조석예불에서 반야심경을 봉독할 때였다. 그에게 관심을 가진 것은 그의 목소리 때문이었다. 맑고 깨끗한 저음으로 정확히 구사되는 그의 음성에 월희는 귀 기울였던 것이다.

묘한 일이다. 고단한 하루가 조금도 고달프지 않았다.

손톱이 툭툭 부러지도록 일을 해도 즐겁기만 했다. 잘해도 떨어지는 어른들의 꾸중도 달갑기만 했다. 지나가는 사람들의 의혹에 찬 시선에 낯 붉어지는 일도 없었다. 석가족이 되는 것. 진정 자신의 길일 것이며, 분명 후회없을 선택이 될 것이라는 확신을 가졌다며 자신의 신념에 환희심을 발했다.

그랬었는데.

진정 그랬었는데.

그가 가방을 들고 공양간에 불쑥 나타났다.

"내려가려구요, 그동안 몸도 많이 좋아졌고 밀린 공부도 좀 했어요. 이번 사시에 떨어지면 공무원 시험이라도 볼까해요."

월희가 뭐라 말할 틈도 없이 그는 덧붙였다

"성불하세요."

그는 멍하니 서있는 월희에게 작별인사를 건네고 돌아섰다.

그날 저녁 월희는 어른들의 호된 꾸중에 엄청나게 많은 눈물을 쏟았다. 그리고 그날 밤부터 새벽 도량석이 울릴 때까지 눈 한 번 붙이지 못했다. 그렇게 두어밤을 뜬 눈으로 지샌 월희가 아침을 짓는 공양간에서 취나물을 볶다가 무슨 맘으로 산신각에 올라갔을까. 장작불 위에서 취나물은 새까맣게 탔고 그 옆 검불에 장작불이 옮겨붙을 뻔했다. 공양주 할미가 미처 발견하지 못했으면 절 태워 먹었어 하며 어른들의 질책 끝에 철야 삼천배의 참회정근이 떨어졌다. 월희는 온 몸이 젖은 채 온종일 오체투지를 거듭해 나갔다. 땀이 아니었다. 눈물이었다.

절간의 가장 높은 곳에 앉은 산신각을 등지면 마을로 내려가는 하얀길이 푸른 숲 사이로 희끗희끗 보였다. 그는 그 길을 따라 월희가 몸담은 절간과 점점 멀어져 갔을 것이다.

눈빛 한 번 제대로 부딪치지 않았어도, 마음 한조각 슬며시 내 보이지 않았어도, 따뜻한 말 한 마디 주고 받지 않았어도 그는 어느새 월희의 가슴 가운데 들앉은 붓다를 밀어내고 그 자리를 독차지하고 있었던 것이다.

그래도 월희는 한 번 먹은 出家意志 어쨌든 지켜 내고자 무던히 애를 썼다. 그러나 한 사람을 향해 한 번 떠난 마음을 스스로도 되잡아 맬 수 없었다.

그리고 꿈.

대웅전의 큰 門에 걸린 자물쇠가 철커덕 잠기는 꿈을 꾼 이튿날 그의 소식을 들었다.

병원에 홀로 누워있다는.

월희는 절간의 어른들에게 아무 말도 하지 않고 길을 나섰다. 떠나는 자는 막지 않는 것. 모든 것은 因緣일 것이니. 절집 어른들은 월희가 구태여 말하지 않아도 그녀 떠났음을 훤히 알고 있을 터.

암癌이라는 중병을 앓고 있어도 그의 곁에는 그를 찾아오는 이 아무도 없었다.

월희는 그의 그러한 고립된 현실이 못내 고마웠다.

월희는 정성을 다하여 그를 보살폈고, 그도 월희의 수발을 순순히 고맙게 받아들였다.

"질경이 즙이 먹고싶어. 그게 참 좋다고하네,"

그가 말했다.

겨울이었다.

월희는 목도리를 두르다 그의 말에 미간을 좁혔다.

"질경이만 먹으면 나을 것 같은데."

그는 거듭 말했고 월희는 웃으며 대꾸했다.

"이 겨울에 질경이가 어디 있겠어요."

"그러게. 근데 그게 사람 몸에 그리도 좋다네"

그는 희미해져 가는 정신만 수습되면 줄곧 질경이 타령이었다.

이른 봄부터 가을까지 길가며 둔덕에 지천으로 널려있는 질경이. 그러니 엄동설한에 질경이가 없는 줄 뻔이 알면서도 농담인 듯 진담인 듯 그는 질경이를 찾는 것이다.

월희는 외투를 걸쳤다. 버스를 거듭 갈아 타며 월희는 가파른 산중턱을 깎고 들앉은 학교에 갔다. 아주 가끔 절간에 들러 어른들과 함께 茶를 마시던 농대 교수를 찾아간 것이다.

"질경이 잎사귀 하나라도 구할 수 있으면 좋겠습니다."

"씨는 있는데."

간절하면 통한다든가.

월희는 푸른 질경이를 얻은 양, 눈이 번쩍 뜨이는 소식에 앉은 자리에서 주먹을 불끈 쥐며 반사적으로 일어났고 씨를 얻었다.

월희는 무릎을 꿇고 언땅을 긁어 흙을 만들었다.

그리고 몇 톨 안 되는 그 씨앗을 보석처럼 귀하게 다루며 화분의 흙속에 심었다.

그 화분 병실의 햇살 잘 드는 창가에 두며 월희는 떨리는 목소리로 말했다.

"조금만 기다리세요. 곧 싹이 트고 원하시는 질경이를 맛보게 됩니다."

그도 고개까지 끄덕이며 모처럼 밝게 웃었다.

월희는 한숨을 길게 내 쉬었다.

눈이 아프도록 화분을 들여다 보아도 좀체 싹이 트지 않는 것이다.

흙이 너무 차가워 그 지경인가 싶어 따뜻한 물을 뿌려주기도 했지만 씨앗의 잎눈은 트이지 않았다.

월희는 가망이 없어 보이는 화분을 안고 불보살의 가피를 바라며 불철주야 질경이란 화두를 놓지 아니했다.

'도와주세요. 기적처럼 싹이 트기를.'

그러나 화두는 화두에만 그쳤다.

통증에 시달리며, 죽어가는 짐승의 비명같은 토악질을 해대다 간신히 잠이 든 그의 여위고 까만 몸에 이불을 다독여 주고 월희는 밖으로 나왔다. 벽하나 사이로 바깥공기는 싸하니 차가우나 막힌 숨통이 트이듯 시원했다. 그 공기 폐부 깊숙이 빨아들이다 병실로 돌아 왔는데, 그 사이 일어난 그가 창가에 서서 뭔가를 먹다가 깜짝 놀라는 것이었다.

"뭐하세요?"

월희는 물었고 그는 어색하게 웃으며 말했다.

"먹었어."

"질경이 씨. 씨를 먹는 거나, 즙을 먹는 거나 같을 것 같아서."

월희는 핑글 도는 눈물을 그에게 보일세라 돌아섰다.

흙이 묻은 질경이 씨앗. 그가 먹은 것은 차마 놓기 싫은 生에 대한 질긴 애착이었다.

그가 먹은 이승의 마지막 음식이었다.

이내 봄이 왔다. 그러나 그녀의 가슴은 여전히 겨울이었다.

그녀는 깊고 높은 산만 찾아 다녔다.

그렇게 광인처럼 헤매며 가슴에 남은 그를 애써 내칠 이유없어 고스란히 품고 다니며 이승을 떠난 그를 사랑했다.

형상없는 아픔은 그리움이었으며 그리움은 곧 외로움이었다.

능선에서 계곡에서 그녀는 곧잘 흐느꼈다.

천지간에 오로지 홀로라는 자기연민이기도 했다. 그러나 후회는 없었다. 그리고 여름. 여전히 산을 탔던 그녀.

그러다 나와 마주 섰다.

숨이 컥 막히는 여름 가운데 두터운 등산복 차림으로.

쓸쓸해서.

쓸쓸하네요.

그것은 다시금 작별인사였다.

그녀는 지금 行方不明이다.

두어 곳에 청산하지 못한 빚이 있다.

혼자 살면서 무슨 돈이 그렇게 필요했을까.

예측하건대

병석의 그를 위해 쓴 돈이지 싶은.

말에 대한 연민

내 혀가 오늘은

당신에게

어땠을까?

정직했을까?

유순했을까?

감사했을까?

내 혀가 오늘은

당신과 더불어

두 조각 입술

한 조각은 나를 위하여

한 조각은 너를 위하여

한 줄기 혓바닥이

두 갈래로 분주히

헛말과 허세로

거만과 위선으로
오도방아 찧었을까?
빈말과 헛말과 막말로
내 앞의 사람을
보이지 않는 사람을
사람과 사람 사이를
이름만 읽었던 사람을
사진만 보았던 사람을
옷깃만 스쳤던 사람을
이도저도 아닌 사람을
헤집고 다니며
이간질을.
핀잔과 저주를.
비난과 힐난을.
조소와 조롱을.
불평과 불만을.
쉴새없이
토해놓고
나는 아닌 척!
시치미 뚝 떼고
불순은 꽁무니에 매달고
순수인 척 요령치며
오로지 나는 옳고 바른 사람이라

침 튕기다

한 잔의 맑은 茶로

입가심했을까?

암울한 애기를 꺼내려다 길게 망설였다.

읽어 기쁨이 일렁이는 글이 아닌데 하는.

하지만 밝음과 어둠. 삶과 죽음은 양 어깨며 한 형제다.

탁하고 딱하고 어리석은 언행도 보편적 삶의 한 단면이라 여기며 서성거렸던 마음 거두고 들어간다.

신문에 그녀의 이름이 실렸다.

경이.

가만히 들여다 본다.

그녀의 이름. 밝고 정겹고 귀여운 이름이다.

경이.

까르르 맑은 웃음소리가 먼저 들릴 것 같은 곱고 사랑스러운 이름이다.

그 이름에 값할 소식이 그 이름과 함께 올려졌다면 오죽 좋을 것인가. 허나 그렇지 않다.

자살이다.

경이는 자살했다고 신문의 사회면 귀퉁이에 올려져 있다.

혼자가 아니다.

남자와 함께다.

내연관계였던 남녀의 동반자살이란 머릿글에 신문독자 다수 흥미와 함께 고소를 금하지 못할 것이다.

아내 혹은 남편의 외도에 치를 떨어본 경험자라면 희열과 허탈이 동시

수반되며 천벌에 해당될 응당한 결과라 고소하기조차할 것이다.

외도.

그 외도.

법률이 인정한 남녀외는. 시앗을 보면 돌부처도 돌아앉는다는 종내 참지못할 분노와 적개심을 가진다했다.

그러므로 그런 류의 사건사고는 일단 독자의 시선을 사로잡게 되어 있으나, 신문을 접는 동시에 신문이 알려준 사건 사고는 소수의 관계자를 제외한 일반 독자의 머리를 깨끗이 떠난다.

죽고 사는 것, 제 앞에 떨어진 불똥 아니면 죄다 싱겁고 시시한, 그렇고 그러한 일이므로.

타인의 다리 하나 떨어져 나간들 제 손톱 밑 가시박힌 아픔보다 절실하지 않음이니. 쩝! 입맛 한 번 다시고 나면 그뿐이다.

이런 생각과 함께 경이의 이름을 접으며 조각난 기억을 재편집해 본다.

으슥한 골목 두 남녀가 포옹하고 있다.

그때 세 사람이 그 광경을 보게된다. 세 사람 중, 젊은 학생은 미래에 있을 자신의 러브 스토리에 삽입될 한 컷의 아름다운 그림을 앞당겨 본 듯 가슴 설레이는 순정을 꿈꾸며 살금살금 그 현장을 조용히 벗어난다고 한다. 또 현재 누군가와 사랑에 빠져있는 또 한사람은 그 골목을 지나가야하는 입장을 포기하고 역시 조용히 못 본 척 뒤돌아선단다. 나머지 한 사람은 아주 유달스레 여기가 어딘데. 풍기문란이다하며 막무가내로 소리치며 진노하는데 그는 가볍거나. 참된 사랑을 전혀 경험해보지 못한 가엾은 사람이란다. 말하자면 길길이 뛰는 도덕적 폭언의 속사정은 진부한 질투가 표출이란 것. 이를테면 그 분노에 정비례될 자신의 가장된 도덕률로 제 허한 심정을 위로하는 간특한 속셈이 도사리고 있다는 것이다.

경이의 사건을 보며 코웃음치는 사람과 골목길에서 마주친 연인의 행위에 진노하는 사람은 본질적으로 어쩌면 같은 사람일 수 있다는 내 생각

가장된 도덕은 제 자신이 저지른 교활한 부정행위를 슬쩍 덮어내는 몸부림이 아닌가하는 것이다. 한편 또 그들은 남들이 우우할 때 덩달아 우우하는 연약한 중생이기도 할 것이다. 사람은 가엽게도 개의 근성을 지녔다는 글을 본 적 있다. 멀리서 짖는 소리가 들리면 영문도 모르고 따라짖는. 그런 우매한 작태가 몸에 베인 사람이 어외로 많다

나는 사람들이 혹 그러한 광경을 보게 되면 조용히 못본 척 뒤돌아 서주는 사람이 많았으면 싶다. 그리고 그러한 모습을 봤다고 여기저기 입을 열고 떠들어대지 않는 사람이 더더욱 많았으면 싶다.

어느 식당에서 그런 광경을 봤다며 손짓 발짓 다 동원해서 신나게 지껄여대는 사람을 봤는데, 침 튕겨가며 말하는 쪽이나 뒤집어지며 맞장구치는 사람들 딱해 보였다.

너들 그러고 사는구나.

그렇게 함부로 사용되기도하는

통제불가능한 세 치 혓바닥에 놓일 경이

경이는 성실한 남편과 두 자매를 낳고 기르며 단칸방에서 전셋집으로 옮겨 가기 전날 남편은 불귀의 객이 되었다. 월급을 타서 일찍 집에 가겠다는 남편의 전화가 마지막 말이었고 뺑소니차에 참변을 당했다.

경이는 두 딸을 위하여 슬픔을 딛고 힘차게 살기 시작했다.

옷집을 열었다. 그러나 노력에 비해 소득은 밑바닥이었다. 늦은 시간

가게문을 닫고 큰식당에서 설거지도 했다. 그렇게 해서 세 식구 가까스로 입에 풀칠하며 살았다. 그러는 사이 옆에 있어도 갈증이 나는 사람이 생겼다. 경이의 황폐한 가슴에 따슨 바람을 일으키며 그 남자가 다가왔던 것이다. 처음 그 남자가 그랬다. 혼자라고. 벌이가 시원찮아서, 외양도 초라해서, 그리하여 줄곧 혼자일 수밖에 없었다는 남자의 말이 정직하게 보였고, 겸손하게 보였고 측은키도 해서 편하게 대했는데 '편하다'는 그 감정이 곧 情의 물꼬가 되었던 것이다.

남자는 저 세상에 먼저간 남편보다 더 자상했다. 옷집을 경영하는 경이에게 옷을 사 들고 오는 천진함, 식당에서 퇴근하면 피로회복제를 사들고 기다리고 있던 그. 그 남자는 순간순간 그렇게 경이의 탄성과 웃음을 자아냈다. 그런 그 남자는 어린 두 딸에게도 특별히 좋은 친구가 되어주었다. 함께 소풍을 가서 사진을 찍어 주었고, 이런 저런 기념일에 인형을 안겨 주었고 크레파스를 선물했다.

두 딸은 그 남자를 경이가 가르쳐준대로 '외삼촌'이라 불렀고 이웃도 그렇게 보았다. 그렇게 지내는 동안 경이는 그 남자로 말미암아 마냥 행복했다. 남자의 지속적인 배려 하나만 있어도 물질적 궁핍이나 육신의 피로는 견딜만한 것이었다. 경이는 그런 그를 위하여 작은 선물 하나씩을 준비했다.

색깔이 좋은 목도리. 지갑이나 양말, 같은 것. 그러나 남자는 그걸 받아도 경이집에 그냥 두고 가는 것이었다. 경이는 적잖이 당황했다. 애써 미련한 선물이 적절히 사용되지 않는 것에 대한 실망과 쓸쓸함이었으며 수상한 의혹이기도 했다. 그러나 그렇다고 섣불리 내색하지 않았는데 좋잖은 예감은 현실로 다가섰다.

비 오는 날 낯선 여자의 방문을 받았던 것이다.

남자의 아내였다. 남자는 혼자가 아니었던 것이다.

남자의 아내는 악의에 찬 시선으로 여유있게 콧웃음치며 '제대로 된 계집과 바람 피우면, 아이구, 예! 그럴만 합니다. 하고 이해 백 번도 더 해주겠지만' 하고 경이를 모독했고 '자알들 놀아봐'하며 경이의 얼굴에 침을 뱉고 온동네를 거듭 돌면서 도저히 용서할 수 없는 '바람난 과부'를 폭로했다.

경이는 몸져 누웠다.

그 남자가 찾아왔지만 경이는 돌아누웠다. 굶고 앉은 딸들에게 남자가 밥을 찾아 먹이는 소리가 들렸지만 경이는 그럴 필요없다는 목소리조차 나오지 않았다. 남자는 돌아가지 않았다. 그를 밀어내려고 간신히 일어났는데 그는 경이보다 더 엉망이었다. 목덜미에 할퀸 자국이며 이마의 푸른 멍들. 핏방울이 얼룩진 셔츠. 보지 않아도 어떤 상황이 벌어졌는지 단번에 알아볼 수 있는 처참한 모습이었다.

경이는 그를 안고 통곡하다 기절해 버렸다. 경이는 그의 품에서 깨어났지만 모든 게 절망이었다. 두 딸에 대한 애정은 수렁 속의 더 깊은 슬픔이며 고통이었다. 멀리 떠날 수도 없었다. 경이는 너무 가난했던 것이다. 그런 경이에게 남자의 아내가 밤낮없이 찾아들어 부리는 횡포, 불시에 전개되는 행패와 이웃의 조롱과 어린 딸들의 불안한 눈빛이 감당하기 어려운 공포였으며 수치였으나 경이의 빈 주머니는 그녀를 그곳에 속절없이 묶어두었다.

경이가 평소 가장 경계하고 무서워하는 것은 사람들이 함부로 내뱉는 말이었다. 옷집, 식당일을 하며 들은 험담이나 농담은 정작 본인의 진실

과는 무관하되 사방 천리를 달려가고 달려오는 무서운 괴력을 지녔음을
수시로 보는 바였다.

이제 경이가 제공한 얘깃거리는 바퀴와 날개를 달았을 것이다. 사람들
은 경이로 말미암아 비우고 채우는 술잔과 찻잔이 더 흥겹고 더 즐거워
질 것이고 경이의 불행지수가 곧 자신의 행복지수로 변환될 것이었다.

그리하여 독하지도 않고 당차지도 않은 경이의 몸은 하루가 다르게 말
라갔으며 그렇잖아도 서러운 삶에 대한 미련과 애착은 완전히 끊어졌다.

그저 무심의 평화만 갈급할 따름이었다.

떠나자. 이처럼 무서운 세상 미련없이 떠나자. 급기야 경이는 어린 딸
들의 미래를 하늘에 맡기고 자신을 제초제 한 병으로 모질게 단죄했다.
경이는 그렇게 아무런 욕심도 없이 단지 사람을 사랑한 죄밖에 없었던
서른 세 살의 나약한 육신을 스스로 거두어버린 것이었고 그 충격을 견
디지 못한 남자도 경이를 따라갔던 것이다.

나는 경이의 짧은 삶을 그림처럼 보아왔을 뿐 내면적 갈등까지는 가
닿지 못했다. 각 개인의 심연은 깊다, 어찌 내가 접근하겠는가. 그렇게 벼
랑에 몰린 채 생의 종지부까지 종내 외로웠을 그녀에게 못내 미안하다.

그리고 오다가다 들은 말
경이 살았을 적 음식접시 주고받으며 좋은 이웃으로 살갑던 그들
그 여자 웃겼지
잘 죽었어
죽을짓을 했는 걸.
이런 따위의 말을 말이랍시고 내뱉는구나.
입은 마음의 문.

말이 곧 그 사람이겠는데

진개장같은 마음이 입이라는 구멍을 통해 그렇게 악취를 풍기고 있었다. 사람아! 그러면 안 되지, 정말 안 되지!

입술을 떠나면 돌아오지 않는 말.

마땅히 조심해서 열고 조심해서 닫으며

他人의 不幸에 묵묵히 향 한 줄기 피워 올리지는 못할망정

죽은자에 대한 모독은 스스로 금해야지.

그러지 못하는 당신 입 참 무섭습니다.

만나면 행복합니다

그의 전화를 받았습니다.

그가 주도하는 문화제에 축시를 읊어 달라는 것입니다.

제사가 있어 곤란하다 말했군요,

비행기 보낼테니 잠시 다녀가라 합니다.

그런 그를 누가 말립니까!

그러기로 했습니다.

그와의 인연은 각별합니다.

아주 오래전 월간 포교지에

나는 동화를 연재했고,

그는 도자기 이론을 연재했어요.

그렇게, 연재필진이란 筆緣지연이었어요

어느 가을 날, 스님이 뭘 준다면서 전화를 주셨어요.

하던 일 멈추고 입은 옷 그대로 암자로 달려 갔어요. 급한 마음에 택시를 타고 갔었네요. 저는 그때나 지금이나 공짜 좋아합니다.

느긋하게 편안히 앉아 .들창 너머 시누대 바라보며 스님이 다려 낸 차 한 잔 마셨습니다.

그리고 스님. 노란 무명 보자기에 싸고 또 싼 다기 일습을 주시더군요. 집에 와 펼쳐 보니 그릇마다 종기마다 이름이 적혀 있네요.

그의 다기였어요.

너구리 가마에서 장작불로 구워낸 귀한 그릇인데 그야말로 한보따리더 군요. 주전자. 사발, 종기. 항아리. 등등의 크고 작은 그릇들. 그 다기 지 금 그대로 가지고 있습니다.

분청조직이 조금 떨어져 나가고, 주전자 입술이 조금 상처가 났지만 긴 세월 찻물이 배이고 거듭 배여 검은 실핏줄이 거미줄처럼 성긴 그 그릇 들이 너무 정겹습니다.

다시 소급해서 올라갑니다.

몇 년 뒤의 어느날입니다.

자타가 공인하는 道人이 우리집에서 점심밥을 먹고 있었습니다.

그때 나는 집에서 몇몇 지인들과 경전공부. 차공부를 있었지요.

단정하고 열의가 보통 아닌 지인들과 공부하는 즐거움 어디다 견줄까 요. 가슴으로 공부하며 세간의 먼지 조금씩 털어냅니다.

그때의 공부시간 지금도 좋은 기억입니다.

그 때 먹고사는 일에 주력하느라 공부방을 서둘러 정리하게되었는 데 요

그 때 우리집을 방문한

앞서 언급한 도인이 그의 사진을 보고 말했습니다.

이 눈매 보소, 이 눈매 보니 크게 한가닥하겠소,

150

나는 도인의 지적과 예언이 내 미래의 일인 냥 가슴 뜨거워지는 어떤 감동이 있었군요.

그때 그는 無名거사였어요.

그리고 나는 이런저런 인연으로 그리고 나 또한 도자기에 대한 애정이 남다른 지라 도공들의 팜플렛을 두루 많이 가지고 있었는데 그 여러 얼굴을 다 그냥 넘기고 유독 그의 얼굴을 들고 도인은 그랬었고 나는 도인의 말이 그의 삶에 밝혀진 등불에 심지를 돋우는 축원이라 느꼈습니다.

그리고 그때 도인의 예언은 지금 현실에서 완성되었습니다.

그는 도예학교 학교장이 되었고, 각급학교 교사들의 하절기. 동절기 연수를 담당하는 연수원장이 되었으며.

몇 개의 대학에 출강하는 교수가 되었으며. 티비만 켜면 그의 얼굴이 뜨고 있군요. 그렇게 그는 신문. 잡지. 티비의 주인공이 되었군요.

그렇게 유명해진 그와의 인연도 물결처럼 흘러가 강산이 두 번이나 바뀌었어요.

나는 그가 그의 아내가 그저 그냥 좋더군요.

긴세월 여여히 불시에 찾아가도 그들은 기다히고 기다리던 가족을 만나 것처럼 사람을 대합니다.

그렇게 많은 사람들에게 시달리면서도 말이죠.

어느 누구든 차 다려 멕이고, 밥 해 멕이고. 그러는군요.

나는 오다가다 불쑥 유령처럼 출몰하는 달갑잖을 불청객일진대 긴 세월 하루인 양 한 얼굴 한 모습으로 그러기는 실로 인간답지 않지요.

인간은 더러 투정하고! 더러 역정 부리며. 더러 간특하고, 더러 나태하지 않던가요.

그런 그를 위해 제수거리 옆에 두고 詩 한 수 지었네요.
서툴지만 진심을 담았습니다.

이제는 꽃피는 시간
백 년을 살고있는 푸른 소나무
천년 향기 함께 나눌 친구 얻었네.
추워도 춥다않고
더워도 덥다않아
저처럼 의연한 바위같은 생명이라
스스로 다가서서 친구하자 했었네.
처음엔 가볍게 농담으로 알았네요.
척박한 돌뫼에 씨앗을 뿌리다니!
아무도 그 열매 기대하지 않았어요.
거친 풍우, 거센 격랑
그의 밥상이었으되
궂다, 짜다, 맛없다 내치지 아니하고
신명으로 먹어치운 수로요 자유인.
그는 필시,
외줄 타는 狂人이라!
긴 세월 유유히, 세상 밖의 사람이라!
사시사철 허허웃음, 마음 없는 사람이라!
하루하루 그렇게 그렇게 살았었네.
그리하여 이제는 꽃피는 시간이네.

그가 일군 그의 터전. 청산의 궁전이네

그곳으로 닿는 길은 푸른 비단길.

그가 흘린 땀방울은 보석으로 영글었고.

그가 마신 허무는 꽃으로 피어나고

쪽빛 하늘아래 바람도 고요해라.

아름답다. 수로요.

향기롭다 수로요.

눈부시다 수로요.

이렇게 지었고, 천막이 쳐진 무대에서 어설프게 읊었습니다. 나는 무대에 서는 것 항상 사양해 왔습니다만 그의 의지에. 그의 마력에 끌려 그냥 그랬군요.

읊는 도중, 불의의 사고로 일찍 가신 스님이 떠올랐고, 약간 목이 잠겼고, 나는 무대에서 내려옵니다.

행사장은 비가 내렸던 관계로 천막이 쳐져 있었는데, 모여든 사람들은 참으로 즐거워 보였으며, 그 깊은 골짜기에 그 악천후 아랑곳하지 않고, 멀리서 가까이서 사람들은 자꾸자꾸 모여 들고 있었고, 꼬불꼬불 외줄기 농로에 길게 줄지어 달려오는 차량들의 끝없는 행렬이 가슴 뿌듯했습니다.

그의 건강과 행복을 빕니다.

불영통신

하안거 해제.

불영 계곡 토굴에 머물고 계시는 분.

먹을 수 있는 물에 먹좀 감고 가구려. 토굴 앞에 '선녀탕' 만들어 놨거든. 이 염천에 얼음물 그냥 보내기 아까워서.

그리고 크게 길게 웃으시던 스님.

그저 기별이다.

하안거 해제라는.

눈 내리면 눈소식,

꽃피면 꽃소식 주시는 불영 계곡의 노수좌.

스님의 전화에는 나옹 선사의 '토굴가'가 묻어 나온다.

뜰 앞, 백 가지 꽃이 처처에 피었는데 풍경도 좋고 물색은 더욱 좋은 통도사의 통. 통도사 보광전의 보.

내가 통도사를 통째로 먹었어. 보통이란 이름 아무나 가지나?

그리하여 보통 수좌.

154

여름 방학. 초등학교 학생인 두 아들과 海印寺에 갔었다.

해인사 계곡 끄트머리 그 계곡 높은 곳에 앉아있는 길상사의 가파른 계단을 오르는데 해인사의 스님이 말씀하신다.

길이 상가로워 길상사예요.

숨이 턱에 찼어도 웃음은 따로 터졌다.

그리고 두 아들에게 법당에서 가지는 몸가짐을 몸소 보이시며 단주 하나씩을 손목에 채워주시었다.

며칠 뒤, 집에서 뜻밖의 손님을 맞이했다.

해인사에서 뵈었던 스님이셨고, 스님의 길잡이는 불심 돈독한 朴 氏 아주머니.

朴 氏에게 들은 바, 글도 쓴다 해서

스님은 물금 오봉산 자락에 포교당을 열어 놓고 문서 포교라는 원력을 세우고 추진중이셨다.

문서 포교는 각종 도서를 수집하고 그것을 필요로 하는 사람들에게 무료로 빌려주어 불교적 친화력을 자연스럽게 도모, 유도하시는 것.

때마침 갓 발간된 동화책 500부가 原稿料 대신 도착되어 있었다.

100부를 드렸다.

이럴 줄 알고 朴 氏에게 무조건 가자했지. 다 통한다니까!

사람은?

나라는 주체와 너라는 객체를 합성해서 유추해본 사람이란?

어리석고 무모하고 변덕스러우며, 사랑이란 감정이 없으면 애틋하지도 그립지도 않으며, 남의 허물은 잘 따지는 가운데 제 잘못은 끊임없이 되풀이 하며 제 이익이 훼손될 땐 분별없이 사나운 존재가 아니던가.

이렇듯 무지몽매한 사람을 제도라는 명분이 아닌 '함께 더불어' 라는 대승적 동반의식으로 끊임없이 만나고 다독이는 가운데 스님은 문서 포교와 아울러 바빠지기 시작하시었으며, 요가 禪院을 열어 사람들의 심신 수련을 도모하며 소리패의 동참아래 노인잔치를 해마다 여는 번거로움을 감수하시었다.

다행히 스님의 일에 적극 협조하는 사람이 적지 않아 스님은 스님이 세운 원력을 강성하게 추진하실 수 있었다.

그러시다 여름과 겨울, 안거 결재철이 되면 큰절로 훌쩍 떠나 묵언 패찰 목에 걸고 정진하시고.

어느 여름날이다.

백양사로 떠나시기 전, 번호 하나를 전화로 말씀해 주셨다.

열쇠 번호 가르쳐 줄테니 가끔 와서 내 방에 잔뜩있는 책 좀 읽어요. 책 좋아하는 몇몇 사람에게 열쇠번호 다 알려 주었는데 제대로 사용하려는지 원! 다들 바빠서.

그렇게 他人을 배려하며 일과 수행에 대한 욕심은 상당했으나 개인적인 욕구는 거의 없어 스님의 처소와 입성은 초가삼간에 겹겹 누더기, 그야말로 토굴과 분소의.

그곳에 가게 되었다.

쭈욱 타고 흐르다 오른 빠져서, 길다란 둑길 끝에서 왼쪽으로 꺾어 쭈욱 달리다가, 부대 간판을 경유, 직진해서는 오십미터 지점에서 다시 왼쪽으로.

전화 속 스님의 지시에 따라 쪽지를 적어 나가며 나는 퍼즐을 풀어 나가듯 흥겨웠다.

그래, 언제 쯤 포교당에서 볼 수 있을꼬?

"지금 출발합니다."

쭈욱 흐르다

오른쪽으로 빠져서

쭈욱 달리다가

이렇게 적은

메모지와 함께 집을 나섰다.

매사에 둔하고 희미하나 길찾는 감각 하나는 제대로 뚫려있다고 자신하는 바, 손금처럼 섬세한 쪽지를 따라가니 바로 그곳. 스님의 뒷모습이 보였다.

마당에 풀이 송송 돋은 초가집이었다.

그곳에 부처와 스님이 계시었다.

큰방은 살찐 부처가 계시기에 비좁아 보였다.

작은방은 찻상을 가운데 두고 두 사람이 마주 앉으면 딱 알맞았는데 찻상이 크면 한 사람은 쪽마루로 밀려나와야 했다.

전혀 개조되지 못한 채 푹 꺼진 정짓간에 장작과 검불 더미를 마주보며 넓직한 가마솥이 걸려 있었다. 벽과 천정은 재래식 검은 아궁이처럼 까맣게 그을려 있었으며 가로로 내지른 나무 설강도 같은 색깔이었다. 그다지 놀라운 정경은 아니다. 해인사 밑 고향, 할아버지 집 주변의 몇몇집이 그러하므로.

좀, 이상한가요?

전혀!

내 도리질에 스님은 고개를 끄덕이며 부엌으로 들어 가셨고, 아궁이에 불을 지펴 가마솥에 밥을 짓기 시작하셨다.

내가 밥 짓고 차릴 테니, 손님은 설거지만 해요.

나는 그러겠다 대답했다.

돌담에 기댄 짧은 굴뚝과 마당에 파인 구멍 사이로 연기가 피어오르기 시작했다.

그 연기를 보고 두 할머니가 찾아왔다.

스님, 밥 짓는 것 보고.

연기가 소문 다 내니 편하고 편리해. 허어!

스님과 두 할머니의 웃음소리는 스피커 없어도 메아리가 칠만큼 우렁차게 담장을 넘어갔다.

씻어서 가지런히 포갠 푸른 상치와 선홍색 김치보시기를 좁은 방안으로 들이 밀며 할마니 두 분이 말했다.

맛있게 드소.

함께 밥 먹자는 스님의 권유를 손사래로 사양하며 두 할머니는 저녁 예불 시간 때 다시 온다며 총총 떠났다.

그런 두 할머니와 같은 노인층을 위하여 스님은 일 하나 더 만드셨다.

노인 건강 요양원. 갖가지 병에 시달리는 노인들을 위무하고, 식이요법, 기도, 마음 비우는 프로그램을 권유, 치유를 돕는 것이다.

적게 먹을 것.

자연식을 할 것.

타인을 위해 기도할 것.

재물과 자식에 대한 애착을 버릴 것.

그리고 서서히 곱다이 떠날 준비를 하며 떠나는 그날까지 건강하게 깨끗하게 살 것.

식탐과 탐욕이 병을 만드니 말이지

그걸 점차 줄여나가자는 스님의 말씀은 거듭 되풀이 되고 있다.

그리고 나는 원고를 집중적으로 쓸 일이 생겼다.

200자 원고지 600매를 써야했다.

거의 외출을 삼가고 집에만 있었다. 그런 날들이 계속되고 있는데 꿈에 서 스님을 뵈었다.

무소식이 희소식?

꿈 속 스님의 말씀이셨다.

아침에 밥상을 차리며 큰방 대주에게 꿈 이야기를 했다.

꿈 이야기를 들은 대주

그저께 전화 주셨다고 내가 얘기 안 하던가! 그저께 오전에 전화 한 통 주셨지.

하는 것이다.

내 꿈은 은유와 상징과 역설을 비켜간다.

또한 꿈의 기본 속성인 왜곡과 과장. 굴절도 비켜 간다.

내 꿈은 내 자신의 내면과 현실과 망상과 희망의 조립품이나

거의 현실적이며 직설적이다.

그리하여 꿈 속에 나타난 대상이 아프면 실질적으로 아픈 것이고

꿈 속 대상이 떠나는 것이면 현실 속에서도 그 대상은 속절없이 떠났 던 것이다.

곧, 스님께 소식을 드렸다.

스님께서 특별한 관심으로 지켜보시던 이웃 친구소식을 자세히 말씀드

렸다.

친구는 스님의 기도와 몇 가지 처방에도 불구하고 졸도와 입원을 되풀이하다 곧 세상을 떴다.

내가 전하는 달갑잖은 소식에 스님의 깊은 한숨이 통증처럼 내게 와 닿았다.

불보살의 가피를 바라며 福을 비는 것.

기복이 무지몽매한 중생놀음이라 하나, 물질이 필요한 곳에 물질을 베풀며 그 공덕으로 자신과 가족들의 안위는 다소간에 희구하지 않겠는가.

친구는 암이란 질병을 극복하고자 나름대로 마음 다스려 가며 기도하고 재보시를 많이 했으나 生命을 연장시키지는 못했다.

스님이 하시는 일에 물심양면 적극적 동지. 도반이었던 그녀.

나 또한 그녀에게 진 빚이 적지 않다.

茶會와 經典 공부를 이끌어 나갈 때 내가 제때 처리하지 못한 경제적 결핍을 그녀가 모두 해결했었다.

그렇게 내 무능과 박복을 물심양면 후원 덧칠해 주며 죽음에 이르기까지 좋은 기억만 남긴 그녀의 마지막 모습을 전해주며 나는 순간순간 목이 아팠다.

며칠 후 서울에서 전화가 왔다.

출판되는 책의 머릿글 요청이다.

나는 인세만큼 책으로 보내 줄 것을 부탁했다.

정말 책이 필요하다.

변변찮은 내 作業, 변변찮다 않으시는 스님께 갖다드릴 것은 책 뿐.

문서포교라는 스님이 켜신 등불에 기름 한 방울 보태는 마음으로.

160

곡우전에 딴 햇차를 마실 즈음이다.

이제는 비닐 하우스 법당을 지어서 기거하시는 스님께 잠시 들렀을 때 온 몸 땀에 젖은 채 책장을 짜고 계시었다.

집이 봄비조차 못 막았어. 책을 다 적셔버렸어.

비가 새지 않는 벽쪽으로 튼실한 책장을 다시 짜 넣어야 한다는 것이었는데. 튼실한 책장이 될 자재는 집짓는 공사장에서 쓰다 버린 못자국 성성한 폐기물.

버릴 것은 귀해도 미련없이 버리고,

취할 것은 낡아도 공들여 취해서

안은 보리를 구하고 밖은 사람들과 더불어 뚝딱뚝딱 이렇게 살면 되지.

쩌렁, 크게 웃으시던 보통 수좌.

佛影. 부처의 그림자.

그 은유 신비로운 불영 계곡은 울진에만 있지 않다.

탐하지 않고 애착없는 마음이 머무는 빈촌에도 佛影은 있음이니.

돌아가기 싫었던

스무 번 째의 가을이었다.

내 집 마당 가운데는 우물이 있었고 그 둘레로 코스모스가 잔뜩 피어 있었다.

어머니도 나도 꽃을 좋아했는 지라, 꽃은 그때나 지금이나 내 삶의 일부이기도 했다.

늦은 가을이었고 추웠다.

어머니께서 냉방에 연탄아궁이 불문을 열고 차가운 방안의 온기를 돋우고 있었으니 말이다.

나는 따뜻한 온돌에 엎드려 허리께에 이불을 덮고, 베개 위에 가슴을 얹고 밤늦도록 책을 읽고 있었던 것은 분명히 기억한다. 그리고 아득히 멀리서 '찹쌀떡 사려!' 하는 남자의 굵고 길게 이어지는 목소리도 들은 듯 하다.

나는 참 기분좋게 두 팔로 푸른 허공을 힘차게 날아가고 있었다.

허공은 물속처럼 나를 제어하는 압력이 투명한 유리처럼 탱탱하게 존재했었고. 나는 그 압력을 헤쳐 나가느라 물 속에서 접영하듯 허공을 가르고 있었던 것인데 힘겹고 부담스러운 진행은 절대 아닌 것이었다.

그 압력은 내 몸이 반사적인 반동과 탄력을 발휘하는데 꼭 필요한 디딤돌 같은 것이어서 나는 그 압력을 헤치고 뒤로 밀어내며 힘찬 날개짓을 할 수 있었던 것이다.

나는 그렇게 그냥 무작정 날기만 하는 것이 아니었다.

나에게는 아주 분명한 목적이 있었다.

아득히 보이는 둥근 달 같은 원형 성곽이 내가 도달할 목적지였는데. 아주 오래전부터 간절히 가 보고자하는 바로 그곳이었다

그곳이 긴 여정 끝에 가 닿고자한 목적지.

그곳이 이윽고 내 눈 앞에 아득히나마 펼쳐진 그런 정경이었고 그리하여 나는 그 둥글고 말할 수 없이 아름다운 하얀 성곽이 내가 다가가는 만큼 가까워져 바로 내 눈 앞에서 미세한 은빛 광선을 달빛처럼 발산시키며 문까지 활짝 열려 있었으니 나는 그곳으로 들어가기만 하면 되는 것이었다.

저렇게 나를 기다리는 듯 열려있는 문.

나는 여전히 힘이 넘쳤고 가슴은 더할나위없는 벅찬 환희로 행복했던 것이고 내가 간절히 바랬던 그 소망의 순간이 바로 눈 앞에 도래한 기쁨으로. 더 강한 몸짓으로 그곳과의 거리를 조급히 좁혀내고 있었는데.

갑자기 발작같은 통증이 일고 숨통을 가로 막는 검은 어둠이 나를 덮치는 것이었고 나는 뻣뻣하게 굳어지는 몸과 답답함을 견디지 못하고 추락하는 그 찰나 바로 눈앞에 둔 유리성곽에 들어가지 못한 그 절망으로 나는 가슴이 찢어지는 듯한 고통을 감내하느라 가슴을 부여잡고 있었다.

싫다.

아프다.

춥다.

답답하다.

나는 눈을 떴다.

큰오라버니의 얼굴이 바로 내 눈 앞에 있었다. 어머니와 언니의 얼굴도 아주 가까이 있었다.

나는 우물물을 뒤집어 쓴 채 우물가에 누워 있었고 내 몸은 완전히 젖어 있었다.

어머니와 언니의 얼굴 사이로 코스모스가 보였다.

"됐다. 정신을 차리네 이젠 김칫국물만 마시면 되겠다."

어머니의 목소리와 함께 내 입에 짜디 짠 김칫국물이 들어왔다. 나는 그 짠맛이 싫어서 누운 채 도리질을 했다.

나는 그 당시 새벽 테니스를 치기 위해 새벽 네시면 일어났다.

거의 규칙적인 생활이었다. 어머니는 아침 여섯 시가 되어도 일어나지 않는 나를 깨웠다. 그러나 평소의 내가 아니었다. 연탄가스를 마시고 죽은 아이가 되어 있었다. 어머니는 다급히 큰오빠를 불렀고 나를 들어 우물가에 뉘었다. 그리고 펌프로 샘물을 퍼올려 내 몸에 퍼부었던 것이다. 어머니 말씀으로는 펌프질을 두 시간 이상 해댔다는 것이다.

어머니 말씀대로라면 나는 차가운 늦가을 서리 내리는 아침에 의식을 잃은 채 무려 두 시간에 걸쳐 물벼락을 맞고있었다는 것인데!

나는 그 시간 푸른 허공을 헤엄치고 있었다. 땅은 보이지 않았으니 하늘이란 생각은 없었고, 단지 허공을 힘차게 날고 있었으며. 은빛 섬광에

164

둘러 쌓인 하얀 성곽으로 일초라도 앞당겨 빨리 날아 들어가려는 마음만 간절했었다는 것이다. 그리고 그 성곽을 바로 눈 앞에 두고 내 몸은 갑자기 굳어졌으며 . 그 성곽과 멀어지는 순간이 아팠고. 아쉬웠고, 고통스러웠고 답답하고 춥다는 생각은 극히 찰나였던 것이고 나는 혼수상태에서 깨어났던 것이다.

도대체 내가 느낀 감각과 내가 본 것은 무엇이었을까?

사망직전의 사람이 환각을 본다는 임사체험같은 것이었을까.

사람의 몸이 몸이 사망직전에 이르거나 일시적 식물인간이 되면 뇌가 극대로 활성화 되어 상상이상의 환타지를 체험한다는 그 경계였을까.

아니면 혼수상태. 깊은 무의식에 갈앉은 한가닥 상념이 꿈결에 실린 것일까.

그리고 내가 그 둥근 성곽 속으로 완전히 날아 들어가 버렸다면 나는 현재의 이 삶이 존재하지 않는 것일까.

그리고 내가 몸이 굳어져 목전에 둔 성곽에의 입성이 불가능해진 것은 지금의 살아 숨쉬는 나로서는 참으로 천만다행인 구사일생에 해당되는 것일까.

신비롭고 기묘한 체험이었다. 그것은!

그리고 그것이 환각이든. 꿈이든 간에 샘물에 적셔지고. 김칫국물을 거부하며 땅바닥에 널부러져있는 처참하고 굴욕적인 육신과 아주 다르게 영혼이랄지, 무의식이 활동하는 무차원의 세계랄지 그 영역에서

결코 놓치고 싶지 않은 너무나도 포근하고, 아늑하고 역동적인 유쾌함과. 평소의 갈망이 이루어지는 완성도 높은 어떤 만족감이 작용하는 어떤 의식이. 마음이. 정신이 분명히 존재한다고 확신하는 계기가 되었다.

그리하여 임종직전에서 숨을 몰아쉬며 숨통을 막는 가래 때문에 고통받는 사람의 마지막 모습을 보면 저건 그냥 생명의. 육신의 관성이야. 우리가 볼 때 힘겹게 보여도 실제 환자의 영혼은 좁고 답답한 육신의 고통. 크고 작은 미련과 번민에서 완전히 분리되어 아주 편안하고 더없이 고요한 원래 원했던 원만과 충만의 경지를 비로소 맛보며 희열에 사로잡혀있을 것이다 생각되는 것이다.

마음입니다

멀리서 단소가 왔다.

십년 전의 일이다.

그렇게 단소는 십년 긴 세월 줄곧 내 옆에 있었다.

책상 위, 방석, 찻상 옆, 그리고 가방에 담겨 멀리 가거나 오며 내 어깨를 두드리는 안마기 구실을 하거나 손바닥을 마찰시키는 지압봉 구실을 하거나 사람이 없는 데서는 가로로 입에 대고 대피리 소리 정도는 내 보기도 했던 것이다.

그 단소, 지금 내 물건이 아니다.

두 해 전 벽에 기대 선 단소를 보고 가져 가서 비슷하게 만들어 봐야겠다는 사람이 있어 별 생각없이 줘 버렸던 것이다.

그렇게 단소와 작별한 다음날이다.

아픈가요?

꿈에서 아주 무심한 얼굴로 내 앞을 휑하니 지나가던데 아무리 불러도 대꾸도 없이 하는 단소를 사서 내게 보내준 이의 전화를 받았던 것이다.

꿈 얘기라면 나는 퍽 즐겁다.

농담같은 몽생몽사는 나를 일컫는 진담이기도 한데, 꿈이 現實을 앞당겨 보여준 경우가 너무도 허다해서 꿈을 그저 의식과 무의식의 조립이라는 단순한 논지에는 적잖은 회의를 가지는 쪽이다.

그랬으므로 그 전화를 받으며 내 행위에 가책을 받았다.

나는 섣불리 떠나 보낸 단소와 함께 단소를 내게 보낸 사람조차 까맣게 잊고 있었으니.

단소에 담아 보낸 결고운 마음 함부로 내팽개쳤다는 후회와 함께.

hau하우라는 말이 있다.

원시 종교에서는 보이거나 보이지 않는 모든 자연물에 혼령이 존재한다고 믿었다. 때문에 모든 자연물은 숭배의 두려운 대상이 되었던 점에서 시작된 어원인데 어떤 사람에게 물건을 주게 되면 그 증여물에 신비스러운 精靈이 깃든다는 것이다.

흔히 꽃이나 카드, 그 외의 선물을 줄 때 선물을 주는 사람이 담담히 내뱉는 말이 있다.

제 마음입니다.

물건이 마음일순 없다.

그러나 주는 이의 정성과 노력과 관심이 그 물건으로 표현될 때는 그 물건은 이미 무정물이 아니고 신비스러운 生命力을 가진 精物이 되는 것이다. 곧 정표가 되는 것인데 섣불리 주고 받아서는 안 되는 책임과 위험이 도사리고 있는 언어 이상의 의미며 약속인 것이다.

그 情表를 살펴보자.

168

영화를 보면 전쟁터에 나가는 아들의 목에 걸어주는 어머니의 목걸이나 아버지의 오래된 회중시계가 있는데, 아들은 총알이나 폭탄에 맞아 죽을 운명에서 그 목걸이와 회중시계가 방패가 되어 가까스로 살아나는 이변을 보인다.

그리고 긴머리 낭자가 길떠나는 낭군에게 따서 주는 자주색 옷고름. 친정 어머니가 시집가는 딸에게 넣어주는 은장도. 신랑과 신부가 주고받는 반지나 시계. 또한 신세대 청년들이 주고받는 커플 폰 또는 커플 링과 커플 티가 있다. 그린 필드의 태극 전사. 그의 골인 세러모니는 손가락에 끼고 있는 결혼 반지에 입을 맞추는 행위였는데 여성 팬들에게 대단한 갈채를 받았으며 '반지의 제왕'이란 멋지고 아름다운 닉을 얻었다.

이러한 정표는 결곡한 가슴에 순일한 사랑이 자리잡는 동시에 이 세상에서 단 하나뿐인 나와 나의 단 하나뿐인 정표가 된다.

거기에 불순이나 이해타산이 없다.

오로지 마음과 마음의 순일한 사랑의 공감과 합일이 있을 뿐이며, 꽃을 든 부처에게 빙그레 웃음을 보낸 가섭존자처럼 이심전심이 있을 따름이다.

그렇게 현실적 문제와 한계를 초월하는 정표.

그 안에 엄연히 존재하는 '하우'

이익을 추구하고 반대급부를 바라는 물질공세및 댓가성 거래에 '하우'가 깃들 리 없다.

그 속에는 얄팍한 자기계산이 깔려있는 탐욕이 기회를 노리고 있을 뿐.

이웃이 있었다. 그 이웃 얘기를 좀 짚고 넘어가자.

나도 가난하지만 은혜는 나보다 더 가난해서 은혜네 집에 가면 약간의 선물을 준비하게 된다. 은혜가 반짝 기뻐하는 모습은 곧 나의 기쁨이라서 그녀가 좋아하는 쵸콜렛, 쇠고기, 사과 따위를 사게 되는 것.

어느 날
은혜의 살림살이를 조금 아는 이웃과 동행했고, 나는 평소처럼 그렇게 시장을 봤다. 내 장보기를 눈여겨보던 이웃이 말했다.
없는 집인데 라면이나 한 박스 갖다 주지
물론 그 말이 그다지 나쁜 말은 아니다. 하지만 은혜가 받아 기쁜 것은 라면이 아니란 걸 알기에 나는 고개를 두어 번 끄덕이는 것으로 이웃의 말에 긍적적인 표현은 했었다.
그런데 이웃의 덧붙인 다음 말은 그녀와의 동행이 영 불편하다는 기분을 지울 수 없도록 만들었다.
싸다 주면 언젠가는 돌아오지.

스승의 날이다.
이날은 학부모의 입장에서 무심할 수 없다.
내 아들이 그이들로 말미암아 사물에 대한 대한 지식과 인식이 새로워지고, 그 의식이 확장되며 그걸 바탕으로 사람구실을 하게 되는데 어찌 그냥 지나친단 말인가.
애당초 그런 날이 없었다면 그런 갈등조차 없었겠지만. 그리하여 현금과 같은 구실을 하는 소액의 상품권을 준비했으며 그 상품권을 간단한 인사말과 함께 내가 쓴 책의 날개 속에 넣는데 하필이면 그 시간 이웃이 들어왔고 내 행위를 들켜버렸다. 이웃은 좀체 말조심을 하지 않는 평소의 습관대로 툭 내뱉었다.

그 선생 좋겠네. 그냥 안 있겠네.

피차 웃고 말았지만 그 이웃이 나와 인연이 다 되어 이삿짐을 싸서 멀리 떠나갈 때 묵은 체증이이 내리는 기분이었다.

방관은 묵인과 동조라는 전제하에 이웃의 생각없는 언행을 웃고 넘겼던 것 나 또한 그짝이었네.

내친김에 이야기 하나 더 하자.

긴 병을 이기고 다시금 재활에 힘쓰는 김 氏와, 김 氏의 동호인 윤 氏의 초대로 바깥에서 식사를 하게 되었다.

은빛물결이 살랑이는 호수가 한 눈에 잡히는 숲속, 기분좋은 곳이었다. 함께 밥을 먹다가 김 氏는 걸려온 전화를 받고 먼저 그 자리를 벗어난 뒤의 윤 氏 왈.

저 양반 사람은 좋은데 거지 근성이 있어서 하는 것이다.

순간 멋진 곳에서 밥을 먹고 있다는 상당히 좋았던 기분이 그 즉시 곤두박질쳤다.

그 자리는 윤 氏가 마련한 자리였으며 김 氏가 동행했기에 나도 쾌히 합석했던 것인데 상식이하의 뒷담화를 들은 것이다.

나도 알고 있다. 지난 날 윤 氏는 두 어번 김 氏에게 술을 샀다.

그리고 오늘 윤 氏가 자리를 마련했으되 김 氏의 자발적 계산을 내심 기대했으나 김 氏가 전화를 받고 귀가해 버렸으니 그 희망불발에 따른 컴플레인.

그날 밥값은 내가 지불했다.

그 말을 듣고 어찌 윤 氏의 밥을 먹는단 말인가.

나 또한 나없는 곳에서

윤 氏의 입에서 저 여자는 글도 못 쓰고 염치도 없어하는 험담을 미리 막아보자는 심사를 염두에 두지 않을 수 없었던 것은 입술을 떠난 말이 끼치는 주술적 위력을 알기 때문이다.

후, 나는 윤 氏와 밥을 먹거나 차를 마시는 일이 없다.

주고 받는 것.

情의 교류다.

선물이란 이름표를 달면 티끌도 고귀해진다.

영장류 중에 사람만이 누리는 즐겁고 어여쁜 행위다.

사람이 윗사람을 위해 마련한 물건은 공경과 감사의 표상이다.

사람이 친구나 아랫사람을 위해 마련한 물건은 예사로운 사람의 정이다.

한 사람이 한 사람의 異性에게 주는 정표는 네 마음을 통째로 바치는 것이고 生命과 運命을 담보로 한다.

하우!

달리 精靈이 있겠는가. 마음가짐일 것이다.

경이롭고 투명한 마음.

보이지 않으나 가장 크고 가장 무거우며 가장 불가사의한 存在의 핵.

그 마음.

그대를 향해 내가 던지는 말 한 마디, 물 한 잔. 그리고 꽃 한 송이에 참으로 다함없는 애틋한 마음 진심을 담아 드릴 수 있다면!

172

나를 보네

시장에 들렀다.

4층 꽃집에 꽃바구니 하나 주문했던 것이다.

친구 가게 오픈에 가져갈 선물이었다.

꽃을 챙겨 들고 지하도를 경유해 '천냥짜리'로 갔다.

천냥짜리는 천원짜리 물건을 주로 파는 곳.

로타리 정지선에 서면 한눈에 들어온 그곳 천냥짜리의 현란한 불빛과 푸른 물결, 도대체 저 푸른식물이 당최 무엇이길래 단 돈 천원에 거래된단 말인가?!

그렇게 강렬한 호기심으로 그곳을 오가며 정지선에 서면 시선이 꼭 꽂히던 그곳의 녹색 물결.

드디어 꽃이 필요했고, 나는 꽃집과 근접한 그곳으로 지하도를 경유해 빠르게 다가갔다.

여러 날, 여러 번 그렇게 내 눈을 노상 자극하며. 내 눈을 잡아 당기며 꼭 가 보고 말리라 벼루게 했던 푸른식물은 천원이 아니고 그집 가격으로는 심히 지나치다 싶은 만 원. 그리고 그 식물은 음이온을 발산해 새집 증후군을 막아준다는 산세베리아.

호기심이 풀렸으니 빈손으로 밖으로 나오는데 입구에서 1,000원짜리 책을 진열하고 있었다. 진열대를 그냥 지나치다 뒤돌아 섰다. 북 디자인이 눈에 익었던 것이다.

그리하여 여러 책 사이를 유심히 살펴 보니 바로 내 책이다.

세 권이다. 구겨지고 먼지가 묻었고 ,얼룩이 번졌고, 누렇게 퇴색했으며, 삼각으로 꺾여 있는 귀퉁이와 허리를 노끈으로 불끈 묶은 흉터가 선명한 내 책이 책꽂이에 진열되기 전 내 눈에 띈 것이다.

아! 가슴 한 쪽 알싸한 아픔이 지나갔다.

꼭 내 자신이 길거리에 나앉은 모습이다.

정가로 팔리는 대형서점에서 만난 내 책에 대한 자부심은 거기에 애당초 없었다.

내 책은 출판사의 내부 사정으로 땡처리 되어 길거리 천원짜리로 내몰린 것인가.

그럼, 그 출판사는 어찌 되었을까?!

출판사 문제가 아니라면 내 책이 지겹게 안 팔려 재고정리된 것인가?! 알수 없는 가운데 서글픔만 가득했다.

내 책 네 권이 고맙게도 그 출판사에서 기획출간되었다.

그 목소리 곱던 편집장은 어디서 무얼하며 살아가는지 교신불가다.

그 편집장이 부산에 왔을 때 하얀 바다가 한 눈에 잡히는 영도 식당에서 밥을 먹었다. 그리고 그 식당 앞에서 내 차 타이어가 터졌다. 그때 그 편집장은 톤이 높은 매끄러운 서울 멘트로 진행도로 중앙에 두 팔 벌리고 서서 주행 중인 트럭을 세웠고 트럭기사를 하차시켰고 타이어를 조속히 복구하는데 일조했었다.

그런 기억과 함께 초라하기 짝이 없는 내 책을 마주보고 서 있었다.

그리고 아무리 좋게 생각해도 단 돈 천 원일 망정 그 돈을 지불하고 내 책을 뽑아갈 사람은 아무도 없을 것 같았다. 내 책의 첫인상은 더러움과 낡음이었던 것이다. 하지만 그 책을 폐기처분하지 않고 일단 진열대에 올려준 직원의 손길이 고마웠다. 나는 내 책을 소중하게 집어 올렸고, 손바닥으로 먼지를 닦으며 계산대로 갔다.

계산대 청년. 청년이 봐도 몹시 지저분한 책이라 느낌이 드는 지, 책과 나를 번갈아 일별하더니 아주 재빠른 손놀림으로 옆에 채곡이 재인 반쪽짜리 신문지에 척척 감아 주는데 오! 저건 또 뭔가!

그 신문, 귀퉁이에 얼핏. 내 이름이 또 눈에 띄는 것이다. 뭐얏 내가 왜 신문에 나와! 들킨 죄도 없으며. 새 책 낸 것도 없는데! 나는 조금 뛰는 가슴으로 자동차로 돌아와 기사부터 흝어 보았다. 대략 1년 전의 서울소재 출판사가 주최한 큰절 어린이 축제에 대한 관련기사다. 나는 거기서 축사및 심사를 했었다.

참으로 기묘한 만남이며 거짓말 같은 현실이다.

내 책을 내가 사고, 내 책을 감아준 일 년도 더 지난 신문지의 조우는 거짓으로 지어내도 유치하기 짝이 없는 구성이다.

그렇게 그런 기분으로, 무릎에 얼룩진 책과 신문을 놓고 그냥 가만히 내려다 보며 생각했다.

그 시간 내가 그 천냥시대에 들리지 않았다면 내 책은 새 주인을 만나거나. 영영만나지 못하고 사라지거나 둘 중에 하나일 게다.

그리고 시중에는 보기 힘든 종교신문은 거기에 왜 놓여 있어서 내 책을 싸는 그 역할을 담당했는 데, 내가 거기 없었다면 오래된 그 신문은 다흔 손님의 생활용품을 싸는 데 사용된 후 완전히 사라져 버렸을 것이며. 나는 내 이름이 박힌 기사가 일년전 신문에 게재된 사실조차 전혀 몰랐을 것이다.

하지만 나는 오늘 꽃시장에서 꽃을 샀고, 일부러 천냥시대에 들러 평소 가졌던 호기심을 해소했던 것이고. 나오는 발치에서 내 책을 만났으며, 내 책을 둘둘 감은 내 관련 신문기사가 실린 신문지를 만나 나를 조금 경악케 했으며, 그 두 가지 물건은 내 무릎에 놓여졌고, 나는 무릎에 놓인 책과 신문을 통해 내 이름 석 자를 감동으로 바라보고 있는 것이다.

우연의 일치, 나를 중심으로 진행된 시간과 공간과 발견의 동시성, 이것이 바로 칼 쿠스타프 융이 말하는 동시성의 원리라는 것일까. 즉, 무의식의 자기실현이며 잠재화된 어떤 은닉된 사실이 은연중 꿈결과도 같이 모종의 규칙이 되고 밖의 현상으로 나타나는 동시성의 원리에 근접해서는 참으로 기이한 기분이 들었지만 어떤 의미는 부여하지 않는다.

길거리. 개방된 공간에서 우연히 조우한 나의 것들!

타인에게 아무 것도 아니지만 나에겐 매우 소중한 두 가지. 그 게 낯이 익었던 그림과 내 이름이었으므로 발견 가능했으니 관심과 기억의 문제일 따름이겠다. 허나. 내 단순한 사념의 언저리에 꼬리처럼 따라 붙는 한 생각. 내가 경험한 우연의 일치는, 그저 가벼운 우연 이상의 무언가가 분명 있을 것 같다는 느낌은 떨쳐버릴 수 없으며 우연은 필연의 가능성까지 내포하고 있지 않겠는가 여겨지기도 하는 것이지만, 내 의지가 지향하는 이성적 사고로 일반상식의 범주를 넘어서는 비현실적인 현상을 인정,

현혹되지 않으려는 마음이 더 완고해 나는 지극히 단순해지는 것이다.

익, 세상에 이런 일이!

재밌다.

정도의.

아! 하지만 나는 그 관심과 기억의 소산인 그 결과물, 그 결정체들이 감격스러워 신문지 쪼가리에 박힌 그 전문 그대로는 그 량이 많아 다 옮길 수는 없고 내 이름 부분만 언급해 본다.

이번 대회는 개회식, 그림·글짓기 대회, 놀이마당, 장기자랑, 시상식 등의 순으로 진행됐으며, 조계종 포교원 신도국장 원철 스님, 범어사 포교국장 무관 스님, 월간 불광 발행인 지홍 스님, 조계종 기본선원장 지환 스님, 파라미타청소년 협회 원택 스님, 심사위원으로 부산대학교 양철모 교수, 아동문학가 강추애 씨 등이 참석했다.

나는 이처럼 오늘과 같은 내 책, 내 지면과의 우연한 만남은 평생 처음이다. 2006년 6월 26일 오후 3시의 일이다.

사람은 절로 비굴한 존재인지

방어기제.

좀 낯 선 말이죠.

헌데 글을 읽다 우연히 상종한 이 생경스런 단어가 묘하게 끌리고 수상쩍어 검색창에 입력하니 내 생각. 내 행동, 내 오해. 내 이해가 적나라하게 객관적으로 진열되어 있는 것입니다.

아! 그렇구나! 하는 심정.

놀랍고 서글픈! 그리고 쓸쓸한 감정이 한꺼번에 뒤죽박죽 올라왔어요. 방어기제의 섬세한 분석이 안겨준 신선한 자극이자 충격인 것입니다.

또한 최근 관심을 가지는 꿈 분석의 주요 자료가 되겠다는 관점에서 거듭 읽어 보았습니다. 그리하여 내가 평소 사용하는 편한 언어로 대충 요약 쉽게 정리해 둡니다.

방어기제는 자아가 외부적 개입에 의한 어떤 위험, 위기적 상황에서, 무의식적으로 자신을 견제. 방어, 기만해서 감정훼손으로부터 스스로를 방어하고 보호하는 심리 의식이나 행동에 대한 정신분석 용어로군요.

즉, 자아방어기제ego defense mechanisms은 자아가 무의식적으로 초자아와 현실로부터의 요구들 사이에 균형을 맞추도록 절로 대처하는 심리적 방도 그 책략이군요.

방어기제의 특징이 있는데요.

개인의 무의식차원에서 저절로 작용하는 것이며. 각 개인이 현실을 왜곡, 인지. 불안감의 위협에 소극적으로 반응하는 것이지요.

인간처럼 복잡하고 변화무쌍한 환경에 적응하고 대비히고 사고하고 행동하는 존재가 자신이 감당할 수 없는 위기적 불안과 긴장을 완화 내지 처리하고 심리적 균형을 유지하기 위한 자아의 무의식적 보호 기능을 방어기제라 하는 것인 데 개인마다 타고난 천성과 무관하지 않다는 것이죠.

하지만 방어기제를 수시로 과다하게 사용한다고 해서, 그 자체로 정상 혹은 이상으로 구별되는 것은 아니고, 정도나 상황에 따라서 양호 혹은 병적인 것으로 진단하는 것인데. 이를테면, 자신의 자랑, 자신의 과대포장, 지나친 허세, 필요이상의 자만, 또는 열등, 비하. 좌절의 정도차이를 말하는 것입니다.

모든 방어기제 중 가장 일차적으로 중요한 방어기제는 제 의식에서 용납되기 어려운 욕망, 충동, 감정, 환상, 소원, 기억을 '무의식적'으로 제어. 억압하는 것인데 더 쉽게 말하자면 자기보호본능입니다.

거기엔 억제, 자기애, 그리고 강한 부정이 있습니다. 억제는 갈등, 감정, 욕구가 적절하게 해결되지 못할 경우에 그것들이 적절히 다루어질 수 있을 때까지 일단 그런 관심을 의식적 또는 반의식적으로 보류하고 문제해결을 유보시키는 심리기제인 것인 데 이 심리기제가 제대로 작용하지 않으면 반사회적 문제아가 되기 십상이지요.

그리고 투사投射(Projection)이 있겠는데.

자아가 스스로 받아들일 수 없는 공격적인 충동이나 성적인 욕구를 인정치 않고 그것을 남에게 전가시키는 심리기제인 투사는 어려서 자기가 눈 대변이 내 것이 아니라고 하고 싶은 욕망과 아울러 원하지 않은 자신의 일부를 외부로 투사한 다음에 그 상대에게 공감하고 상대를 조종하려는 것인데. 투사적 동일시는 전치displacement과 부정denial을 사용함은 물론 자신의 심상이나 타인의 심상을 심하게 왜곡시켜 버리는 데 예를 들자면 몇 사람이 함께 있는 좁은 공간에서 개스를 방출한 자신이 스스로 부끄러워 옆에 있는 사람이 그랬는 양 딴청을 부리는 것인데 자신이 관리하지 못한 생리현상을 자기 외 다른 사람이 그랬답니다. 나는 절대 아니예요 하는 식의 다소 비열한 자기방어인 것입니다.

또 왜곡과 분리가 있습니다.

자기와 타인의 심상이 전적으로 좋은 것 all good과 전적으로 나쁜 것 all bad으로 분리되어 존재하는 것인데 경계성 성격장애 환사가 입원해서 의사는 무조건 좋은 사람이고, 다른 사람은 나쁜 사람이라고 매도하는 경우이며 이처럼 누구를 전적으로 사랑스럽고 존귀하며 친절하다고 생각하다가 정반대로 밉고, 화가 치밀며, 무가치한 존재로 평가해 버리는 기복이 매우 심한 심리상태죠. 이런 심리. 심성을 가진 자는 편견과 변덕이 심해서 진정성있는 찐득하고 온유한 인간관계를 유지하기 어렵습니다.

이러한 심리기제는 타인에 대한 공격적 감정을 직접 표현하지 않고, 간접적, 수동적인 저항을 표현함으로써 공격적인 감정을 처리하는 것인데요. 묵묵부답. 한숨, 내리까는 눈 등의 미온적, 또는 저항적 마임이 수반되기도 합니다.

그리고 우려할만한 퇴행이 있습니다.

퇴행은 성격발달 과정 중 개인이 어떤 기간에서 더 많은 갈등이나 난관에 부딪침으로써 그런 문제들을 잘 해결하지 못해서 그 시기에 고착되거나 더욱 어린 시절로 되돌아가는 것이지요. 이런 퇴행성 심리기제를 가진 자는 의존성이 강하고 자기 독립성이 결핍되어 홀로서기가 매우 어려워 가족이나 주변 사람들에게 짐이 죄는 악폐를 끼치게 됩니다. 그리고 신경증적 방어도 있겠는데 무의식에 있는 용납될 수 없는 생각, 소원, 충동, 욕구로부터 벗어나고자 과도하게 억압한 후 그와는 정반대의 감정이나 행동을 겉으로 표현하는 것입니다. 또한 외부적 개입에 의한 불쾌감정을 타인에게 그대로 나타내는 것인데. 즉, 원래의 인물에게 느끼는 좋지 못한 감정을 그와 비슷하면서도 덜 위협적인 사람에게 옮겨가는 심리기제입니다. 이런 성향은 매맞고 자란 사람이 자기 아이를 무자비하게 매질하고 자기보다 힘센 아이에게 굴욕을 당한 보복을 자기보다 약한 사람을 괴롭히는 그런 사례가 됩니다.

그리고 자기합리화가 있군요.

합리화는 개인이 무의식적인 동기에서 나온. 객관적으로는 용납하기 어려운 자신의 태도, 신념이나 행동을 정당화하기 여러 이유를 적당히 둘러 대는 것입니다. 이건 참 비굴한 방어기제인데 변명 핑계가 되겠도 일반인 대다수 성향이라하니 입맛이 써네요.

그리고 허세가 있어요.

없어도 있는 체, 부자인 체, 유식한 체, 잘난 체 행동을 하면서 실제로 자신의 능력 이상으로 더욱 우월한 자아상을 무모하리만큼 과도하게 포장해 나타내는 것입니다.

이러한 자아보호 및, 자아방어의 무의식적인 방어태세가 의식적으로. 의지적으로 사용되는 경우가 서술이 아닌가 싶네요.

서술은 사건이나 생활, 생각 따위를 논리적으로 적는 행위며 그 산물인데요. 문장, 또는 문학이라고 말해야 되겠지요.

때때로 집으로 우송되는 몇 권의 책이 있는데요.

책속의 고상한 문장과 다르다싶은 책 낸 사람의 인격이 문제이겠는 데요 위에 정리한 방어기제적 자기 변명, 및, 과시 수단 내지 자기광고이겠습니다.

그리고 꿈이 있군요

꿈은 무의식의 세계입니다. 꿈의 표상은 개인의 직업, 성별, 나이와 현재 처한 환경과 생각 및 상상의 모자익입니다.

사람들 때때로 예사롭잖은 꿈이 주는 금시발복적 헛된 기대나 욕망, 그리고 잡다한 혼몽이 주는 의혹과 불안의 걸림에 걸려 하루 일상이 어지러운 경우도 있는데 가슴이 따뜻해지는 길몽은, 희망, 생활의 원기소, 활력소로 보석처럼 가슴에 품고 진땀이 흐르는 악몽은, 자아성찰과 함께 생활의 기폭제, 정화제로 활용하면 되겠습니다.

이상 몇 가지 방어기제에 따른 의식 또는 무의식적으로 노출되는 심리 및 행동을 짧게 쉽게 요약, 풀어 보았습니다.

이렇게 한 사람이 생각하고 행동하고 대상과 환경에 대하여 갖가지 언행이 표출되는 데 상대방에 따른 자기 방어태세이자 자기보호본능인 것인데 어쩔 수 없이 자기중심적 반사작용이지만 방어기제라는 글을 써 놓고 봐도 마음이 가라앉으며 우울해지는 군요. 꿈을 제외한 모든 방어기제가 사람의 비열한 면면을 조목조목 나열해 놓은 듯 해서지요.

182

삶은 단무지 하나

뭘 쓰나?

어제 서대신동에서 친정어머니 제사를 지내고 깊은 밤, 맑고 향기롭게 지면에 게재될 글감을 궁리하다 잠이 들었군요.

나는 어머니와 함께 있습니다.

어머니와 함께 높은 언덕에서 성벽을 쌓고 있군요.

이집트의 불가사의한 피라미드를 구축한 그런 크고 널따란 암반으로 성벽을 쌓고 있습니다.

성주는 성벽을 쌓고 있는 내 자신이군요. 견고하게 보기좋게 잘 쌓은 성벽은 만리장성처럼 장엄하다는 생각과 함께입니다. 그러한 기분 좋은 생각과 더불어 쉬엄쉬엄 구축해 나가는 나의 작업에 반발하듯 내가 들어 올린 암반 하나가 내 손을 떠나 밑으로 굴러 떨어져 버리는데 그 암반은 구슬 구르듯 맑은 소리를 내며 내 눈 앞에서 아득히 사라지고 있네요.

그리고 사라진 그 암반이 영롱한 마찰음을 가진 말발굽소리로 변해서 내게로 점점 가까워지네요. 그리고 이내 그 정체가 드러납니다. 눈처럼 눈부신 백마를 탄 유니콘이군요. 유니콘의 머리는 외뿔 짐승, 몸은 장대한 사람이군요. 그는 말을 탄 채 훌쩍 성벽을 넘어 나에게 닿았고 내가 그에게 예사롭게 묻습니다.

"어머니와 성벽을 쌓고 있지만, 하나 쌓으면 하나 빠져 나가니 지치고 지겹네요. 내 성벽은 언제 완성될까요?"

"삶은 단무지 하나."

유니콘형상을 지닌 말위의 그가 뱉은 짧고 분명한 대답을 들으며 나는 꿈에서 깨어납니다.

그리고 기이한 새벽녘 꿈을 다시 챙기게 됩니다.

나는 내가 늘 진행시키고 있는 동화작업의 중심인 환타지를 얻기 위해 예사롭잖은 내 꿈의 왜곡과 굴절 그 황당한 영상을 애써 기억해서, 머리맡 노트에 적어두는 게 제 하루의 시작인 지라, 메모지에 '삶은 단무지 하나'를 적었고 어머니와 성벽 쌓기 그리고 백마를 탄 유니콘을 요약 기입 했으며

그리고 신비로운 꿈의 영상을 거듭 재생시키며 '삶은 단무지 하나'를 화두로 잡고, 아침밥을 짓고 반찬을 만들기 시작했군요. 그리고 작은 냄비에 어제 김밥을 만들고 남은 단무지 한 토막을 냄비에 넣고 실제로 삶았습니다.

이 글을 읽으며 헛된 꿈 하나를 가지고 지나치게 끄달리고 필요이상 진지하네하고 웃을 사람이 더 많겠지만 그건 내가 꾸는 꿈의 영상과 전개처럼 현실처럼 생생하고 분명한 꿈을 전혀 꾸어보지 못했거나, 그 꿈이 현실과 직결되는 경험이 거의 없는 사람의 속단일 것입니다.

어쨌거나 나는 꿈속 수수께끼적 문답 속에 숨겨진 어떤 암시를 풀어

보고자 보다 구체적이고 보다 현실으로 접근해 보려는 어설픈 수작을 부렸던 것입니다. 그리고 밥솥의 생쌀이 고소한 밥으로 변하기 전에 나는 혼자 웃었군요.

내가 웃은 소감을 피력하면 독자 제위는 또 웃으실까요?

삶은 단무지 하나.

삶은 단무지

삶은 다꾸앙. 다꾸앙은 무로 담근 일본식 짠지

조금 빠르게 발음하면 다꽝. 또는 다깡.

삶은 다꽝.

삶 生은 죄다 꽝 空

이해되셨나요?

내 짧은 꿈속 우문현답에 반야심경이 들어있고, 금강경이 통째로 들어있군요.

말하자면. 나란 일회성 삶과 존재와 노동은 종내 미완성이며 허망한 색계에 잠시 발 디뎠다 이내 꺼질 허상이라는군요.

그리하여 내 것이라 집착하는 내 성, 내 성벽 쌓기에 몰입하는 내 진부한 속성에 진아란 보이지 않던 내 실상이 유니콘이란 몽상적 산물로 나타나 갖가지 애착으로 고달픈 내 세상살이에 해학적 일침을 가한 것입니다.

내 성벽은 언제 완성될까요?

삶은 단무지 하나.

사오정의 동문서답입니다.

허나. 진실이군요.

부질없는 삶에 삿된 욕심은 거듭되는 바!

완성이라니?

택도 없다. 네 성벽은 본시 없는 것이거늘, 없는 것 잡으려니 네 몸만 고달프지.

말 되나요?

말 됩니다. 그렇습니다.

모두가 알고 있는 절대 실상 절대 진실입니다.

그리하여 우리 모두가 익히 알고 있는 그 허무에 비수를 들이대듯 절대 진실과 진리를 실제 생활에 적용하라, 그리하여 비워라. 떠나라, 깨어나라는 훈시적 발언을 나에게 또는 너에게 앵무새처럼 되뇌이게 됩니다만 나도 너도 비우지도 않고 떠나지도 않습니다.

누가 모릅니까.

태어나면 죽는 것을. 죽으면 다 사라지는 것을. 보이는 것 죄다 꿈결인 것을!

나는 뜨거운 냄비 속에서 허옇게 실없이 익은 '삶은 단무지'를 꺼내 식혀서 곱게 썰었군요. 그리고 실다운 밥 한 공기와 함께 천천히 씹어 삼키며 내 안의 풍경과 내 밖의 삶을 그림처럼 바라봅니다.

내 현실은 꿈속의 성벽 쌓기와 조금도 다를 바 없습니다.

성은 그야말로 철옹성이죠. 내 고집. 아집. 독선이 기거하는 감옥이군요.

성벽은 또 뭔가요? 성벽은 방어벽이죠. 타인의 개입을 거부하고 행여 도둑이 들세라. 낯 선 발자국이 찍힐 세라 성벽을 치고 있군요.

성벽은 나의 물질과. 나의 시간과. 나의 희망을 지켜주는 파숫꾼이 될

186

것이라 믿음을 두고 성벽을 쌓는 노동에 거듭 투신합니다. 그러나 나의 파숫꾼이될 성벽은 미완성인체 내 손아귀. 내 영역에서 벗어나는 암벽의 부분적 파괴에 허탈하고 암담하군요. 그러한 상황에서 아주 다행히 어머니라는 절대 애정과 헌신의 화신이 제 옆에 인연이란 이름으로 자리 잡고 계시는데 아마도 내 혈연의 다함없는 사랑과 헌신의 화신이지 싶습니다.

그런 상황에서 다시금 시도되는 성벽조성은, 그러나 성벽완성에 일조할 암반이 내 영역. 내 손아귀를 어이없이 벗어나고 떨어져 내리는 불가항력의 상황에서 손 쓸 틈도 없이 망연자실 바라만 보게 됩니다. 그러나 그 떨어져 내리는 암반은 청량감이 도는 맑고 아름다운 소리로 내 귓전을 때리는군요. 그렇게 소중한 내 소유의 물질과 내 노력이 허무하게 떨어져 버리는 아쉬움과 아주 다르게 귀전에 남기는 낙반의 소리는 아름답기만 했었군요. 그렇군요. 그것은 성벽의 일부로 영구히 박혀질 죽음과도 같은 속박이나 구속에서 벗어났다는 참으로 개운한 자유. 낙화의 아름다움을 그 맑은 소리로 나타나지 않았나싶습니다. 이를테면 내 소유를 떠난 물질은 타인의 소유로 전환되어 타인의 소득과 기쁨이 될 것이고. 나와 연대했던 멀거나 가까운 인연은 회자정리의 그 때가 도래하면 사뭇 유쾌한 독립만세 삼창으로 환호할 것이라는!

그러나 나에게 남는 것은 힘들게 안아 올린 암반이 내 손아귀를 벗어나는 허탈과, 상실감과 미완성 성벽의 아쉬움과 미련입니다.

이러한 미완의 삶을 보다 구족한 만족도를 높이는 방도는 삶은 단무지가 주는 암시가 될 것이나 나는 아직도 성벽을 계속 쌓으려는 의지는 계속되고. 떨어져 나간 암반을 메꾸기 위해 또 다른 암반을 다시금 들어 올리게 되는데 이러한 내 무모한 행위는 환의 세계에 태생으로 나타나 무위로 끝나는 자연의 질서에 순응하되. 후울 벗어나거나 섣불리 방치할 수 없는 이유는 나의 인연, 나의 생활에 대한 책임이며 의무라고 변명하기도 하면서

삶은 단무지 하나는

절대 진리, 절대 실상으로 말미암아

인생의 짐이 가벼워지고

부질없는 욕심에 휘둘리지 않고 헛된 망상에 사로잡히지 않도록 단속해주며 여러 형태로 병든 육신 앞에서, 허욕에 뜨거운 중생 앞에서, 참혹한 죽음 앞에서 담담해지는 지혜의 신약으로 존재할 것입니다.

숲이 좋군요

해인사에 갔다.

나설 때는 비가 내렸고, 닿았을 때는 비가 그쳤다.

한여름의 검푸른 신록, 나무들 저마다 힘차고 싱그럽다.

인적이 끊긴 사찰은 고요고요 깨끗깨끗

대 가람. 큰절마당에 섰을 때 느껴지는 감흥은 그저 맑고 좋다.

그곳서 사는 사람의 안내를 받아

맑은 차도 마시고 과일도 좀 먹었고 나눈 대화도 행복했다.

그리고 홍제 계곡을 되넘어 올 때. 홍제교에서의 일이다.

참 놀라운 광경을 만났다.

두툼한 방석의 두께와 넓이를 가진 하얀 구름이 다리 아래와, 넓은 바위 위를 한가로이 떠다니고 있는 것이다. 물론 구름은 아니다. 구름은 언제나 하늘에 있다. 그것은 물안개의 덩어리일 것이다. 물안개가 자욱히 피어오르는 광경은 자주 보았으나 두툼한 좌복의 두께로 아주 낮은 곳에서 둥둥 떠다니는 것은 처음 보았던 것이다.

저 위에 찻상을 놓고

저 위에 책도 펼쳐두고

저 위에 내가 앉아도 되겠다싶은

온갖 상상을 다 불러 일으키는 물안개 덩어리.

나는 가지가지 상념으로 즐거웠으며 일곱 개 정도의 신비로운 그것들이 점점 엷어져 이윽고 완전히 없어질 때까지 다리 위에 서 있었다.

비개인 뒤. 해운대 뒷산 장산의 중턱이었을 것이다.

봄이었고, 나는 고사리를 뜯고 있었다.

그리고 홍제 계곡에서 만났던 그 물안개 덩어리와 흡사한 물체를 다시 만났다.

이번 것은 방석 부피의 큰 덩어리가 아니고 손바닥 넓이와 두께를 가진 작고 새하얀 새털같은 빗살무늬였다. 그것들은 내 허리께 까지 자란 붉은 옷 나무 사이에 무수히 떠 있었는데 꿈결 같은 정경이었다. 내가 손바닥을 내밀어 그 하얀 빗살무늬 덩어리를 받히듯 얹으면 새의 깃털 하나 손바닥에 올려놓은 듯 했다. 내가 짐짓 놀라서 그것을 손에 쥐면 뻔히 뵈는 그것은 내 손에 좀체 잡히지 않고 빈주먹만 쥐어 지는 것이다. 그런 경이로운 물체가 내 허리께와 손바닥에, 내 무릎 사이와 종아리로 유영할 때, 나는 비천상과 神仙圖를 떠올렸던 것이다.

仙境.

좋았다.

그러한 선경을 현실 속에서 그렇게 두 번 보았다.

성지곡 수원지가 사는 곳 가까이 있다.

방학을 이용해서 시작한 새벽 등산이 제법 길게 계속되고 있었다.

집을 나서면 그 소란하던 상가는 까맣게 잠자고 있고 골목길은 텅 비어 있다.

긴 상가를 천천히 벗어나면 큰길이 나타난다. 큰길은 로터리 교차지역에서 성지곡 수원지까지 직선으로 길게 뻗어있다. 새벽의 차량들은 일제히 고속으로 질주한다. 그 위협적인 차량들 마주 보며 평소보다 빠른 걸음으로 큰길 조급히 따라가면

숲이다.

넓은 수원지를 넉넉히 보듬고 있는 숲.

내가 반하고 내가 취하는 숲.

새벽잠 훌훌 털고 들어서는 숲

곁가지 없는 늘씬한 나무와 엎드려있는 바위, 그 사이를 지나가는 바람과 안개.

그 숲 속에 들어서면 들이쉬는 숨은 절로 깊어진다.

숲은 아직 짙은 어둠 속이나 공기는 더할 수 없이 차갑고 싱그럽다.

고개를 들면 검은 나무 사이로 긴 강물 같은 잿빛 하늘이 보이고 희미한 별이 점점이 떠 있다.

놀이동산을 지나고 사명당 동상 앞에서 목례.

나라와 민족을 위해 자신의 안위를 포기한 위인 惟政.

당신은 온 사람으로부터 흠숭 받아 마땅하오니.

詩文에 능했고. 出家僧이었으나 나라가 위급할 때 의연히 일어나 왜적과 맞섰으며, 그의 魂은 지금도 나라를 걱정하고 계신다. 때때로 땀 쏟으며.

위인의 정신에 숙연해지며 삼림욕장에 들어선다.

새벽 네시의 맑음.

단전 깊숙이 침잠해 들어가는 들숨.

나는 더없이 상큼한 숲의 정기를 배가 불룩해지도록 들이마시고 천천히 아껴가며 내뱉는다.

숲은 검은색이고 하늘은 하얀색이다. 그리고 별은 푸른색이다.

숲에서 바라보는 별은 씻은 듯 크고 밝다.

별 바라보면 허탈해 진다.

상상 밖의 우주, 그 우주 공간에 떠 있는 별이 無數無量하여 항하의 모래수와 같다해서 恒河沙라 했다. 그 중 한 별에 불과한 지구. 그 지구의 한 모퉁이 작은 한반도에서 별을 바라보는 티끌에 불과한 나.

붓다나 장자의 지혜를 빌어 실상에 접근한다.

사람.

유기물 덩어리.

분명 한 점 티끌이겠으나,

마음. 영혼, 정신의 불가사의한 작용으로 天上天下唯我獨尊이다.

삼라만상, 일체의 主人이라는!

그리하여.

티끌 안의 佛性.

티끌 안의 神性.

존재의 근원적인 위상이라 자위하나 짐짓 허탈한 것이다.

이제 숲길은 가파른 언덕을 꺾고 있다.

그리고 앞이 트인다.

아!

누구랄 것도 없다.

이 트임 앞에서 한결같이 토해 내는 탄성.

마을의 현란한 불빛이 한 눈에 잡힌다.

不夜城.

검은 숲에 익은 눈이 어지럽다.

야호!

메아리도 없다.

소리는 트인 공간으로 건조하게 빠져나가 버린다.

산과 산에 둘러싸인 사람의 마을.

사람이 밝힌 불빛으로 밤낮의 경계가 모호해진 공간을 바라보다 문득 映像 하나 잡힌다.

달마가 동쪽으로 간 까닭은

동자승 혜진이 수좌 기봉에게 물었다.

산밑에는 큰절, 큰절 밑에는 무엇이 있나요?

사바세계.

짧게 대답한 기봉은 한참 후 덧붙인다.

큰스님도 나도 혜진이도 사바세계에서 왔다. 사바세계는 마음이 평화롭거나 자유롭지 못하다.

트인 곳. 갑자기 눈앞에 펼쳐지는 사바세계의 불빛과 함께 영상 속에서의 대화가 되살아나는 것이다.

그 모든 것을 담는 그릇이 없기 때문이다. 실상, 큰그릇이 있으되 이상이 그 그릇을 채우고 있어서.

갖은 탐욕과 번뇌가 영혼과 육신을 갉아대고 있다는 것이다.

和平치 못하고 자유롭지 못한 사바세계.

붓다의 말씀 그대로다.

존재자체가 고통의 바다.

사랑조차 아픔이니.

죽음의 때도 알 수 없으며, 순조로운 삶조차 짧아서 서러운 게 사람의 일생이거늘.

인간끼리 빚어내는 갖가지 惡行에 굴욕을 당하거나 방관해야하는 우리네 삶의 진부함과 비굴함.

이제 산길에 무거워진 발길을 꺾어 위로 오르면 삼각형 돌무덤이 형제처럼 서 있다.

돌무덤 앞에서도 합장과 함께 목례를 올린다.

돌무덤을 조성한 사람의 정성에 대한 경의.

크고 작은 돌을 모아 원을 이루고, 제각각 모난 돌을 이쪽 저쪽 끼우고 빼거나, 맞추고 맞물리는 과정을 충실히 거쳐 형상화 된 돌무덤에 대한 외경.

그 마음 고스란히 가지고 전망대를 지나고 명상의 숲에 이르러 차가운 샘물 한 모금 마신다.

그 한 모금에 오장육부가 서늘해진다.

한 시름 탁 풀어지는 아금 청정수.

숲이 나에게 준 감로다.

自然이 사람에게 배려한 生命水.

휴게소와 해우소 사이의 편편한 바위에는 늘 가부좌 튼 사람이 있다.

194

그리고 기공, 기를 연마하는 이들은 여명이 트며, 떠오르는 태양을 향해 마신다! 마신다!를 외친다. 그들은 태양을 마시는 중이다.

태양을 마시는 사람들.

누구의, 어떤 시선 의식치 않고 제 의지 잘 간수하며 묵묵히 진행시키는 사람은 아름답다.

육신이란 작은 틀안에 갇힌 자신을 초월하려는 內面과의 대립이 아닌 합의.

觀.

깨어있음.

결가부좌. 미동 없으나 명멸이 깨어있을 바위의 그.

이제 햇살이 번지고.

내가 천천히 씹듯이 걸어 온 그 길을 향해 사람들은 힘차게 걷고 있다.

건강하시라. 행복하시라. 두루 원만하시라.

같은 숲, 같은 길에서 바람처럼 스쳐 지나가는 그들의 안위를 평화를 진심으로 축원한다.

최소한 숲에 머물 동안 사람은 선하고 어질다.

침묵의 시간도 길다. 사색도 깊어진다.

틈내어 숲에 들 일.

비로자나의 빛, 그 찬란한 빛 속의 환희.

不二.

내가 숲속에 있을 때.

나는 숲이다.

❧ 경읽는 시간

집 한 공간에서 우리는 일주일에 한번씩 모여 경전공부를 했습니다.

맨처음 선택한 공부거리는 금강경이었습니다.

예전, 어쩌다 인연이 되어 내 손에 쥐어진 금강경이란 얇은 책 한 권이 내 혼탁한 머릿 속을 섬광이 스치듯 강한 자극을 때린 기억으로 말미암아 나는 우리들의 첫 공부에 금강경을 선택하는데 어떤 망설임도 없었습니다.

자등명, 법등명이 가능하도록 도와주는 책, 금강경, 나란 존재가 무엇인 지를 알게해 주는 금강경.

이름조차 아름다운 금강경을 나는 밤이나 낮이나 지니고 다니길 좋아하며, 때때로 독송하기를 좋아하며. 금강경을 전혀 만나보지 못한 이웃에게는 한번 쯤은 읽어 보도록 권유하길 좋아해서 인연된 자들과 더불어 다시금 배우고 익히기 시작했던 것입니다.

금강경의 본시 이름은 금강반야바라밀경이었습니다.

금강은 보석 중의 보석, 견고하고 아름다운 다이아몬드에 비유해서 금강이라 말한다고 하는데 아마도 진리 중 가장 으뜸이라는 말이 아닌가

196

싶습니다.

금강경은 이렇게 금강반야바라밀경 또는 능단반야바라밀경. 또는 금강반야경 또는 삼백송반야경으로도 불리며. 인도 사위국을 배경으로 부처님과 수보리의 문답형 대화체 경전입니다. 부처님은 수보리에게 대승불교의 핵심 공사상인 반야사상을 금강경을 통해 설파하십니다. 이처럼 아름다운 대화를 중국 한문으로 잘 정리해 주신 번역가가 존재합니다. 그는 구마라습 또는 구마라십으로 불리는 쿠차의 스님이신데 인도사람이었고 불기 350년에 태어나 409년에 적멸에 들었습니다. 그는 중국 쿠차의 승려로 여러 불경을 중국어로 번역했으며 마라시바구마라기바줄여서 나습, 이습을 의역하여 동수라고도 하는데 중국에 불교를 전파하는데 큰 역할을 담담했습니다.

쿠차는 중북 서북부 지방에 위치한 도시이름입니다. 신강위구르 자치구입니다. 역사적으로 실크로드 중 천산남로에 위치한 오아시스 국가이자 현재는 번창한 도시입니다.

당나라시대 고승인 현장과 신라의 승려인 혜초도 이곳 쿠차에 들렀다 전해 집니다.

왕오천축국전에서는 "구자국에서는 절과 종도 많으며 소승불법이 행해지나 중국인들은 대승불교를 믿고 있다"는 기록도 있습니다. 부처님은 제자 수보리에게 누누히 거듭거듭 사람이 한곳에 집착하여 마음을 내지 말고 항상 머무르지 않는 마음을 일으키도록, 사물에 대한 분별심없는 마음을 가지도록, 형상으로 부처를 보지 말고 보이지 않으나 엄연히 존재하는 진리로서 서로 존경하도록. 그리하여 모든 모습은 실로 모양이 없으되 이 사실을 그대로 지혜의 눈. 마음의 눈으로 볼 수 있다면 곧 진리 자체인 여래를 보게 된다고 거듭거듭 설파하십니다.

금강경은 반야심경과 더불어 우리 나라의 모든 종파나 선종을 초월해서 의지하고 설파하는 주요 경전이며, 불기 402년에 번역된 구라마집의 금강반야바라밀경이 우리와 가장 친숙한 금강경이 됩니다.

금강경은 철저한 공사상에 의해 번뇌와 분별심을 끊음으로써 반야지혜를 얻어 대각을 증득할 수 있다는 것입니다.

특히 이 경에서 주인공인 해공제일 수보리 존자는 매우 집요하게 부처에게 여쭙고 또 여쭙습니다. 解空. 또는 慧命 수보리라고 한 것은, 수보리는 부처님의 제자로, 부처님의 설파하신 절대진리인 空의 도리를 제일 잘 이해했으므로 부처님의 지혜 생명을 이었다고 해서 혜명수보리, 또는 해공제일 수보리라고 부르는데 空의 도리를 제일 잘 이해해 부처님의 지혜을 이어받은 수보리이므로 慧命이라는 명칭을 더한 것입니다.

그러한 해공제일 수보리가 다소곳 여쭙습니다.

최고의 진리를 배우고 닦으려는 마음을 낸 선남선녀는 마음 자세가 어떠해야 하며, 마음이 마음 같지 않을 때는 어떻게 마음을 다스려야 합니까?

수보리의 이런 질문에 부처님은 자리를 펴고 앉으셨고 수보리의 질문에 답을 펴기 시작하는 것입니다.

이런 공부를 하기 위해 모신 법사는 사회평론에 관한 책을 십여권 집필하신 윤 스님과, 큰절 스님. 그리고 그분들이 시간을 내기 어려울 때는 대승기신론을 쉽게 풀어서 책을 낸 무변 법사의 도움도 받았습니다.

우리는 한문으로 엮은 금강경을 법사의 선창에 따라 복창을 했고, 그 뒤 법사의 설명을 들었습니다.

윤스님은 음성이 매우 훌륭해서 길게 창처럼 뽑아내는 경읽는 소리가 꽤나 들을만 했고.

김 법사의 나직나직하되 강한 어조도 공부에 깊이 빠져 들도록 유인하는 매개체였으며, 아주 가끔 불쑥 찾아든 불청객 경재선생도 함께 했습니다.

소승이 무얼 알기나 하나요. 강원에서 배운대로 앵무새처럼 흉내나 내보는 거지요.

경전 공부방에 올 때 마다 큰절 공양간의 누룽지를 한 박스 들고와 우리들에게 먹이며 담담히 거듭 내뱉던 큰절 스님의 하심과 겸손도 아름다운 일이었으며, 강의도중 모르는 한문으로 말문이 막히면 요건 진짜 모르겠네요. 동그라미 쳐 두었다가 집에가서 옥편 찾아 보세요.

해서 그 자리 우리들의 긴장해소와 함께 웃음꽃을 피게 했습니다.

방 한켠에선 찻물이 끓고 있습니다.

경전반은 차공부도 병행했으므로 차 다루고 차 맛내는 솜씨는 기본으로 익힌 터라 누가 차를 다려내도 맛있는 차가 됩니다.

넓은 창문으로 맑은 바람이 넘나들고 때때로 지나가는 상인들의 물건 사라는 목소리도 들려옵니다.

그리고 우리들이 번갈아 가며 마음으로 챙겨온 다식도 넉넉합니다.

우리는 공부가 지루하지 않도록 간간히 차도 마시고 다식도 씹으며 천천히 쉬엄쉬엄 놀이처럼 즐겁게 공부했습니다.

이렇게 겉모습만 보면 우리의 모임은 시간적으로 경제적으로 한가롭고, 시간적으로 여유있어 보입니다다만 개개인의 속사정은 전혀 그렇지 못했습니다.

대충, 대략 기억해 봐도 , 우리들은 기본적으로 며느리. 아내. 어머니 입장의 살림꾼들 이었으며 멀리 보림은 큰목재소를 경영하는데 그때 그녀의 남편은 급성간염으로 입원 중이었습니다.

그리고 소희는 꽃꽂이 사범으로 여러 곳에 출강 중이었으며. 순희는 식당을 열고 있었고, 강희와 선희는 병원과 공장의 주인인 남편을 돕느라 그야말로 시간이 곧 금이었습니다. 그리고 근옥은 자궁암으로 투병 중이었고, 선아는 옷가게를 열고 있었으며. 대덕님은 우리나라 방방곡곡에 숨어 계신 선지식을 찾아 공부하는 선객이었으며 그녀의 따님은 결혼식 날까지 받아놓은 상태에서 우리들 공부방에 동참했던 것입니다. 그리고 나는 나대로 도자기를 판매하는 도헌과 논술지도를 병행하고 있어서 시간 자체를 금쪽처럼 귀하게 나누어 써야 했습니다. 그리고 나는 법사의 중식을 집에서 대접하고 있었으므로 어머니들이 개경게를 펼칠 즈음은 그 방을 빠져 나와 부엌에서 쌀을 씻고, 나물을 다듬어 음식을 만들기 시작했던 것인데, 그러므로 그때의 금강경 공부는 무늬만 금강경 공부를 했을 뿐이나 금강경의 전문을 거듭 공부해온 나로선 구대어 그 자리를 고집할 필요가 없기도 했어요.

그래도 우리가 모이는 시간은 모두 주어진 생활에 대해 전혀 불평불만 없이 응당 해야 될 숙업인 냥, 잘 모였고, 도란도란 즐겁게 공부했던 것입니다.

우리는 먼저 경을 여는 게송을 외웁니다.

더없이 깊고 오묘한 진실은 백천만겁 애써도 만나기 어렵습니다. 그러나, 나 이제 보고 듣고 수지독송할 수 있으니 원하옵건대 여래의 진실한 본의를 알고자 합니다하는 뜻을 가졌습니다.

그런데 이 개경게가 작자 미상의 게송이 아니고 중국 당나라 고종 이치의 황후였었고 여제였던 즉천무후의 작품이라는 설도 있지만 저는 그 말에 믿음을 두지 않습니다. 왜냐하면 즉천무후는 자기가 깔고앉은 권좌를 지키기 위해 무고한 인명을. 심지어 자신의 자식까지 살상하는 잔인무도한 살인마였으며 음흉하고 교활하고 간악한 자라고 여러 기록이 전하는 바, 어찌 그 피비린내 진동하는 몸뚱아리로, 그 삿된 몸 어느 구석에 이처럼 고상하고 아름다운 게송을 읊을 수 있는 철학적, 문학적 서정이 날아가는 기러기가 바람결에 떨군 깃털만큼이라도 깃들 수 있겠는가하는 의구심인 것이지요. 그리고 어쩌면 그때 어떤 기회에 아랫사람이 올린 글귀를 권력의 힘으로 가로채서 제 이름으로 발표한 것일 수도 있겠지요, 그냥 내 생각입니다. 개경게를 맨처음 짓고 읊은 사람이 즉천무후이기보다는 작자미상이 되려 낫다는 지극히 개인적 편견인 것입니다.

각설.

금강경이 가진 위력과 공덕은 어디 바할바 없이 크고 커서 거듭된 세월 속 무수한 사람들이 이 경으로 말미암아 받은 위로와 깨우침으로 고통스러운 삶을 지혜롭게 헤쳐나갔을 것이니 합장경배하고 싶은 마음 절로 일어납니다.

불교인들이 기본적으로 수지독송하거나 사경을 생활화해서 눈에 익고, 노인들도 눈을 감고도 줄줄 외는 생활속 경전으로 자리잡은 금강경.

반듯한 몸가짐으로 경을 읊고 공부하고 논의하며 그 뜻을 음미했던 시간들은 지금도 나를 웃게 합니다.

금강경 공부를 함께한 그때 그 즈음 우리들의 좋은 시간 어디 견줄 수 없는 지복을 누렸다할만 합니다.

꿈길에서 만나다

    멀리 돌산이 보입니다. 돌산 한없이 높은 산봉우리의 형상이 제각기 저마다 특이하군요. 세모. 네모. 쭈빗쭈빗 쌍둥이꼴, 그리고 원만한 원형, 나는 그 각양각색의 기이한 봉우리를 성큼성큼 징금다리처럼 뛰어서 이 산 저 산 옮겨 다니면 가깝고, 빠르고, 재미있을 것이다 생각합니다. 갑오년 새 해 정월 중순의 꿈입니다.

    그리고 다음날의 꿈입니다.

    분홍색 돼지 다섯 마리가 창문을 열고 창틀에 나란히 서더니 붉고 거대한 생식기를 쳐들고 일제히 오줌을 누기 시작합니다. 다섯 마리의 분홍 돼지꿈은 일정기간을 건너뛰며 세 번 정도 주었으니 다소 기이한 꿈이기도 한데요. 아무튼 넓은 마당은 돼지들의 오줌으로 이내 질펀해지기 시작하는 걸 보는데 연이어진 꿈에서 나는 아주 끔찍한 일을 저질렀습니다. 두 사람이 누워있습니다. 꿈에서 어떤 문제로 그 두 사람에 대한 적대감이 상당합니다. 나는 뜨겁게 솟구치는 분노를 다스리지 못하고 옆에 있던 곡괭이로. 자루가 길다란 곡괭이로 누워있는 두 사람을 찍어서 살해합니다.

곡괭이에 훼손된 심장과 내장이 밖으로 튑니다. 나는 그들의 죽음을 더 확실히 해 두기 위해 더더욱 극악무도하게 곡괭이질을 힘차게 해댑니다. 그리하여 두 사람은 완전히 죽었습니다. 꿈에서 서슴없이 살인자 되기는 처음입니다. 꿈이니까 가능했던 일입니다. 꿈에서 일어나니 등이 땀으로 축축합니다.

현실처럼 인식되는 입춘 새벽의 꿈입니다.

서울에서 개최되는 문화단체의 시상식에 내가 갑니다.

내가 수상자로 선정됐거든요.

기차를 탔어요. 서울역에 내려서 전화를 겁니다.

서울에 사는 시동생을 만나보려는 의도입니다.

시동생의 현지 상황이 한눈에 잡힙니다. 내 전화를 받고 있군요. 곧 가겠다고 말합니다.

황폐한 높은 산밑에 그는 외롭게 사는데 車만 좋습니다. 그가 양복을 입고, 에쿠스를 타는군요.

그리고 나는 내 앞에 당도한 그의 차를 타면서 말합니다.

"도시 가운데 있으면 더욱 큰 차가. 외진 곳에 있으니 묘하게 작고 초라해."

그는 내 말을 듣는둥마는둥 쿠킹호일에 싼 송편을 내 무릎에 옮겨 놓는군요.

뾰족한 녹색 송엽이 깔려있고 그 위에 소복이 올려진 송편입니다. 나는 서슴없이 그 송편을 먹기 시작합니다. 그리고 나는 송편의 맛을 입안에 담은 채, 잠에서 깨어납니다. 그는 실제 에쿠스의 주인이며, 남다른 생각으로 엄청난 일을 크게 저지르는 간 크고 통 큰 사업가입니다. 그리고 이 꿈을 꾸고 며칠 뒤. 시동생으로부터 길고 늘씬한 자동차를 선물로 받게 되었습니다.

다시 꿈속입니다.

제주도에서 부산으로 온 동서가 말합니다.

형님 캐나다로 이민갑니다.

그 말에 그래 어디에 살든 건강하게만 살아 하고 꿈에서 깨어나 머리맡에 둔 꿈노트에 꿈에서 동서가 이민간다네 적어 둡니다.

한 달 뒤 제삿날입니다. 동서가 제사 지내러 와서 전을 부치며 말합니다.

형님, 그냥 신청해 본 건데 이민허가가 났네요. 캐나다로 가요. 모레 비행기 탑니다.

나는 한달 전 꿈이 생각납니다. 그래서 꿈노트를 가져와 동서에게 보여 줍니다.

동서 왈, 대나무 꽂아라 돗자리 깔아라 다시금 꿈속의 밤입니다.

내 뒤를 부부가 따라 옵니다. 그리고 나를 앞질러 가더니 횡단도로 옆 큰길 갓길에 요를 깔고 베개 두 개를 던집니다. 그리고 이불을 덮고 두 사람은 나란히 눕습니다.

나는 꿈속에서 생각합니다. '열대야를 피해서 시원하게 자려고 밖으로 나왔구나. 하지만 차량들의 소음, 행인들의 발자국 소리와 엄청난 먼지가 장난 아닐텐데 저러고 자니 사람들 마음이란?!' 하는 심정으로 그들을 피해 집으로 돌아오는 찰나, 나는 넓디넓은 푸른 바다에서 헤엄을 치고 있군요. 나는 아주 탄력이 넘치며, 바다가 본시 내 영역인 양 자유자재로 거침없이 헤엄을 칩니다. 그리고 물에 오르니 사람은 보이지 않고 목소리가 들리는군요, "바닷 속에서 헤엄을 치는 중, 당신 팔에 부딪힌 사람이 두 사람이나 죽었다."는 것입니다. 나는 그 목소리를 내 귓전에서 예사롭게 흘러 버리고 내 갈 길을 가다가 잠에서 깨어납니다. 이 꿈은 많은 일을 생각하게 합니다. 현실에서 나도 모르는 사이 내가 행한 어떤 행동이 타인에게 치명타를 입히기도 했을 것이라는⋯⋯

뒷뜰 아름드리 큰 무화과 나무가 있어요. 내가 아주 가느다란 삽목을 수십년 키워올린 내 작품이기도 해요. 그 무화과 나무는 열매를 너무 많이 맺어서 동네 사람들에게 기분좋은 간식을 여름 내내 늦은 가을까지 제공합니다. 꿈입니다.

그 무화과 나무가 완전히 발가벗은 나목입니다. 나뭇잎도 다 떨어져 내린 가을 막바지. 겨울초입이라고 생각합니다.

그런데 그 앙상한 나뭇가지에 무화과 세 개가 달려있어요. 누렇게 잘 익었고 흠도 없어요. 제가 그걸 땁니다. 세 개 모두를! 그리고 꿈에서 깨어납니다.

꿈입니다.

내 집에 방문객이 있어요. 여자입니다. 나는 그 방문객을 위해 차를 달입니다.

그때 그 여자가 창문을 엽니다. 청소를 하겠다는 겁니다. 나는 여자의 행동을 그냥 두었어요.

열린 창문으로 거실의 갇혀있던 먼지가 뿌옇게 빠져나갑니다. 아. 뭔 먼지가 저렇게나 많이! 마음 속으로 놀라워합니다. 그리고 차를 끓여 돌아서니 방과 거실이 참으로 말끔히 정리정돈 되어 있으며. 그 여자는 바깥에 널린 이불 홋청 세 장 까지 걷어서 저에게 주고 대문을 닫고 사라져 버립니다.

다시금 꿈입니다. 나는 큰 절 어떤 행사에 동참하고 돌아오는데 밤이로 군요.

그때 복지스님이 날 부릅니다.

'절에 가서 기다리세요.'

나는 스님의 말씀대로 스님의 절로 접어드는데 절이 크고 등불이 환하게 밝혀져 있습니다.

나는 '음, 스님 절이 아주 작다는 소문과는 달리 아주 크고 아름다구나.'하고 생각하는 중에 스님이 시자에게 밥상을 들리고 제게 옵니다.

밥상 위에는 큰 절 행사 동참자들에게 나누어준 비단포가 두 개 올려져 있어요.

나는 스님이 권하는대로 '아까 전 밥도 먹었고. 이미 비단포도 받았는데 스님은 새삼 또 챙겨 주시네!' 하는 맘으로 다시 밥도 먹고 비단포도 다시금 챙깁니다.

다음 날 꿈은 다시금 복지스님이 내 앞에 계시고 나는 아무런 감정도 표정도 없이 가사 두벌을 두 손으로 받들어 스님에게 건넵니다. 참 꿈도 이렇듯 연속성이 있군요. 어제는 스님으로 부터 내가 받은 비단포 두 장,

오늘은 스님에게 내가 건넨 가사 두 벌. 꿈은 현실의 어떤 일을 암시해 주는 것일까요.

다시금 꿈입니다. 어제와 그제와 다름없이 오늘도 나는 숲속 절간에 있습니다.

같은 절, 같은 대상이 3일째입니다.

그 절 주지 복지스님이 나에게 연잎만큼 넓직한 네잎 크로바를 따서 준 뒤. 왕능처럼 크고 아름다운 무덤을 보여주며 말합니다.

"은사스님이신데. 파장을 해서 납골당에 모실까하네."

나는 묵묵히 듣고있다가

"납골당에 모시기보다는 부도탑이 더 좋겠어요."

그리고 덧붙입니다.

"부도탑은 마당 잔디밭에 있어도 바위처럼 예사로이 잘 어울립니다."

나는 다양하게 별별 꿈을 다 꾸지만 삼 일 연속 시리즈로 꾼 꿈은 이번 꿈 말고는 없습니다.

휴일입니다!

뇌리 속에 감도는 꿈 한자락 아쉽게 부여잡고 눈을 뜹니다!

어젯밤 꿈속에서 나는 성당의 사제관 앞에 서 있습니다.

손님 신부님이 그 성당을 방문하며 쌀 한 자루를 그 본당 주임 신부에게 선물합니다.

나는 '아, 신부님들도 상호 선물도 하면서 교류하는구나'하면서 지켜보는데 수녀님도 등장합니다. 수녀를 본 손님 신부님. 그 손님 수녀에게 매우 반갑게. 알뜰하게 챙기며 더할나위없는 온정을 베푸는군요. 그런 환대를 받던 수녀가 아주 또박또박 야무진 음성으로 '감사합니다. 힘든 가운데 이런 보살핌을 받으니 주님의 사업에 더욱 헌신할 것을 약속드립니다.' 하는군요. 그리고 그 수녀가 돌아섰고, 눈물을 닦으며 걸어가는 뒷모습이 보입니다. 그리고, 나는 개운한 느낌으로 오늘이란 하루를 시작하며 휴일의 맑은 새벽을 느낍니다.

다시금 꿈속입니다. 남자가 대문앞에 서 있습니다.

꽃을 한아름 안고 있어요. 하얀색이군요. 그 꽃을 절 준다고 하더군요.

차나 한 잔 마시고 가라고 제가 말하니 그 이웃은 성큼 어느새 식탁에 앉아 있어요.

그런데 이웃이 가져온 꽃이 너무 많아요. 그래서 반으로 나누어 도로 가져가서 아내에게 주라 말합니다. 이웃은 그러겠다하네요. 그리고 반으로 나누어 그의 아내에게 주려는 꽃이 우수수 떨어집니다. 나는 순간 마음이 서늘해지면서도 '겉으로 멀쩡한 꽃이 다 떨어지니 도로 가져 가지도 못하겠네. 흠도 없이 떨어졌으니 접시물에 동동 띄워서 보면 되겠지만'는 심사입니다. 꿈에서 깨어나도 속절없이 떨어지던 그 하얀 꽃들이 눈에 잡혀 심란한 가운데 다소 긴장이 됩니다.

남자의 아내가 아플까요?

흰색의 꽃은 어떤 의미를 어떤 암시를 담고있는가하는 의문이 꼬리를 물고 일어났던 것이며 꿈결에 실린 낙화로 말미암아 삶과 죽음이 화두로 잡히는 날인데 그날 남자의 아내가 어떤 병으로 수술을 했다는 소식을 들었습니다.

꿈이군요. 꿈속에서 아는 사람을 만났어요. 눈이 이상합니다. 크고 빛납니다.

아는 사람이 말합니다.

"쌍꺼풀 수술했어. 수술비는 300만원인데. 백만원은 외상이고. 이백만원은 현금으로 지불했어. 수술하고 나니 세상이 더 잘 보이네." 합니다. 또한,

"아, 성공적이야. 아침에 한 수술도 참 자연스럽고."

하면서 눈도 얼굴도 환해진 그녀를 즐겁게 바라보다 대뜸 말합니다.

"나도 할까. 그 정도로 잘 나오면 나도 하고 싶어." 하니.

'아니. 당신은 그대로 있어. 절대 하면 안 돼!'

하는 그녀의 말을 들으며 꿈에서 깨어나네요. 나는 내 주변 여인들이 대부분 쌍수술을 했지만, 나는 내가 이뻐져 잘 보이고 싶은 대상도 없고 육십평생 별 탈 없는 고마운 내 눈을 달리 어찌해볼 생각은 간밤 꿈에서 나 있었던 일입니다. 하하

꿈은 계속됩니다.

넓고 초록색이 짙은 여름풀밭입니다. 그 잔디밭처럼 고운 풀밭에 누우런 개똥무덤이 있어요.

'이런, 사람들이 밟으면 어쩔려구!'하는 마음으로 내가 그 개똥을 부삽으로 떠서 사람들이 사용하는 화장실에 버립니다. 화장실은 재래식이군요. 그리고 나는 갑자기 주행중입니다.

내가 아는 지인이 길거리에서 길바닥에서 채소전을 펴고 있네요.

한 무더기씩, 세 무더기입니다.

돈이 될 것 같지 않은 그것을 팔기 위해 난전에서 지인은 쭈구리고 앉아있는데 마음이 아프네요. 그래서 내가 생각합니다. 저걸 몽땅 사고 지인은 집에 얼른 가도록 해야겠다는 마음이 다소 조급하네요.

꿈이 구체적으로 전개되고 현실처럼 생생하며 기억이 분명한 것이 내 꿈의 즐거움이지요.

커피를 좀 줄이고자해도 이제 잘 안됩니다.

습관적으로 진하게 뜨겁게 머그잔 가득 마셔야 하루가 제대로 진행되며. 그리하여 하루 예닐곱 잔도 비우게 됩니다. 커피가 잠을 쫓는다는 말도 내겐 맞지 않아요.

커피를 거듭 마셔도 잠은 달콤하게 잘 찾아 들며, 나는 여지없이 꿈결에 실리게 됩니다.

꿈입니다. 대형 서점을 경영하는 그녀가 말합니다.

"시동생 결혼식이 있어요,"

"아, 그 시동생도 대형서점 경영인이죠? 그가 결혼합니까?"

"아니오, 그는 책과 결혼했고, 그 밑에 아우가 이번에 결혼합니다."

그리고 제 가까운 지인들이 그 결혼식의 하객이었고 고운 한복을 입고 있습니다.

나도 한복을 입고 있네요.

그런데 내 한복이 지인들의 한복보다 아주 뚜렷하게 차별화된 고급원단이군요. 지인들은 인조견이지만 저는 무늬가 섬세하게 깊은 비단입니다. 나는 잘 차려입은 내 모습을 객관적으로 바라보는데 어느새 서울 동서와 동행하고 있습니다. 실제 나에게 자동차 한 대를 선물한 시동생의 아내입니다.

그 동서가 나를 잡아 끕니다.

"형님, 우리집에 갑시다,"

나는 동서가 이끄는대로 동서네집으로 향하고 있습니다.

그리고 당도한 동서의 집.

'대한보험'이라고 무지 큰 간판이 옥호로 걸려있습니다. 동서와 나는 아주 예사롭게 그 보험회사의 간판이 걸린 동서네 집으로 진입하는데 강당이 아주 넓어요. 그리고 딱 반은 끝이 안 보이는 바다입니다.

꿈에서 나는 생각합니다.

'음, 동서가 씀씀이가 크더니 나 모르게 보험세일을 했구나. 그리고 보

험회사는 돈이 너무 많아 지중해를 수영장처럼 사용하고 있구나'

그리고 나는 강당에 앉아있는 좌석 배열에서 맨 앞좌석에 내가 먼저 앉고, 동서는 뒤따라 앉게 됩니다.

그리고 그 모임의 주최자가 무대에 나타나더니 성큼성큼 나에게 다가왔고 '안녕하십니까?'하고 그윽한 목소리의 인사를 귓전에 흘리는 동시에 꿈에서 깨어납니다.

그리하여 나는 밤 잠자리에 들기 전 꿈에 대한 기대가 버릇이 되었습니다.

'오늘 밤 꿈속에서 나는 누구를 만나게 될 것인가?'하는 것이고 꿈은 내 기대를 져 버리지 않습니다.

꿈입니다. 은색 비단. 금색 비단으로 옷을 잘 지어 잘 차려입은 젊고 잘 생긴 청년 둘 있어요.

한 남자가 나에게 말을 겁니다. 호의적입니다. 길을 걸으며 대화를 나눕니다.

멀리는 길을 하얗게 만들고 있는데 양쪽으로 벚꽃이 눈부십니다.

그 꽃은 바라보며!

"아! 봄인데 난, 아직도 겨울 외투를 입고 있네"

그런 난감한 자각은 내 옆의 젊은 청년때문입니다.

나는 무겁고 칙칙한 외투를 벗습니다. 속옷은 그런대로 젊은 청년의 비단옷과 견주어도 그다지 남루하지않다고 생각하며 '진작 벗어 버릴 걸' 하는 마음입니다. 그리고 어느새 나는 숲에 서 있습니다.

가을 느낌의 깊은 숲입니다. 그 숲속에 차도 팔고 밥도 파는 휴게실이 있군요. 나는 그 휴게실의 지나가는 길손이군요. 그때 한 무리의 학생들이 소풍을 가다가 휴게실에 들렸는데, 학생들을 인솔한 아주 잘 생긴 젊은 교사가 나에게 책을 내밉니다. 말은 없지만 그 男 교사의 전체적인 액션은 내게서 빌려간 책인데 돌려준다는 것이고 나는 그것을 당연하다는 듯 받게 됩니다. 그리고 그 교사가 아이들과 함께 휴게실을 떠나면서 잠시 고개 돌려 나를 일별하는데, 까맣고 윤기 흐르는 교사의 머리털이 청학동 도사마냥 뒷덜미로부터 발등까지 길게 한줄기로 땋아내린 댕기머리 모습이군요. 꿈은 여기까집니다.

나는 꿈에서 깨어나 꿈을 음미하며. 맑은 차 한 잔 마셨군요.

꿈입니다. 하얀 모시 한복을 잘 다려입은 할머니가.

금비녀를 하얀 쪽머리에 가로 찌르고 나에게 다짜고짜 시비를 겁니다.

나는 그 시비에 저항해서 나와 모시 노인과의 육박전이 벌어졌습니다.

치고, 밀고. 당기며 서로 안간힘을 다해서 몸싸움을 하는데 내 힘이 딸립니다. 모시 할머니가 내게는 몹시 벅찹니다.

나는 어쩔 수 없이 '몸싸움에서 지겠나'는 위기의식도 엄습합니다.

그런데 내가 항복하려는 찰나, 그 모시 할머니가 먼저 말합니다.

'내일, 떠나겠다'

순간, 꿈속에서도 안도하며 홀가분해졌고. 꿈에서 깨어나는 순간도 다행이라 느낍니다.

꿈입니다. 나는 들판에서 몇 사람을 거느리고 일을 하고 있습니다.

그때 트럭이 가까이 다가왔고, 트럭 위의 사람이 외칩니다.

"일하시는 분들을 위해 국수와 콩국을 가져왔으니 맛있게 드시고 일하세요!"

나는 그 소리를 듣고. 트럭 위의 큼직한 그릇에 출렁이는 음식을 일시에 바라보며 '세상에 고마운 사람도 다 있다. 들일에 지친 사람을 위해 참을 다 제공하다니!' 감동하며.

나와 같이 일하는 사람들에게 '먹고 하자'고 말해줍니다.

그리고 나도 그 트럭을 향해 갑니다.

트럭에 오르니 오르막이 있으며 오르막 끝 편편하게 보다 높은 자리가 있군요.나는 별 생각없이 트럭 주인이 안내하는대로 높은 자리로 올라가게 됩니다. 그리고 그 자리에 앉은 나에게 국수가 제공되는데.

"두 그릇 드세요"

하는 목소리를 들으며 젓가락을 쥐고 두 그릇의 국수를 흡족히 바라보는데!

내 자리 밑. 트럭 바닥에서 국수 한 그릇을 먹는 타인과 달리, 큰 그릇 가득 두 그릇에다 울긋불긋, 파릇파릇 맛있어 보이는 고명과. 누우런 다시물이 시각과 후각을 기분좋게 자극한 탓입니다.

내 꿈의 여러 등장인물 중, 가장 빈번한 만남이 있는 분이 있습니다.

나의 어머니십니다. 5년전 무상에 드시었고.

생자필멸, 회자정리란 자연법이 제 의식, 무의식을 지배하는지라 죽은 자 앞에서도 종내 담담하여 철면피적 냉혈인이며, 그리하여, 어머니에 대한 애틋한 그리움도 없는 나에게, 어머니는 꿈속에서 자주 저와 함께 계십니다.

어젯밤에도 그랬습니다. 어머니와 나는 나신으로 서 있습니다.

나는 연한 분홍색이 감도는 아주 맑고 건강한 몸을 바라보며 생각합니다.

'엄마와 내가 나체로 다니는 거 내일 신문에 날거야.'

그리고 길을 걷는데 어느새 옷을 다 갖추어 입었군요. 어머니도 나도 나신이 아닌 것입니다.

나는 사람들의 시선을 한 눈에 받지 않아도 된다는 부담에서 벗어나 '참, 엄마도! 옷을 가지고 왔다고 언질이나 줄 것이지' 하는 마음으로 어머니의 뒷모습을 고맙게 바라봅니다. 그리고 다음 날 저녁 따뜻한 차 한 잔 마시고, 폭신한 의자에서 몸이 편안해지면, 눈꺼풀이 무겁게 달콤하게 내려 앉았고 나는 앉은 채로 드림랜드에 가 있게 됩니다.

여러 번 되풀이되는 꿈속 배경인데, 나의 집은 아주 크고 넓어서 산속을 헤매듯 꿈속의 집을 배회하게 됩니다. 깨어나서는 그게 무한대의 배회로 기억되지만 꿈속에서는 그저 그 집에서의 일상생활입니다. 밥을 짓거나. 꽃을 가꾸거나, 그리고 청소도 하는데 방이 넓은 탓으로, 거실이 아득히 넓은 탓으로. 마당이 끝이 없는 탓으로 지루하게 걸어가고 걸어오고하는 것입니다. 그리고 급기야 나는 함께 살고있는 어머니께 말합니다.

"엄마! 집이 너무 넓어 안 되겠다. 방 한 칸, 다른 사람에게 세 주자."

"안돼! 이 집이 뭐 넓어. 나도 사는데!"

나는 꿈속에서 깨어나 어머니의 말씀을 음미하듯 되새깁니다.

"안돼. 이 집이 뭐가 넓어? 나도 사는데!"

나의 어머니, 2000년 1월 3일. 여든여덟, 미수의 나이로 무상에 드셨습니다. 그러하신 어머니의 음성을 생시처럼 생생하게 꿈결에서 그렇게 들었던 것입니다.

꿈이군요. 제게 40년지기가 있었습니다. 나무랄 데 없이 곱고, 심성도 그러했지만!

가난과 남편 병 수발에 25년 세월을 고통 속에 살았습니다.

그런 그녀. 남편이 병사하자 재혼을 해서 말도 없이 떠나갔는데 간 밤 그녀가 보입니다. 꿈속 그녀는 초등학교 교사입니다.

까만 투피스를 입고 있습니다. 내가 그녀대신 그녀의 반 학생의 시험지를 채점해 주며 불만이 많습니다.

'김교감이 추천했구나. 능력도 안 되는 사람을 교사로 추천하니 교육계가 썩었다는 말을 듣지'

김교감은 그녀가 남편과의 사별 후, 호구지책으로 '국수집'을 할 때 그녀의 국수맛이 좋다면서 그녀의 국수를 사 먹기도 했던 실제 교감이고요.

시험지를 채점해 나가며 툴툴거리는 내 옆에서 그녀가 교감선생님이 엄마 장례식에 와서 꿀을 주시네 하면서 꿈에서 생글생글 웃는걸 보며 꿈에서 깨어났는 데, 기분이 영 언짢은 것이었고 꿈에서 깨어나도 꿈속의 불만이 가슴 속에 답답하게 체증처럼 남아있고 기분도 좋지 못한 그날 낮, 쇼파에서 책을 읽다 잠시 잠이든 백일몽에서 다시금 그녀가 꿈속에 잡힙니다. 꿈속에서 그녀는 나와 이야기를 나누거나 어떤 행동을 함께하지 않은 채 영화를 보듯 그녀를 지켜보게 되는데 그녀가 아주 좁고 어두운 곳으로 2인분의 초라한 밥상을 챙겨 쏙 들어가더니 문을 닫는 것입니다. 나는 그 모습을 보고 혼자 생각합니다. "아니. 저 방은 청소도 안 됐는데 저 곳에서 밥을 먹나?" 꿈에서 깨어난 나는 꿈을 기억하며 재혼 후 그녀는 재혼 전 그녀의 행복을 전제로 한 여러 언약이 제대로 실현되었을까하는 의구심이 생기는 것입니다.

그리고 현실에선 그녀가 나와의 40년에 걸친 각별했던 인연을 스스로 청산하고 어느 날 갑자기 말도 없이 이사를 가 버렸고, 모처에서 다시 국숫집을 열었다는 소문은 들었어도 여러 해가 지나도록 만난 적 없으며 나는 그녀가 궁금하지도 않습니다.

꿈입니다.

한식성묘차 부산에서 진주까지 원거리 왕복주행을 했더니 몸은 절로 쳐집니다. 그래도 꿈은 선명하게 찾아듭니다. 나는 나신으로 목욕탕에 있군요.

누구인 지 알 수 없는, 그러나 꿈속에서는 친밀도 높은 사람이 날보고 목욕탕 바닥에 길게 편안히 누워라합니다.

전신에 때를 밀어 주겠다는 것입니다. 나는 꿈속에서 '워낙 때가 많아 다른 사람이 때를 밀면 창피한데 어쩌나'하는 심정이지만, 꿈속 여건이 그 사람에게 제 몸을 맡기고 때를 밀 수밖에 없는 입장인 지라 '에라 모르겠다' 체념하며 그가 지시하는대로 길게 누워버렸고 그는 내 몸의 때를 두 손으로 베틀에 앉아 베를 짜듯 밀기 시작합니다. 그리고 비몽사몽 꿈은 또 연결됩니다.

살아생전 제게 물심양면 후원을 아끼지 않던 이웃 친구가 있었어요. 그 사람의 도움으로 다도모임이나 경전공부반 등등의 문화적 모임을 주도할 수 있었어요.

그 사람의 재산이 상당했지만, 그 재산을 모두 등지고 난소암으로 저 세상에 갈 때 55살 이었습니다. 나는 그때 45살이었어요. 그녀가 새벽녘 나를 찾아 왔습니다. 그녀가 옷을 하나 가져와 제게 말없이 줍니다. 윗도리입니다. 낡은 옷이라 꿈에서 느낍니다만 그녀의 평소 온정에 늘 감격하던 터라 서슴없이 입게 됩니다. 그리고 전신 거울을 봤어요.

낡은 옷은 내 몸에 너무너무 잘 어울립니다. 새옷인 양 오로라 같은 맑은 빛도 일렁입니다. 단추도 반짝입니다. 나는 첫느낌의 '낡은 옷'이란 생각조차 미안하게 생각되는 가운데 거울 앞에서 아주 크게 만족하며 꿈에서 깨어납니다. 꼭 마음에 드는 옷을 받은 것 뿐만 아니라 꿈에서나마 그녀를 본 게. 반갑고 고맙군요!

또, 꿈입니다. 나는 바닷가 모래밭을 거닐고 있어요. 뚜벅 뚜벅 해변을 따라 횡렬로 찍힌 모래밭의 제 발자국이 고성 암반 용족처럼 선명하네요.

그런데 내 몸은 보이지 않아요. 발자국 또한 너무 거대하구요. 나는 내 몸이 지나치게 너무 장대하여 스스로를 볼 수 없어요, 내가 뒤돌아 보아 발자국을 확인하며 내 몸을 의식하는 정도지요. 참, 기묘한 꿈을 골고루 다 꿉니다.

아침 밥을 지으면서 나는 혼자 웃게 됩니다.

의사를 남편으로 둔 여자의 88평 아파트에 다녀와 좋은 아파트는 정말 좋구나는 생각을 하며 잠이 든 탓일까요. 꿈속에서 아파트를 샀고 이사를 했습니다.

내가 평소 입주하고 싶었던 곳이라 꿈속에서도 사뭇 행복합니다. 그곳은 날마다 일출을 보고, 숲이 향기롭고, 소음이 거의 없으며. 주차 공간이 넓은 곳입니다. 단독주택의 오랜 생활에서 천국가자며 찾아드는 종교인들의 무단 방문, 광고물 부착, 쓰레기 무단투기. 외부인들의 개념없는 주정차문제로 늘 골치가 아팠던 지라, 이제 사소한 일들은 관리원들이 처리할 것이다는 가뿐한 마음과 빛나는 부엌살림을 점검하며 '따뜻한 물도 잘 나오네' 하며 폭포수 처럼 쏟아지는 싱크대 온수를 손바닥으로 확인합니다 그리고 그 아파트에서 집들이를 하는데 모두가 노인들입니다. 그 중 한 할머니가 내 앞에서 일자로 쓰러지더니 죽어버리는 것입니다. 나는 그 할머니를 무릎에 끌어 당겨서 정말 죽었는 지 눈까지 뒤집어 가며 확인하는데 살아날 가망은 없어 보였습니다. 나는 그 할머니 시신을 안은 채로 여기 저기 전화 다이얼을 돌립니다. 시신을 책임질 가족이 누군지 찾는 것입니다. 그러나 그 할머니 시신을 모시고 갈 혈연이나 주변인은 종내 나타나지 않았으며 나는 이 좋은 집들이 하는 날 '송장치는 일'까지 겹쳤구나!하는 마음으로 꿈에서 깨어납니다.

꿈입니다. 서울 동서집에 갔어요.

계단도, 거실도 아름다운 화분이 꽃을 소복소복 담고 여기저기 보기좋게 놓여져 있네요.

트인 거실에서 강물과 잔디밭을 한눈에 보여지나 베란다 가장자리는 그냥 절벽이군요.

내가 꿈속에서 생각합니다.

'어른들이야 알아서 조심하겠지만 아이들은 자칫 추락하겠구나' 그리고 계단 옆 구멍에서 징그러운 뱀이 또아리를 틀고 있는데 시동생이 '괜찮다 곧 무너질 집인데 뭐! 하는 것이었고 흉측하게 생긴 동서네의 검은 개가 시동생의 바짓자락을 물고 안 놓아주는 데 내가 책을 들고 하지마! 위협을 가했지만 검은개의 행동이 쉬 멈추질 않네요 그래서 우리집 개는 누굴 무는 일 없는 데 동서네집 개는 버릇없고 주인도 몰라보는구나 하고 미간을 좁히는 데 나는 어느새 개 한 마리를 업고 있군요.

나는 실제 아프칸하운드 한 마리를 키웁니다. 아주 독특하게 아름다운 대형견이죠. 꿈속에서 그 개를 업고 있군요. 포대기를 두르고 아주 완벽하게 아기처럼 업고 있어요. 그리고 내 앞 테이블에는 책 3권이 놓여 있군요. 나는 그 책 세 권을 내 가슴에 보듬듯이 챙겨 품습니다. 이렇듯 꿈을 꾸지 않는 날은 하루도 없군요.

존재가 보는 일체 유위를 幻으로 보면 여래를 본다지만, 순간순간의 삶에 대한 애착은 진부하고 절실한데 꿈속의 진행도 내 삶의 연장선상이라 생각합니다.

이렇게 꿈속의 여러 일들이 현실처럼 생생하군요. 머리맡에 일기장을 두고 아침에 일어나면 아주 선명한 꿈을 적어두는 버릇이 있습니다. 이유는 내 작업의 주요 테마인 동화의 모티브를 꿈을 통해 건져내려는 욕심이며. 나의 실상, 내 의식과 무의식, 내가 알고 지은 죄. 모르고 지은 죄, 그리고 보이거나 보이지 않는 것들의 상호 작용을 꿈을 통해 탐색하는 것이고 아득히 잊었던 일과, 이제 이 세상을 떠나 기억에만 살아있는 저 세상의 그들과 조우할 수 있기 때문입니다. 위의 꿈들은 그 중에서 유독 뚜렷하고 생생하고 신비롭고 아름다웠던 몇 가지를 솎아본 것입니다.

말이 없어 좋은

그는 2004년 7월 23일 계명축시에 태어났다.

역학을 공부한 도희가 그의 사주를 뽑았다.

푸른 칠월에 태어났으니 고상하고 활발하나, 초년운이 각박해서 젖떼기 무섭게 부모와 생이별. 타향에서 귀인 만나 잘 먹고 잘 산다.

그런 사주를 타고난 그에게 그의 이름을 불러 주었다.

내 인생의 필연이라, 路賓이라 이름했다.

나의 인생길에서 만난 귀한 손님이란 깊은 뜻을 넣었건만 이름 묻는 이에게 로빈이라 말해주면 '로빈 윌리암스, 로빈 튜니. 로빈 쿡, 로빈 훗, 로빈과 베트맨으로 엉뚱하게 연결되며 이름 하나만으로 웃음창구가 되기 일쑤였다.

로빈.

내가 지었으되, 마음에 썩 든다.

로빈.

한 번 더 불러 보자.

로빈.

하하.

로빈과 함께 살기 시작하자 나의 것들이 수시로 박살났다.

그는 어찌나 호기심이 왕성한 지, 새롭게 시선이 닿는 물상은 죄다 그 주둥이로 탐색하고, 앞 다리로 확인해서 모조리 해부. 분해시키는 것이었다.

그런 성질머리와 1년 정도 살고 나니 손해가 막심했다.

거품 다 뺀 손실 목록을 열거하자면, 아름드리 분청 도자기 3점, 얼세라 마를 세라 자식처럼 키운 란 7분, 여기저기 읽다가 던져둔 책 100여 권, 외출용 신발 3켤레, 의자에 걸쳐둔 비단솔 2장, 우전차 5통, 소금 한 자루, 조기 12마리 그리고 운동화 5켤레와 카스테라처럼 노랗게 속살이 다 뜯어 먹힌 자동차 시트 등등이지만 이것도 대충 대략의 기억에 불과하다. 당연 더 있고, 열거품보다 더 많다.

하지만 그를 나무라지 않았다.

무릇 뭇 사물과의 인연은 가고 오는 때가 있음이니, 로빈이 망친 물건 또한 나와의 결별의 때가 왔음이라! 우짤 것이라! 다 물어 뜯고, 찢어발기고, 왕창 깨부순 그 폐허 위에 그윽한 시선으로 우아하게 앉아있는 그를 낸들 우짤 것이라! 그를 가족으로 입양시킨 내 원초적 과오에 입각한 자업자득, 자작자수인 것을!

또한 좋은 것과 나쁜 것은 언제나 함께있는 것이므로!

그리하여 내 여태껏 행동하지 않았던 육바라밀을 비로소 실천하지 않을 수 없었던 것이다.

춘원 이광수가 愛人으로 변환해서 읊었던 육바라밀, 보시, 지계, 인욕,

정진, 선정, 지혜, 아! 이러한 여섯 가지 덕목을 생활화 하지 않으면, 쉴새 없이 일거리를 창출하여 내 심신을 단련시키는 그대와 하루인들 살아내 겠더냐 그러므로 고맙다.

너는 필시 나의 생에 나의 道를 완성시키는 임무를 띄고 개의 모습으로 나툰 나의 도반이며 동사섭일 지라!

그런 그가 어느 날 흔적도 없이 사라졌다.

새벽 눈 뜨자말자 그의 생체 리듬을 돕기 위해 그에게 갔으나 그가 없는 것이다.

베란다. 옥상, 서재, 화장실, 이 방 저 방, 여기저기 계단 등등, 그에게 허용된 그의 해방 구역에 그가 시커멓게 누워있거나, 삼각 구도로 앉아 있거나, 사바세계를 내려다 보고 명상에 잠겨 있거나 하는 공간에 그가 없는 것이다. 때는 새벽인 지라 나는 혼자서 그를 찾아 헤매다 지치고 좌절한 채, 거실에 들어섰다. 가족들에게 그의 실종을 알리기 위해서였다.

거실문을 열면서 부터 큰방 작은방 사랑방, 식당은 그의 금지구역이다. 가족 중 일부는 그의 접근을 '징그러워'하고 '무서워' 하고 '불결해' 하기 때문이다.

가족 모두 그를 다 사랑하면 문제는 쉽다. 좌충우돌, 더불어 살면 된다.

하지만 일부, 안티 로빈 정서도 인정, 배려해야하는 것이다.

그리하여 안티 로빈 세력이 코를 막고 질색하는 털, 냄새, 짖음의 문제를 미연에 방지하기 위해 거실 미닫이문을 경계로 로빈의 행동 한계선을 그었는데, 그 한계선을 경계선으로 해방구역과 금지구역으로 분할된 것이다.

그리고 그의 해방구역에서도 수시로 맑은 종이를 태워 행여나 고여 있

222

을 냄새를 연소시켜야 하며, 냄새 먹는 하마로 그의 재취를 최소화해야 하며, 각종 소독수로 오염을 정화시켜야하는 것이니, 그의 양육을 책임진 나로서는 맨날 동분서주인 것이다.

이러한 오만가지 희로애락이 교차되는 가운데 누워 자는 가족들에게 그의 실종을 알리고 비상사태에 돌입하기 전, 기묘한 이끌림으로 사랑방에 들어섰는데, 아! 동트는 첫새벽 그의 흔적을 찾아 구석구석 찾아 헤매며, 제발 눈에 띄길 갈구하던 그 애물단지가 바로 거기 놓여 있잖은가 말이다. 송아지만한 시커먼 육신을 사랑방 침대 위 아이보리 비단이불을 구름처럼 휘감고 코를 사타구니 속에 처박은 채 깊이 잠들어 있지 않은가 말이다. 일단 결론부터 내리자면 그는 없어지지 아니하고 여전히 우리와 함께 있었던 것이다. 하지만 나는 지금도 로빈이 자신의 해방구역을 벗어나 어떤 경로로 금지구역에 잠입했으며 7시간 이상의 고요적정 속에 사랑방을 독차지하고 똥오줌도 안 누고, 긴 숙면에 빠질 수 있었는지, 이해 불가다. 그리고 그때 나는 그가 거기에 있다라는 사실 하나만으로 너무 기뻐서 그가 감고 있는 이불을 끌어 당겨 '에라 모르겠다' 면서 나머지 잠을 함께 자 버렸는데 그날이 마침 일요일이라 우리의 동침은 면죄부를 받았었다.

그리고 푸른 칠월, 그의 첫 생일을 맞이했다. 나는 닭 한 마리를 푸욱 삶아 그와 나누어 먹으며 그의 탄생을 축하해 주었으며, 다대포 모래사장에 데리고 가서 바다도 보여 주었다.

그리고 길을 나선다.

그는 숙명적으로 주시의 대상이다.

그는 집중조명을 받으나. 아주 태연하게 온 몸을 여유있게 출렁이며 천천히 걷는다.

혈통이다.

母犬. 父犬을 위시하여 위로 위로 엄선된 도그계의 챔피언이니!

어이슬렁! 어이슬렁!

그는 태어나서 지금까지 나와 천천히, 보폭을 맞추어 걷는 데 익숙해져 있으므로 침착유유하게 앞만 주시하고 어이슬렁 어이슬렁 인격적 액션으로 걷는 것이다.

가끔씩,

"그 짐승, 염소요? 말이요?"

질문도 받으면서.

그게, 진짜로 개란 말이오?

의혹도 받으면서,

로빈.

내 인생, 후반에서 만난 아름다운 생명.

함께 간다.

함께 늙어간다.

꿀이 달긴 답니다.

들판에서

코끼리에게 쫓기던 사람.

우물에 닿았어요.

그는 나무뿌리 잡고

우물 속에 숨었죠.

그 때 검은 쥐와 흰 쥐, 나무뿌리 갉아대고

우물 사방, 네 마리 독사가 그를 노리네요.

밑에는 독룡毒龍이 배가 고파 입을 벌리고 그가 떨어지길 기다리고 있네요.

그는 독사와 독룡이 두려웠고

나무뿌리 끊어질까 걱정이었죠.

그런데 나무에는 벌꿀이 달려 있어.

방울 방울 그의 입에 떨어져. 순간순간 근심걱정 모두 잊었죠.

나무가 흔들려 벌이 흩어져 그를 쏘았고.

들불이 일어나

나무를 태웠으나

벌꿀의 단맛에 취해서 노래를 부르네요.

들판은 무명無明. 우리가 살아가는 세상입니다.

그래요. 우리는 한 치 앞 도 보지 못하는 안개 속의 청맹과니죠

중생은 바로 나란 존재입니다.

코끼리는 무상無常일진대

무상은 일체의 분별과 따짐과 집착을 떠난 경지라 다만 속없이 허허청정할 것입니다.

우물은 생사란 순리죠.

그렇습니다. 태어나자마자 죽음이 기다리고 있어요. 자연법이죠. 지극히 공평하며 아무도 거역할 수 없는 그야말로 불가항력이군요.

나무뿌리는 목숨이겠는데

질기디 질긴 삶에 대한 집착과 애착일 것입니다.

흰 쥐, 검은 쥐는 낮과 밤이며.

우리는 집착과 애착을 부둥켜안고 흰쥐 검은 쥐와 더불어 그 안에서 먹고 잡니다.

쥐가 나무뿌리를 갉는 것은 찰나찰나 목숨이 줄어드는 것.

내가 산 만큼 죽음은 가까워지는군요.

예 우리는 너, 나 없이 똑같이 공평하게 탄생의 순간부터 죽음을 향해 숨가쁘게 달려갑니다.

네 마리 독사는 우리몸의 원소인 地水火風이라면 너무 잔인한 비유이

겠으나 우리의 본질은 무위자연. 불멸의 존재와 둘이 아니라는데 위로를 받습니다.

꿀은 재욕, 성욕, 음식욕, 명예욕, 수면욕인데.

그러나 이것은 생이란 현실에서 존재하는 모두가 갈구하는 달디단 희망이며. 목적이며 기쁨이지요. 이것 때문에 치고받고 싸우고 서로 물어뜯습니다.

벌은 윙윙 시끄럽고 얕고 삿된 소견인데 소갈머리없는 사람은 자극과 충동으로 움직이며 절대 내 어리석음 절대 인정하지 않네요. 사람은 저마다 오로지 내가 옳을 뿐입니다.

불은 늙음.

무심한 시간은 강물처럼 고요히 흐르며 추하게 늙어가는 이 몸을 무심히 바라볼 뿐이지요.

독룡은 죽음이군요, 이윽고 나는 없어지는데

지독히 허무합니다.

이것이 길거나 짧은 사람의 한살이인데

내 삶의 목적은 무엇일까요?

돈 벌어

잘 먹고

잘 살며

감투 쓰는 것일까요?

겨우 이것인가요?

겨우 이것 때문에

서로 경쟁하고

서로 헛뜯고!

서로 속이고!

서로 짓밟고!

서로 미워하나요?

내가 사라지면 함께 사라질 내 것만이 소중해서

타인의 귀한 것은 안중에도 없나요.

지금 우리는.

도천의 샘물을 꿀물처럼 퍼 먹네요.

그것도

허겁지겁!

뒤질세라

놓칠세라

허둥지둥!

감투!

똥이 좀 묻었으면 어때요!

모두가 부러워하는 감투랍니다.

돈!

더럽게 오염된

검은 돈, 노랑 돈. 빨강 돈이면 어때요! 돈인데!

돈이다 싶으면 물불 안 가리고 돌진해요,

돈이면 다 되잖아요.

별 도리 없어요.

내 몸 안위에 자식도 귀찮고

훔쳐서 먹는 사과, 더욱 맛나답니다.
스스로 잘난 맛도 최고의 맛입니다.
그렇군요!
일회용 내 삶,
내 좋으면 그뿐!
우물 안 개구리 꿀물만 달아서!
오늘도 서둘러 몸단장 끝내고
꿀찾아. 꿀통찾아
내 몸은 외출 중!
그런가요?

묻습니다

지금은 두리뭉실 대승적 개념으로 연필만 쥘 수 있으면 인연에 따라 '문인' 이란 리본을 달고 문단에 편승해서 대표 선출에 한 표 찍는 거사에 일조하는 것으로 동격적 우월감 내지 존재감을 느끼는 무리들도 적잖고.

그 무리들 피차 당신 글 참 좋습니다 상호 격려하며 선심 논평과 덕담으로 화기애애 평화롭게 잘 지내는 게 뭐 어떠냐 싶은데 어느해 여름 월간지의 권두언. 권두언 필자가 둘이나 되었다.

이미 애당초 정해진 필진의 권두언과, 지난 호의 내 권두언에 반박하는 권두언.

그는 그 뭇 '선생님'들 가운데 내가 언급한 그 '선생님'이 뚜렷하게 당신인줄 어찌 아셨을까. 척하면 삼척인 그 경지였음인지.

그리고 서울로부터 전화가 왔다. 다음 호에 이번호 반박에 다시금 반박하는 권두언을 또 첨부하자는 편집장의 권유였는데 거절했다.

누워서 침뱉기다.

이래도 얼쑤! 저래도 얼쑤 좋은 게 좋다는 식에 안주하지 않는 중생도 있다는 것만 알면 됐지요 했던 것이다.

그 때의 내 권두언 다시 읽어 보니 얼굴이 화끈해지는구나. 하지만 그 때 당시 내 심정이 분명하고 용감하게 권두언에 올린 글이니 독자제위는 웃고 마소서.

선생님!

칠월의 신록은 힘을 가지게 합니다.

산하대지는 생명력이 넘칩니다.

행복하시겠지요. 가내 평화를 빕니다.

제가 키우는 황구는 오동나무 그늘에 앞다리 포개고 길쭉하게 편안하게 엎드려 있다가 저와 눈이 마주치자 털이 넉넉한 꼬리를 슬쩍 쳐 올렸다가 가볍게 내립니다.

주변은 고요하며 제 마음도 그러합니다. 슬쩍 동화의 모티브가 될 듯도 싶습니다. 황구와 오동나무에게 말을 걸고 싶은 것입니다.

이렇게 동식물에게 말을 걸고 정물과 무정물에게 생명을 부여하며 저는 꽤 오랫동안 동화를 써 왔고, 십여권의 책을 묶었습니다.

그렇게 그저 오늘도 어제와 다름없는 무덤덤한 일상가운데 책 한 권씩 나올 때마다 저는 저 혼자 언제 어디서든 즐거웠고 꽤나 흡족했지만 정작 독자인 아이들은 제 책이 어떤 건지도 모릅니다.

그건 순전히 제 탓입니다.

제가 제대로 된 글, 아이들의 정서와 기호에 맞는 글을 유익하게 재미있게 그려냈다면 문제는 달라졌을 것입니다.

부끄럽고 구차한 마음 숨기지 않겠습니다.

제가 그렇게 자가당착에 빠져 제 만족 하나로 지지부진하는 동안 다행히 다른 선생들의 정진은 멈추지 않아 꿈과 사랑과 희망의 씨앗이 되는 동화는 다량으로 집필되었으며, 책으로 묶어졌습니다. 그 작품집은 대부분 예리한 식견을 고루 갖춘 선생님에 의해 높은 점수가 매겨 졌으며, 작품집마다 순수, 우수, 특수성을 인정해서 문학상을 수여했고 섣불리 훼손되지 않도록 패에 새겨. 돌에 새겨 영구히 기리자며 기립갈채를 보내고 있습니다.

뿐만 아닙니다. 지금도 각종 정기 간행물과 문화단체를 통해 근접키 어려운 눈부신 작품으로 조명 받으며 탄생하는 신인들도 적지 않으며 그들의 힘찬 행진은 문단의 구태에 쇄기를 박기도 합니다.

또한. 잘 탁마된 기성작가군이 빚어내는 주옥집으로 말미암아 우리의 문단은 늘 풍요롭습니다. 거기에다 옥석에서 옥을 뽑아 올해의 작가를 선정하고 있으며, 엄정하게 우수작품집을 따로 뽑아 재조명하며, 또한 숱한 문학상이 그런 역할을 충실히 대행하고 있어, 체면과 권위가 우뚝 서는 문단의 경사는 거듭 거듭 겹치고 겹치어 사뭇 바쁘고 수시로 흥겹습니다.

그렇게 그 경사의 주역이었던 역량있는 문인들의 우수한 작품들이, 그 문제나 흠이 있을 수 없는 작품들이 도처에 산재해 있을 터인 데, 선생님을 위시하여 몇몇 분들은 평론. 총론을 통하여 줄곧 우리 아동문학이 문제라고 지적하며 고민하시는군요.

때론 그 고민이 지나쳐 아동문학인 대다수가 함량미달내지 소명의식 결여. 투철한 작가정신 미흡이라는 평가절하를 서슴치 않는 데 참으로 수상하지 않습니까?!

도대체 무엇이 문제입니까. 작품성 미달과 결여에 따른 유통 부진과 독자 외면이 문제입니까?

그러면 심혈을 기울여 심사하고 간신히 건져낸 무수한 주옥적 우수 작품들은 죄다 아이들의 심리와 지향과 관심과 흥미를 도외시한, 선택된 몇몇 심사자의 심미안만 충족되는, 심사인의 근시적 안목에서 선택된 심사인의 선심내지 홍보적 산물이라는, 그리하여 어른들끼리 혜존, 혜람용으로. 선심용으로. 사교용으로 주고 받을 따름인 명함의 용도에 불과한 것이었던가요!

우리는 제각기 동화나 동시 속에 해와 달은 하나씩만 있어도 세상을 밝히고 세상을 키운다고 수시로 은유하지 않습니까?

주옥을 빚는 정신과 손이 하나만 있어도 그 광휘는 해와 달의 역할을 충분히 해낼 수 있음을 우리는 수차례 역설하지 않았던가요.

아닌가요?

주목받고 인정받은 작품이 오죽이나 많습니까. 도처 사방에 문학상 아닌가요. 그 많은 문학상이 그 상받을만한 작품들이. 당연히 상을 받아 마땅한 작품들이. 제대로 상이 갔다는 작품들이, 해마다 끊임없이 되풀이되는 그 건져진 작품들이 일회적 격려나마 과분하나 행사의 성격상 어쩔 수 없이. 안면에 받혀, 울며 겨자 먹기로 호평을 때려준 저급한, 적정수준 이하의 잡문이나 졸작들이었을까요.

말하자면 작품해설 및 평론에서 기본적으로 언급되는 유려한 문맥의 탁월한 문학성과, 꿈과 희망이 되고도 남을 그 맑고 강인한 주인공의 존재성과, 아이들의 심금을 울릴만한 작품성은 개인과 개인의 친밀도와 비례하는 예찬과 호평들이, 상호 호형호제하며 인정이나 학연이나 동인의 관계유지를 위한, 피차 유익을 도모하는, 좋은게 좋다는 호인성, 다중성 부도덕 내지 편협, 편파적, 제사람, 제 울타리 만들고 챙기려는 희롱이나

오락과도 같은 우호적 덕담이나 객담에 불과했을까요.

참으로 이해불가입니다.

또한 자작자찬과 함께 문제를 제시하고 대안을 모색하는 선생님은 이미 상당수 작품들을 평가하고 추천한 장본인으로서 우리 아동문단의 부인할 수 없는 등불입니다. 또한 선생님은 아동의 생리와 심리를 적절히 꿰뚫은, 꿈과 사랑과 희망이 넘치는 걸작을 이미 수십 권 집필하셨고, 예리하고 명쾌한 해부학적 논리에 구조한 명작을 탄생시키는 일은 지금도 진행중이십니다.

그러하건대 무엇이 문제입니까.

좋은 글은, 독자가 챙길 것이나!

자신이 쓴 글은 자식과도 같아서 절대적 애정으로 스스로 칭찬하고 스스로 책을 만들며, 스스로 배급하며. 출판기념회를 기획하는 노고는 어쩌면 나약하거나 허전한, 부지런하거나 열정적인 사람의 순수서정의 자기표현일 것도 같습니다.

허나, 때때로 그러한 그 언저리에서 우울해집니다.

수준이하의 작품은 애당초 언급을 피하며 좋은 작품만 애써 골라 논리정연하게 박수를 보내고 격려하는 정말 바람직한 평론과 견줄 때, 근래 상종한 몇몇 평론은 평자의 이중적 굴레를 보는 것 같아 회의할만한 아쉬움과 아픔이 어쩔 수 없이 존재하는군요.

평자는 평자가 쓰신 운문이나 산문 속에서 발견되는 진실과 겸손과 정의 그리고 작은 것의 아름다움이 평자의 평소언행에서 얼마간 일치하기 바라는 마음이 간절했던 것입니다.

글과 사람이 다름은 참으로 서글픈 일이지요.

독자는 문장과 그 문장을 서술한 사람을 동일시하지 않던가요.

문장은 기능, 문인은 기능인 정도로 치부하지 않는 사회 저간의 고마운 인식과, 소수 독자의 과분한 대접이 되려 민망하다싶습니다.

따돌림이 싫어 스스로 세상을 등지는 아이들!

어른들의 무책임한 방치로 불에 타 죽고 물에 빠져 죽는 아이들!

부모의 이기적 행위로 유기되는 아이들!

학교에서는 부모의 신분에 따라 간부와 비간부로 나뉘어지는 아이들을 보며 우주여행을 꿈꾸며, 인터넷을 통해 지구촌을 주유천하하는 우리 아이들에게 환상과 현실의 접목이라는 동화의 역할은 참으로 무력합니다.

이런 무력지대에서 분명 공정한 잣대 없이 마음 가는대로 걸면 거는 대로 걸리는 글의 속성을 이용하여 차별적 편론과 아울러 비속한 용어로 경책을 가하거나, 인사성 거래에 따라, 주관하는 집회의 기여도에 따라, 자신을 대접해 주는 질량에 따라 글의 평가가 달라져서는 절대 아니 될 것입니다.

우리의 문학이 위선과 가식을 덮는 방편이 되었고 일신의 아상이나 높이고 허영이나 명예나 추구하며, 노후 소일거리나 계모임 같은 사교용으로 전락해 버린 느낌 없잖은 데, 기분이 뒤틀리고 울화가 솟구쳐도 말을 절제하며 명리와 욕심에 무디며, 아류에 편승하지 아니하며, 호평과 질책에 담담하되 글만은 고고히 도도한 선생님이 그립습니다.

처처 골골 다 부패했어도, 소수의 소박한 정신이 선택하고 지향하는 우리의 문단만은 의연히 고요하며, 더 청정, 더 엄정, 더 평정했으면 하는 바램 간절합니다.

푸른 칠월 강추애 삼가 배.

여자가 차려준 밥상

여자 집에 갔습니다.

나와 밥 한 끼 먹자는 여자입니다.

나는 응당 맛있는 밥을 기대했군요.

그녀가 부엌에서 밥상차릴 준비를 합니다.

그녀는 솥단지 속에서 쌀을 씻더니 쌀뜨물 헹구지도 않았고 밥솥으로 물방을 주렁주렁 달고 전기밥솥으로 들어간 솥단지는 핏핏핏 풍풍풍 뜨거운 열판에서 물방울 터지는 소리가 요란합니다. 쓱쓱쓱 무 썰고 난 도마는 무 조각 몇 조각 달고 쓰레기통 뚜껑으로 사용되네요. 그리고 방문턱에 걸쳐진 걸레로 김칫국물 말라붙은 상을 닦아 수저를 놓는데 젓가락이 하나는 길고 하나는 짧고. 김치를 꺼내 숭덩숭덩 가위질해서 냉수를 한 그릇 타기에 김칫국을 끓이는가 싶었는데 그게 물김치로군요.

희끗희끗 허연 번점이 생긴 붉은 고무장갑 끼고 처얼철 척척 콩나물 치대서 나보고 간보라 한입주다가 바닥에 떨어진 콩나물은 여자가 주워 먹어 안도했고 냉장고 문 열어 층층이 쌓은 접시 꺼내놔서 뭔가 살펴보니 멸치접시, 김접시, 김치접시 먹다 남은 반찬접시 층층이 포개서 단번에 넣고 빼니 편하기는 하겠습니다. 그 사이 밥이 익었고,

어쨌든 밥은 먹었습니다.

기분이 영 좋잖긴 한 데 배가 불러 오니 감동이 새삼 따뜻하게 올라옵니다.

나는 어떻다 저떻다 말 안합니다.

여자도 별 말없이 상을 치웁니다.

반찬이 남은 접시 차곡차곡 쌓아 냉장고에 단번에 처넣고 물이 철벙철벙한 물김치그릇은 만화책으로 덮어두고 밥그릇에 수돗물 받아 믹스커피를 탑니다.

여름이었거든요.

그것도 한 그릇 잘 먹었습니다. 주는 대로 잘 먹은 하루였고 쓰레기통 같은 방구석과 냄새나는 부엌에서 나를 위해 밥을 짓고 밥상을 차리고 태연히 웃고 앉은 정다운 그녀가 강하고 커보였습니다.

자신과 이혼한 전남편은 재혼해서 샘날 정도로 잘 살고 있고 자신의 몸보다 더 소중했던 고운 딸을 뺑소니 사고로 잃었고. 친척에게 빌려준 그녀의 전재산은 몽땅떼였고 병원진단결과 빠르게 죽음에 이르는 병까지 걸렸다는군요.

이제 힘차게 살아갈 이유와 의욕을 완전히 잃은 그녀가 이정도나마 정신을 차리고 나를 위해 밥상을 차리는 것은 이제 돌이킬 수 없는 고통스러운 일들을 점차 잊고 새롭게 시작하려는 생의 끈을 놓치지 않으려는 그 행위로 보였던 것이라 눈시울이 자꾸 뜨거워졌습니다.

아주 어릴 적에

할머니는 기침이 심했다.

그 기침을 억제하기 위해서인 지 할머니는 길다란 광목천 가운데를 머리부터 내려 얼굴만 내 놓고 목까지 둘둘 감아 불끈 묶고 계시었는데, 그런 모습으로 꾸부정한 허리께에 왼손 올리고, 오른 손으로 지팡이 짚으시고 이웃집으로, 들로, 산으로 헤매고 다니셨는데 그 옆에 항상 내가 있었다.

쑥을 캐는 날이다.

할머니의 손으로 잘리고 바구니에 담아지는 할머니의 쑥은 언제나 깨끗했다. 그런데 내가 캔 쑥은 언제나 지저분했다. 내 나름대로 정성을 다 했건만, 내 쑥은 노상 다른 풀과 함께 나왔고, 지푸라기가 묻었으며 털어도 털어도 흙덩이는 좀체 털어지지 않는 것이다. 그 쑥의 상황은 내가 아무리 거듭 신경 써 가며 노력을 기우려도 좀체 나아지지않는 참으로 불결한 것이었다. 그래도 내가 공들여 캔 쑥이라 바구니에 던져 넣으면, 할머니가 얼른 내 쑥을 집어서 어찌어찌 만지면 내 쑥 또한 아주 말끔히 뿌리께가 뽀얗게 탐스럽게 정리되어 할머니의 쑥과 모양새가 똑 같아지는 것이었는데, 그렇게 내 쑥이 다른 쑥도 오염시키며 던져진 바구니 속의 그것을 다시 집어 올리며 할머니는 꼭 말씀하시었다.

"에구! 내 새끼! 쑥도 잘 캐네!"

그 쑥은 떡이 되었다.

우리 집이 방앗간이었으므로 떡찌기는 수월한 일이었다.

하지만 나는 쑥떡을 먹지 않았다.

우선 떡 색깔이 다른 떡 중에서도 제일 흉했고, 손에 묻는 느낌도 싫었으며, 떡을 입에 넣을만큼 배도 고프지않았던 것이다.

어머니의 목화밭 옆, 얕으막한 언덕배기에 할머니와 그렇게 쑥캐던 기억이 아주 선명해서 어느날 문득 어머니에게 물었었다. 그때가 내 나이 언제쯤이었는 지를!

"세 살이 좀 못됐제. 걸음마 띄자마자 할매 뒤만 따라 다녔으니까! 할매 그 해 가을 시작되자 돌아가셨다."

할머니는?

"아마 쉰이셨나! 아홉고개 못 넘긴다 했으니 마흔 아홉이셨나?"

아득해지는 일이다.

내 기억으로 나는 할머니와 무진의 세월을 함께했었던 것이므로! 그리고 그때 호호백발을 광목으로 감추시고 콜콜 기침하시며 구부정한 허리로 지팡이에 의지해 다니시던 나의 할머니가 지금의 나보다 엄청 젊은 나이를 지니셨다니 전생회귀의 수레바퀴도 잠시 태클이 걸리는 것이다.

쑥을 캐서 떡을 찔 정도면 늦은 봄이다. 그리고 장마와 갓 시작되는 가을 사이에 존재했을 뿐인 할머니와 나의 공생활! 하지만 나는 땅에 발을 딛는 그 첫걸음의 기억과 함께 아주 많은 세월을 할머니와 함께 하지 않았던가 자꾸 오해하게 되는 것이다.

어머니는 그때 내 걸음이 서툴고 성급해서 두 발자국 띠면 넘어졌다고 하지만 나는 넘어진 기억은 전혀 없고, 아주 유연하고 완벽한 걸음으로 이웃집으로 산으로, 들로, 강변으로, 연못으로 할머니와 동행했었고 단지 내 쏙만 이상하게 더럽다는 생각만 간절했음을 생생히 기억하는 것이다.

그리고 조금 우스웠다.

말이 세 살이지 태어난 시간을 따지자면 일년을 겨우 넘긴 나의 아장걸음은 지레 늙고 병든 할머니의 보행과 같은 수준이었을 것이라는 것과, 숟가락도 못 쥐는 작은 손으로 뜯어낸 쏙의 상태도 어렴풋 짐작되기도 하는 것이다.

허나 기억은! 그 긴 밭두렁을, 그 끝없던 논두렁을, 트럭이 지나가면 뿌연 흙먼지가 구름처럼 일어나 시야가 막히던 그 끝이 없던 하얀 신작로를 할머니의 치맛자락을 잡고 날마다 힘차게 즐겁게 걸었던 시간과 공간에서 좀체 막을 내리지 않는 것이다.

그 이유는 아마도 꿈 때문이지 않을까싶다.

그렇게 이목구비를 제외한 다른 부분과 목을 광목으로 둘둘감고 왼손 허리께에. 오른손은 지팡이로 몸을 지탱하시며 심하게 콜록거리시던 할머니가 어느날 그 광목천없는 말끔한 얼굴과 하얗고 길다란 목이 드러난 채로, 그리고 지팡이 없는 늘씬하고 깨끗한 옷차림으로 내 손을 잡으셨는데 할머니의 키가 신작로 미루나무마냥 길다고 생각했다. 그러고 보니 할머니의 손을 잡고 나들이를 한 것은 그날이 처음이었던 것 같기도 하다. 할머니는 늘 지팡이를 이용한 삼각 구도로 몸을 움직이셨고, 왼손은 자동으로 허리께에 멈추셨으므로 나는 할머니의 치맛자락을 붙잡고 할머니의 꼬랑지처럼 따라 다녔던 것이다.

꿈 속, 할머니 손은 참으로 부드럽고 따뜻했다. 나는 그 감촉을 분명히 기분좋게 느끼며 할머니가 이끄는대로 길을 나섰다. 그리고 늘 가던 길을 골고루 다 걸었다. 힘 하나 안 들이고 바람처럼 가볍게 기분좋게 어제도 그저께도 걸었던 그 길을 걸었다.

그리고 과수원이었다. 할머니가 형형색색의 과일을 따 주신다. 나는 그 과일을 받아 가슴에 안고 또 안았는데, 할머니는 쉼없이 거듭거듭 자꾸자꾸 따 주시고 나 또한 자꾸 거듭 안았는데 조금이라도 무겁거나 넘치거나 벅차지 아니한 것이다. 그리고 할머니가 말씀하셨다.

"먼저 집에 가라!"

나는 미루나무처럼 커 져 버려 얼굴이 보이지 않는 할머니는 외면하고 가슴에 안은 과일만 챙기며 분명히 대꾸했다.

"할머니는 집에 안 가?"

"나는 옥천사 들렀다가!"

나는 그것이 현실인 줄 알았다.

잠에서 깨어나 할머니가 따 주신 과일을 찾느라고 이방 저방 기웃거리며 돌아 다녔으니까.

그리고 담벼락 한켠, 장대에 감긴 깃발, 만장이 줄지어 섰다.

세상에 태어나 그렇게 많은 손님도 처음 보았다.

그리고 할머니가 따 주신 과일이 그곳에 있었다.

할머니의 초상을 치루느라 일가친척들이 지게에 지고온 과일들이 마당

우물 옆에 그릇그릇 수북했다.

나는 그때 그게 내가 따온 과일이라 여겼다.

그리고 나는 할머니가 꽃상여 타고 떠나시는 날, 어느 아주머니의 등에 업혀 하루 종일 잠만 잤다는 것인데!

그리고 어머니에게 다시 물었다.

그때 내가 말을 잘 했는 지를.

어머니, 웃으셨다.

"하도, 말문이 늦게 열려 다섯 살까지 벙어린줄 알았다."

할머니는 그렇게 내 손을 잡고 밤새도록 길을 걸어 고향의 들녘을 다 둘러 보시고, 과수원에 들리시어 내 평생 먹을 과일을 따 주신 후, 옥천사 부처님 뵌 뒤. 하늘에 오르셨다.

좋았던 기억

집 가까이 좋아하던 공간이 있었군요.

'하야리아 부대'였습니다.

이젠 그곳에 살던 군인들과 군인가족들은 대구. 왜관, 이라크. 미국 등지로 다 떠났습니다.

부산시와 주한미군은 2006년 8월 10일 오후 4시 부산진구 연지동에 위치한 하야리아 부대를 공식 폐쇄키 위한 종료식을 가졌다는 소식을 공중파를 통해 연거푸 띄웠습니다.

미국 플로리다주 중심의 인디언어로 '아름다운 초원'이라는 의미를 담고 있는 하야리아. 발음도 어감도 참 곱고 경겹습니다.

그 공간에 첼시가 살았군요.

로빈의 친구입니다. 암컷입니다.

첼시를 입양하고 양육한 사람은 미군 헌병이었어요, 그리고 그의 아내 로라는 내가 어릴적 부터 알던 여학생이었는데, 소녀 적엔 이연숙이었지만 지금은 로라입니다.

이런 저런 이유로!

그리고 무엇의 무엇보다 집과 아주 가깝다는 이유로 나는 그 공간에 자주 갔었군요. 물론 로빈과 함께입니다.

저녁을 먹고 나서 한가로운 시간에 로빈과 하야리아 부대의 긴 담벼락을 따라 걸어 정문에 이르면 로라가 나를 에스코트하기 위해 정문에서 기다리고 있었어요. 로라 옆에는 로라의 그림자처럼 첼시가 서 있고요.

나의 로빈은 첼시를. 첼시는 로빈을 무척 좋아할 수밖에 없었습니다.

아프칸하운드는 대형견이며, 관리조차 쉽지않아 일반 가정에는 거의 없는 종족이라. 로빈과 첼시는 만나자말자 껑충 말처럼 뛰어 오르며 포옹하고, 어깨를 나란히 해서 가지런히 보조를 잘 맞춰 걸어 흡사 사람 같은 느낌을 종종 받곤 했었지요.

하야리아 부대는 일반인 출입금지구역이지만. 영내 거주자의 에스코드를 받으면 출입이 허용되었답니다.

나와 로라. 그리고 로빈과 첼시. 두 여자와 두 마리의 개가 길고 쾌적한 길을 따라 산책하면 사람들 100% 호의적이며, 어떤 말이든 걸어주더군요. 하이. 또는 굿하고 다가와 던지는 대부분 로빈과 첼시가 아름답고 훌륭하다는 일관된 칭찬을 들으며 잘 다듬어진 넓은 잔디 정원의 큰 나무 사이로 우리는 구석구석 배회합니다.

px. 아트 코너, 식당 등등 일생생활에 필요한 것은 작은 규모로 다 구비되어 있는 그곳은 구석구석 다 즐겁고 이채로운 곳이었어요. 우선 그곳은 굴곡이 없는 평지입니다. 무려 16만평입니다. 부산 시내 어느 곳도 그렇게 편편한 평지가 위험물 전혀 없이. 달리는 각종 차량에 에 마음 조릴 필요없이. 사람들의 혼란스러운 보행과 상종할 기회없이 그저 평화롭게 원만한 곡선으로 이어지는 아름답고 쾌적한 곳은 없습니다. 그리고 늘 조용합니다. 차나 사람의 왕래가 아주 드물거든요. 그리고 깨끗합니다. 그리고 당연히 이국적입니다. 보이는 사람 대다수가 미국인이죠. 그리고 빵이나 치즈가 품질은 일등급인데 가격은 최하라는 것이 좋더군요. 그리고 햄버그도 엄청난 굵기로 사람을 놀라게 하면서 맛도 좋았습니다. 그리고 게임장에서 로라가 제공한 달러를 잃기도 했습니다.

그러한 그 곳 두 곳이 철책이 쳐진 푸른 운동장인데 로빈과 첼시가 목줄 해제하고 뛰어다니는 곳입니다. 그들이 거침없이 그 푸른 평원을 질주할 때 로라와 나는 네잎 크로바를 찾기 시작하네요.

그리고 큰 나무가 많은 탓인지 까치가 멀쩡하게 죽어있는 게 자주 눈에 띕니다.

우리는 망설이지 않습니다. 우리 눈에 띈 죽은 까치는 나무 밑, 땅 속으로 들어 갑니다.

로라는 나와 로빈과의 미팅에는 작은 부삽을 바지 뒷주머니에 차고 나오는 데 죽은 까치나 곤충을 묻어주는 데 사용되는 것입니다.

이렇게 나에게는 좋은 그림, 좋은 기억만 가진 그곳이 폐쇄되고 로라와 첼시는 가족들과 함께 왜관으로 떠났습니다.

로라는 부산에서 왜관도 가까우니 왜관 부대에서 자주 만나자고 합니다. 그리고 그곳 왜관 부대는 하야리아는 협소하다할 만큼 그 기능과 규모가 크다지만 그곳은 내 집에서 엎어지면 코 닿는 하야리아에 비해 너무도 멀고 먼 곳입니다.

아쉬운 일입니다. 사람이 너무 많아 어지러운 성지곡 수원지보다 고요히 맑아 내가 참 좋아하던 공간이라 아쉬움 더욱 큰 것입니다.

하야리아 부대는 3년간의 공백기를 거쳐 2014년 5월 1일 목요일 부산 시민공원으로 태어났습니다.

세계적인 공원 전문가의 손에 의해, 부산의 트레이드 마크 같은 여타 공원의 장점만 살린, 새롭고 놀라운 공간으로 부산시민의 여유와 낭만에 기여할 것인데 로라와 첼시와 놀던 꿈결같던 시간들이 어제 일만 같아 풋풋하니 좋았던 그때 그만큼은 매력적이지 못하다는 내 이기적인 생각 이 존재하는 곳입니다.

평토장

여름.

우체국으로 가는 길목이다.

땡볕 뜨거운 거리.

어린 고양이 한 마리 누워있네.

어쩌다 넌 거기 누워있니?

나, 그냥 가야해. 조금 바쁘거든.

지나쳤다.

편지를 부치고 다시 그 거리.

넌 여전히 거기에 누워있네.

잠시 망설이다.

식당에서 신문지 얻어 총총 걸음.

눈 동그랗게 뜨고 뜨거운 볕 마주보고 누운 어린 짐승 신문지로 감았다.

느낌.

매우 좋지 않다.

집 뒤뜰, 무화과나무 밑을 깊숙이 팠고 신문지에 감긴 널 넣고 흙을 덮었다.

평토장이다.

다음날.

여느 날과 다름없이 꽃들에게 물주기 위해 뒷뜰에 닿았는데, 평토장 치른 그 붉은 흙 위에 고양이 두 마리 앞다리 곧추 세운 채 앉아있는 것이었고, 낮고 정겨운 울음소리로 나와 눈을 맞추는 것이었는데!

그들은 틀림없이 그들의 발밑에 묻혀 있는 어린 고양이의 에미 애비란 느낌이 확연히 드는 것은!

여름 새벽 섣부른 나의 오해일 지도 모른다. 그러나 하얗고 노란 털 무늬 찍어 박은 듯 같고, 하필이면 꼭 그 자리.

내가 심고 키운 스무 네 살의 무화과나무 아래 씨 뿌리고, 꽃을 피우고 물을 뿌리는 일들 또한 스무 네 번째 여름인데 고양이 두 마리 나를 기다렸다는 듯이 말 붙이고, 시선 부딪치며, 오도카니 앉은 자리에서 내가 물을 뿌리고 풀 솎는 일 끝날 때까지 내가 눈 길 줄대로 받아 준 일은 그날 그 시간 처음인 탓으로 아하! 괴이쩍은 기묘한 즐거움 가슴 가득 차 웃음으로 후후 새며, 오래 전 여름 누가 대문 앞에 두고 간 시멘트 포대 속 고양이 무화과 삽목 아래 묻어준 기억까지 끄집어내게 하는.

그리하여 나의 무화과나무는 평토장 그늘 드리운 비목으로 선 생사변멸 그윽히 바라보는 비로자나佛!

여명이 트기 전

가야산입니다.

그리고

다른 말은 없었다.

그리고 시작되는 둔탁한 저음의!

두두두두두두! 둥둥둥! 다다다다다! 당당당!

두리두리두리두리 둠둠둠! 돔돔돔!

부드럽고 은근하고 강한, 정해진 운율있으되 자유로운.

짧지 않은 시간

그러나 지루하지 않을 정도의

난타.

어둠을 치네

새벽을 깨우네

달을 두드리네!

하늘을 치네

영혼을 일깨우네

심장을 건드리네!

탓타! 탓타! 탓탓타!

그리고,

두리 둥둥! 두울 둥둥! 둥둥둥둥!

내 방에서 듣는

가야산 합천 해인사 법고의 장엄한 울림

춤추는 장삼.

두 개의 짧은 북채.

둥글게 원을 그리며

가운데로 잦아지고 가장자리로 흩어지는 두 팔,

뿌리깊은 나무처럼 미동도 없을 선승의 두 다리.

두드리네! 두드리네!

삼라만상 두드리네!

천하대지 두루물물 치고치고 또 치네!

탓타! 탓타! 탓탓타! 탓탓탓타 탓탓타!

두리 둥둥! 두웅둥! 두울 둥둥! 둥둥둥둥둥둥둥!

두웅두웅! 둥둥둥! 둠둠둠! 돔돔돔! 타앗타앗! 당당당!

생중계 되는 법고의 법음.

그리고 차차 숨죽이며 떠나가는 북소리.

북소리 멈추었다.

소리가 사라졌다.

적요.

산사 단기수련 중인 임현수의 새벽선물.

간단한 배낭 메고 산사로 출발하기 전

해인사 법고 소리를 생중계해 주겠다는 전화가 있었고, 그 약속을 지킨
것이다.

산청에 갔다왔다

산청에 갔다.

산청여행은 보름전 약속이다.

산청여행을 주선한 윤 선생은 오전 10시 약속을 잘 지켜 주었으나.

난 또 고민하나 안았다.

어젯밤 열 시에 받은 전화.

친족이 없는 엽이가 입대 전 오늘 방문한다고 하네, 몇시쯤 올 수 있나 물었더니 오후 7시경이라는구나 나는 꼭 보자 말했다.

그리고 오늘 아침의 전화는 세를 놓아도 좀체 안 나가던 상가 하나를 보러 오겠다는 사람이 저녁시간 쯤 방문한다해서 이것도 그러자했다.

나에겐 달갑잖은 징크스가 있다.

인과의 법칙을 완전히 무시한 반갑잖은 변수가 발생하는 나만의 징크스.

내가 외출한다면 예정에 없는 일이 꼭 발생한다는 것.

그래서 나는 어떤 모임에 대한 답변을 '별 일 없으면 가겠다'고 말하는

데 자동차에 시동을 걸고도 느닷없이 찾아든 손님 때문에 시동을 끄고 외출을 포기해야했던 일이 허다했던 것이고 나는 헛말하는 사람이 되기 일쑤였다.

오늘도 이렇게 예외가 아니다.

산청에만 홀가분하게 다녀왔으면 싶은 데 거부하기 어려운 두 가지 일이 더 겹친 것이다.

형제보다도 더 각별하다는 나에게 엽이의 중대사인 입대전 방문에 '나, 선약 있어' 할 수 없는 노릇인 것이고, 상가임대 또한 나에게 긴박사항이라 상가를 임대할 수 있든 없든 산청을 포기하더라도 상가관련상담은 최우선 처리해야될 주요사안인 것이다.

무조건 만나자 했다.

그리고 나는 산청에 가는 중이다.

운전 경력 오래인 윤 선생은 애마 베스타를 몰고 산청쪽 남해고속도로가 아닌 대구 민자고속도로 쪽으로 진행하는 것이다.

"아니. 이쪽으로 가면 서울이 나오는데!"

내 우려에.

"에혀! 운전수만 믿으세요. 어디로 가든 산청만 가면 데니께"

윤 선생은 여장부, 태연당당했다.

그녀를 믿을 수밖에.

산청은 그녀의 고향산천이고, 그곳에 원시인같은 산사람이 사는 데 된장을 준다니 그걸 어찌 마다하겠느냐 나선 길이다.

그러나 고속도로는 무지막지하게 밀리어 앞 뒤 끝도 안 보이는 주차장이 되었다.

그러니 산청에서 점심밥 같이 먹기는 어림도 없는 일.

산청에 전화 좀 하세요. 점심 먼저 드시라고 말이죠.

윤 선생이 말했다.

아, 나는 세상에서 제일 싫어하는 게 전화거는 건데.

나는 목을 뒤로 뺐고.

윤 선생이 웃으며 전화를 했다.

그리고 내가 잠시 조는 사이 물금이었다. 물금에서 유턴, 동 김해로 빠지는데 내심 이 시간이면 벌써 산청에 들어서고도 남을 시간이라 입대할 엽이와 상가문의자와의 저녁시간만 머리에 꽉 차 더운 날씨에 체감온도는 곱절 상승했지만 윤 선생의 운전만 믿기로 했다.

더웠다.

날씨도 마음도 더운!

에어컨의 바람도 그다지 시원하지도 못했다.

오후 2시. 가까스로 시원한 들길 산길을 지나 복적지에 닿았고 산이 좋아 산에 사는 산사람이 우릴 맞았다.

밥을 먹지 않고 우리를 기다려 준 산사람. 과연 원시인이었다. 산발머리에 무명저고리 낡아 헤지고 그 위에 덧대 깁은 윗도리를 아무렇게나 걸쳤으되 건강미가 넘치는 멋진 사나이와 그의 소박한 아내의 웃음으로 고속도로 고난은 말끔히 잊었다.

우리들은 즐겁게 모시떡과 산채비빔밥으로 허기진 배를 채우고 꽃차를 마셨다. 그리고 그곳에서 챙겨주는 된장과 집장을 챙겨서 서둘러 귀가를 서둘렀는 데 윤 선생의 차가 시동이 안 걸리는 것이다.

왜 그래요. 또.

좀 쉬면 돼요 가끔 그래요.

내 머릿속은 집에서의 약속이 모두 어긋날까 전전긍긍인데 좀 쉬어야 시동이 걸리는 차의 주인은 산사람이 더 챙겨주는 산나물이 행복해서 시동이 꺼진 게 더 신바람 나는 모양이었다.

그나저나 저놈의 차는! 하필이면 하필 오늘 꼭 쉬어야 하는 지.

내 원망이 통했는 지, 차가 움직이기 시작했으나 남강휴게소에서 윤 선생이 복통을 호소했고 나는 다시 머리가 복잡해지기 시작하는 데 이젠 이후의 일은 머릿 속에서 완전 비워내기로 했다.

엽이가 나에게 인사 안하고 입대해도 씩씩한 군인이 될 것이고, 여태껏 안 나간 상가 오늘 안 나간들 뭐 어떠냐 싶으니 차가 시동이 꺼지든말든. 윤선생의 복통이 가라앉는 시간에 내 마음도 아주 편해지는 것이다.

아∼진작 이 마음이 아침부터 작동됐더라면 산청아닌 서울로 가면 어떻고, 막힌 고속도로가 내일 새벽에 풀린들 뭐 어떠냐싶으니 만사태평 나는 실실 웃음이 나기도 하는 것이다.

남에게는 섣불리 세상만사 일체유심조라 들이대지만 정작 나는 스스로 달달 볶였네.

돌아오는 길도 최악이었다.

그러나 마음은 편했다.

될대로 되라지.

과연 될대로 됐다.

엽이는 내가 없는 집 앞에서 서성이다 돌아갔고

상가임대문의도 내 부재로 결렬되었다.

에드가케이시가 말했던가

지금 일어나는 모든 일들은 이미 정해진 프로그램대로 진행될 뿐이라는.

그렇다면 구태어 제대로 안 풀리는 모든 문제에 애닲게 애끓일 이유도 없으며 모든 문제로부터 나를 구제하고 극복하는 일은 마음이나마 태연히 편하게 먹는 일임을 오늘 산청을 오고가며 더욱 절실히 느낀 것이다.

될대로 되라.

될대로 된다.

진이

진이

제 아비도 사람을 물어 김해로 유배, 곧 실종되었는데. 대를 이어 새끼도 사람을 물었다.

만 8년을 함께 살았다.

짐승 너무 오래 키우면 '앙문' 한다며 늙은 개 대충 처리하라는 여러 고견 분분했으나 모든 말 다 웃고 넘기며 앞으로 8년을 더 살면 더 좋고, 영원히 안 죽으면 더더욱 좋고 그 사이 목숨을 다해 우리와 이별하면 車에 싣고 고향에 가서 감나무 밑에 묻어 주려했었다.

옆집 노인이 찾아 왔다.

전깃줄이 창문에 걸리는데 좀 줄여줄 수 없겠는가 하는 것이었고 그 이야기 도중 '진이'가 노인을 문 것이다.

'진이'는 줄에 매여 있었다.

따지자면 노인의 부주의가 잘못이다.

하지만 나는 노인을 문 '진이'의 과잉 방어에 '진이'와의 작별을 결심했다. 사람과 살면서 사람을 무는 극단적인 과오는 범하지 말아야지.

또한, 몸집이 왜소한 노인이 왈칵 달려든 몸집이 큰 '진이'에게 놀라고, 물려서 더 놀라고 상처를 감싸안으며 주저앉은 땅바닥에 쩔쩔매며 뱅뱅 도는 모습을 보며 그 노인에게 절대 잘잘못을 따지지 않기로 했다.

곧장 가장 가까운 동네 의원에 갔다.

내과였다, 내과 소관이 아니란다.

외과에 갔다. 종합병원에 가란다.

자동차는 점검으로 외출 중이었다.

길가에서 잡히지 않는 택시 기다리다 지쳐 버스를 타고 종합병원에 갔다. 거기서 더 복잡했다. 광견병 주사는 맞았는 지. 문 개를 가축 병원에 입원시켜 보름 정도 관찰 해야되며. 우선 파상풍 주사를 맞고 약은 약국에서, 주사는 주사실에서 진료비는 또 다른 곳에서 그렇게 노인과 함께 병원 곳곳을 순례했다.

노인에게 약간의 위로비를 미리 건네며 깨끗이 아물 때까지 잘 치료하자 했으며, 어떤 부작용이나 후유증에 언제든지 협조하겠다며 안심시켰다.

'진이'를 본다.

"진이" 제 잘못 모르므로 꼬리 활활 치며 꼿꼿이 일어선다.

'진이'와 마주선 나는 진이의 머리와 목덜미를 오래오래 쓰다듬어 준다.

나무라지 않았다.

이웃 사람이지만 '진이' 나름대로 '물어뜯을' 이유 있었을 것이었다.

그러나 한숨은 절로 토해진다.

'광견병' 예방주사, 8년동안 딱 한 번 맞은 '진이'

'진이'의 아비가 있었다.

그 아비의 이름 역시 '진이'

'진이'라는 이름이 호적에 올려진 혈통서까지 달고, 아는 이의 선물로 우리집에 왔다. 혈통서는 진도의 천연기념물 53호인 진돗개의 순수혈통으로만 교배된 것임을 믿어 의심치 말라는 진도견 혈통 보존 협회의 증명서. 아비 '진이'는 혈통이 말해주듯 훌륭한 개였다.

반듯하게 잘 생겼으며, 삼각형 두 귀에, 꼬리는 도너츠로 둥글게 감아서 엉덩이께에 붙이길 좋아했던 황구 '진이' 무엇보다 사람 말을 기억하고 순종하는 능력이 뛰어났다.

앉으라면 앞다리 꼿꼿 세우고 뒷다리 접어 점잖게 앉았고. 서라면 섰으며, 엎드리라면 바닥에 배 깔고 찰싹 잘 엎드렸다.

눈치도 빨랐다.

기분좋게 바라보면 그윽한 시선 거두지 않고 눈 맞추었고, 미간 좁히고 쩨려보면 얼른 제 집으로 들어가 버렸으며 웃고 바라보면 귀 뒤로 젖히고, 꼬리 살랑살랑 흔들며 온 몸으로 기쁨을 표현했다.

그리고 뜨거운 음식 적당히 식혀서 먹을 줄 알았으며, 나무에 기대어서서 사과 깎아 먹기를 좋아하는 내 버릇에 길들여져 길게 내려 오는 사과껍질 땅에 떨구지 않고 얌전히 잘 받아 먹었다.

그리고 멀리서 들려오는 내 발자국 소리에 컹! 딱 한 번의 신호탄으로 나의 歸家를 家族들에게 미리 알려주는 사랑스럽고 총명한 우리 식구였다.

그렇게 살던 여름.

닭뼈다귀를 주려고 가깝게 다가선 문간방에 세든 처녀의 종아리를 물

어버린 아비 '진이'

닭뼈다귀는 유리처럼 날카로워 '진이'의 먹이로선 부적합했는데 먹어라먹어라 권하는 처녀의 친절이 성가셨는지 무더운 더위에 혀를 내밀고 지쳐있던 '진이'는 성질대로 해 버린 것이다.

그 행위는 위협에만 그친 아주 경미한 상처였으나 그쪽은 필요이상 과민했다.

내가 볼 때는 가시에 살짝 긁힌 자국에 불과.

처녀쪽에서는 발병하면 치료약이 없다는 공수병의 원인자.

물린 쪽 가족은 우리와 한 지붕 밑에 살면서 아비 '진이'의 영리함과 유순함을 늘 보아 왔으나 '물었다'는 이유 만으로 아비 '진이'를 미친개 취급했으며 약과 주사만으로 부족해서 아비'진이'의 어깨쪽 털을 뭉텅 잘라 태워서는 참기름에 섞어서 종아리에 처맸다.

그리고 '저놈의 개새끼가 사람을 몰라 보고'

'한 번 물면 또 문다. 조심혀라'

'당장 때려잡아야 하는데'

창문너머 간간이 들려오는 독설. 또한 시골에 있는 가족들까지 교대로 올라와 밤낮없이 들락거리며 처녀의 종아리를 에워싼 家族愛가 아름답기는커녕 그 작태 몹시 한심해서

"병원에 입원을 하든, 법원에 고소를 하든 결과만 갖고 오라. 원하는 대로 해 줄 테니!"

처녀 아버지의 지나친 근심걱정에 말허리를 자르며 역정을 냈더니,

"아, 뭐! 꼭!"

말이 통할만큼 즉각 점잖아지는게 아닌가.

260

역시 사람은 목소리만큼은 크고 볼 일?

그 이튿날 젊은 의사의 말 한 마디도 그 가족들의 소동을 싱겁게 잠재우는 진정제가 되었다.

'이 정도는!'

치료받으러 오지 말라는 것이었다.

그랬으나 김해 평강의 太平心 목재소에 아비 진이를 유배시키기로 결정했다.

종아리를 물린 처녀의 섭섭한 마음을 그쪽 가족의 입장에서 바라보기로 했던 것이다.

조수석에 태워 김해로 가는데 아비 '진이'는 멀미를 해서 조수석의 좌석을 점액질의 오물로 적셨다.

그래도 내가 앉으라면 앉았고, 수건으로 토사물을 닦아주면 어깨죽지에 길쭉한 얼굴 파묻으며 미안한 몸짓을 했다.

그렇게 아비 '진이'를 목재소 원목 더미 한 켠에 매 두고 오는데 어찌나 울부짖던지 마음이 꽤나 우울했었다.

집에 오니 아들 '華'와 '有' '진이'의 유배에 마음이 상해서 제 각각 침대에 엎드려 있었고.

그랬던 아비 '진이' 그 울부짖음 끝내 안 그치다 그 두터운 쇠사슬 끊고 사라져 돌아오지 않았다.

한 달이 지났을까. 이웃이 강아지 한 마리를 가져왔다.

'진이'의 새끼라는 것이다.

몇 달 전, 털이 소복한 흰 스피츠 한 마리가 '진이'를 찾아 왔는데 그동안 '진이'의 새끼를 잉태하고 출산한 것이다.

새끼는 외견상 어미개인 스피츠의 유전자를 전혀 갖고 있지 않았다.

우리집 진이와 똑 같은 진도견 끼리 교배시킨양 겉모습이 진이의 어릴 적과 흡사했다.

그리하여 다시금 '진이'와 살게 된 것.

그 아비에 그 아들. 개도 분명히 마음이 있다고 여길만큼 처신을 잘 해 주었었다.

사람을 무는 사건도 젖 뗀 후, 8년 째의 여름.

꼭 그 나무 아래서. 1m 줄로 매어 두었건만. 사람이 다가가서 물렸다는 사실도 동일한.

'진이' 사고친 후, 눈에 띄게 사나워졌다.

作別의 전조라 여겼다.

情, 뚝 떼려고.

한 고민했다.

개! 하고 외치며 다니는 개장수에게 인계하기전 '진이' 눈 마주보고 말했다.

"自業自得이지. 이웃을 안 물었으면 오래오래 함께 살고. 죽으면 무덤까지 만들어 주려 했는데. 어쩔 수 없다. 너와 나는 이렇게 헤어지게 되어 있는 것."

개장수는 안 가려고 버티는 '진이'를 모종의 손질을 가해 기절을 시켜 데려갔다.

아주 잔인한 일이었다.

그 일련의 과정을 겪은 후, 두 번 다시 개를 키우지 않으리라 결심했으나 나는 지금 다시금 로빈과 함께 살고 있다.

그녀를 찾는 뱀

결혼은 기름통 지고 불 속에 뛰어드는 것이다.

시금치도 싫어지는 시댁과의 공생활. 때론 시부모를 모셔야한다. 제사도 지내야 한다. 남편은 외도 중이다. 임신과 육아는 상상만해도 끔찍하다.

부부문제를 다루는 사랑과 전쟁을 보면 결혼은 그야말로 미친 짓이다.

그래서 문화센터에서 꽃꽂이 강습을 하며 크리스챤으로 지저스 크라이스트가 자신의 백이라며 오만하게 고고청정하게 혼자 살아가는 진희 씨!

진희 씨, 저녁을 먹고나면 커피에 달강달강 얼음 띄워 우리집에 놀러오길 좋아했다.

나도 진희 씨 방문은 늘 쌍수를 들고 환영했다. 그녀가 들고 오는 냉커피 맛이 유난히 좋았고, 또 일주일 두 차례 꽃꽂이 강습 후, 남은 소재로 오아시스에 작품화시킨 꽃을 통째로 들고와 우리집 접시나 항아리에 적절히 배치시키는 그녀의 긴 세월 연마된 솜씨에 감탄을 연발하고 있었던 것이다.

어느 여름날 새벽, 나는 학교 놀이터 정글숲 꼭대기에 앉아 있었다.

그리고 아주 정답게 누굴 부르는 소리가 들렸고, 나는 그 소리에 귀 기울였다.

"진희야! 진희야!"

친구 진희를 부르는 소리였다.

그 소리는 점점 더 가까워지고 있었다.

그때 번들번들 누렇게 빛나는 길다랗고 살찐 구렁이가 정글숲 가까이 오는게 아닌가!

진희를 부르는 목소리는 그 구렁이로부터 나왔다.

나는 꼭대기에 앉아 턱을 고우고 그 구렁이를 무심히 내려다 보고 있었는데. 그 구렁이가 나를 향해 고개를 꼿꼿이 쳐들며 묻는 것이다.

"진희. 어디 있노?"

"몰라!"

"안다카던데!"

"몰라!"

나는 진희가 내 친구이면서도 꿈속에서는 그녀가 사는 곳을 몰라 그렇게 대답할 수밖에 없었다.

구렁이는 내 단호한 대꾸에 주눅이 든 듯, 체념이 된 듯, 고개를 숙이더니 운동장을 가로질러 꼬리를 감추며 아득히 사라지는 것이다.

다음날, 진희 씨는 평소와 다름없이 늦은 저녁 우리집에 왔는데 이번엔 캔 맥주 두 개를 들고 왔었다.

"오늘은 한 잔 해야해."

그녀의 말에 나는 냉장고 속을 뒤져. 치즈와 아몬드 따위를 꺼내면서 어제 새벽녘 꿈얘길 들려 주었다.

"경상도 구렁이가 진희 어딨노 물어서 모른다고 했어!"

"농담이지?"

"농담이 아니고 몽담!"

"그럼, 좀 가르쳐 주지,"

"꿈에서는 분명히 몰랐거든, 꿈에서 알았으면 저기 장미 빌라 2층에 산 다고 말해 줬을 텐데."

그랬는데! 몇 가지 안주를 챙겨 진희 씨 앞에 앉았는데 진희 씨 울고 있는 게 아닌가!

도도하기로 천하에 둘도 없는 독신녀 진희 씨가 하얗고 통통한 손으로 입을 틀어막고. 닭똥같은 눈물을 뚝뚝 떨구고 있는 것이다.

그리고 털어놓은 속내.

나이 54 살, 처녀라 하지만 노태는 이미 자리잡았다. 허나 그녀의 마음 은 항상 풋풋한 처녀였다. 그리고 50 살 먹은 네 살 연하의 남자를 만났 다. 그녀 표현으로 54년만에 정말 남자다운 남자, 사람다운 사람을 처음 만났다는 것이다. 은행지점장이었고, 그 사람도 아직 미혼이더라는 것이 다. 그리고 같은 기독교인이었으며 교회 행사 중에 자연스럽게 친해졌으 며 6개월째 열정적으로 사랑했다는 것이다. 그랬던 진희 씨, 그 남자가 결혼하자고 보채면 못 이기는 척 결혼하려고 마음까지 먹었더랜다. 그랬 던 그 남자 오늘 다른 젊은 여자와 결혼식을 올려 버렸다는 것이고. 진희 씨 절망했다는 것이고 좌절 중인 것이다. 그리고 단숨에 캔을 비우더니 대뜸 나에게 화살을 겨누는게 아닌가!

"꿈에서라도 나를 안다고 해야지! 당신조차 모른다 했으니 나에게 올

결혼운이 다른 데로 사정없이 가 버렸잖아! 아무도 날 돕지 않아!"

그녀는 엉엉 소리내어 우는 것이다.

두 해 전, 여름밤의 다소 난감하고 애잔한 기억이다.

진희 씨, 그 일 이제 가슴에 가두고 여전히 독신주의를 고수하고 있다. 그러나 그 독신을 유지하는 그녀 내면의 허약하고 진부한 이기적인 속성은 그래. 너, 혼자 잘 먹고 잘 살아야 마땅한 것이다.

그녀. 앞서 언급 그대로 결혼이 주는 불가피한 연대에 따른 의무와 책임,헌신을 무서워하는 것이다. 그리고 그녀의 턱없이 높은 눈높이. 몇 번 선을 보았으되 모두 키. 비만, 직업, 장남의 이유로 그녀가 정해놓은 기준과 눈높이에 이르지 못했던 것이다.

그런 그녀를 단번에 사로잡고 함락하고 매료시킨 그 멋진 사나이는 그렇게 허무하게 떠나가고.

나는 때때로, 정글숲 꼭대기에 앉아있는 나를 향해 고개를 쳐들고 '진희 어디 있노?'를 묻던 그 엄청나게 굵고 길었던 구렁이를 기억해 낸다.

그리고 그 꿈을 내 나름대로 접근 분석해 보면!

나도 전혀 모르는 가운데 진희 씨에겐 냉정하고. 냉철하고 이성적이며 돈과 통솔력과 재능을 겸비한 유능한 인재가 가깝게 다가섰다는 것이다.

고개 꼿꼿 쳐든 구렁이의 출현은 링가神의 강림이다. 프로이트 개념을 빌리면 리비도libido겠지. 즉, 억압된 性이 해방구를 찾는 것이다.

그리고 그 인물은 나에게 물었듯 진희 씨의 신원을 조회했을 게 틀림없다. 그녀의 백 그라운드. 크고작은 금융거래, 마이너스대출 까지도. 그리고 그녀가 가진 가난에 혀를 찼을 것이다. 어쩌면 겉만 반짝반짝 빛나는 그야말로 속 빈 강정. 빛 좋은 개살구에 적잖이 실망했을 것이다. 이러

266

한 추측은 내가 앉아있는 정글숲으로 인해 가능하다. 운동장 가장자리에 사각의 모래밭이 있고 그 위에 정사각의 철제 구조물이 입체적 정방형을 이루며 올라간다. 그 구조물은 비어있다. 간신히 발을 디디고 두 손으로 이용해서 올라갈 따름이고, 다시 내려올 따름이다. 모래밭 그것은 척박한 환경이다. 그리고 정글숲의 그 공허한 구조물. 그 구조물 위에 홀로 앉은 나. 그 구조물은 이제 나이들어 절로 황폐해진 골다공화된 육체일 것이며 나는 어쩌면 진희의 분신일 수도 있다. 그리하여 그 기름진 구렁이는 진희에게 진희의 현주소를 묻는 것이다. 현주소 그것은 누구의 가족이며 누구의 조카인가하는 것이고 그 혈연은 사회적 입지와 그들이 쥐고 흔드는 재산이 어느정도인가 묻는 것이다. 그러나 순진무구한 진희는 조실부모, 홀홀단신이나 어여쁘게 보이는 나, 진희를 두고 보이지 않는 진희를 찾는단 말인가. 그리하여 진희는 모른다 한다.

'몰라'

사랑이 절절하면 투정이 따르는법.

너, 나 사랑하니?

'몰라!'

그녀는 그 투정이 현실에 먹혀들 줄 알았다. 사랑이 그녀가 지닌 가난과 나이를 누르고 만세를 부를 줄 알았던 것이다.

그러나 기대와 체념은 동시에 진행된다. 안다카던데! 그것은 구렁이의 탐색이자 진희의 속셈이기도 하다.

'나와 육 개월을 사귀었으면 내 진실을, 내 진미를 알게 아닌가, 내 몸. 내 신앙, 내 꽃 다루는 솜씨가 그대를 능히 차지할만 하지 않는가'하는 것이다.

그런데 그 질문이자 기대조차 이미 변절적 표현인 것이다.

'안다 카던데.'

그야말로 '카더라통신'인 것이다.

카더라 통신은 언제나 이내 사라질 오염된 거품이다.

금융인은 거품을 싫어한다. 철저한 실적 위주와 함께 인맥은 부동산과 다름없다. 평생지기도 그런 범주에서 선택할 수밖에 없다. 그리하여 그는 사라진다. 진희 씨와의 짧은 인연은 이름만 간혹 기억될 뿐. 짧은 헤프닝으로 끝날 수밖에 없다.

이렇게 꿈은 주체와 객체의 혼합이기 일쑤다. 꿈은 그야말로 왜곡과 굴절의 황당시츄에이션! 그러나 그 환타지를 통하여 은닉된 진실은 적나라하게 폭로된다.

그리고 진희 씨. 54년 만에 가장 사람다운! 가장 남자다운 사람이 제 맘을 송두리째 흔들어 놓았다는 것! 그것은 돈의 힘이다. 돈이 가진 매력이다. 그 힘과 매력을 맛보자마자 놓쳤으니 그 차갑게 도노한 신희 씨, 통곡할만 하다.

그러나 그 사람은 진희 씨의 운명이 아닌 것이다.

운명, 원앙지연! 그 인연은 막고 밀어내도 어느새 절로 다가오는 것이라.

출가전야

출가전야

밝히건대 빈의 出家의지는 치열한 구도적 입지에 있지 않다.

빈은 감히 부처의 꿈을 꾸지 않았다.

빈은 다만 도피처 의지처로서 산을 택했다.

그 곳에서 단순했고, 불순했고 편견에 사로잡혔던 자신이 갈고, 닦고, 깎히는 과정을 통해서 새로운 삶을 시작할 수 있을지. 회의와 허탈, 그리고 종내 따라붙는 쓸쓸함. 그러나 간다. 산으로.

문제는 어머니였다. 허나 그 문제를 안고 언제까지 집안에서 끙끙거릴 수 없다. 어쨌든 오늘 밤 어머니의 가슴에서 날 도려내고 날 체념시켜야 한다고 마음 거듭 다지는 빈이었다.

이슥한 밤이다. 빈은 벽을 향해 누워있는 어머니의 발치에 무릎을 꿇었다.

"어머니."

어머니는 대꾸도 없다.

"내일 새벽 일찍 갈 겁니다."

두 달 전이다. 빈은 어머니에게 제 의중을 열어 보였다.

"너, 겨우!"

피를 토하듯 내 뱉는 어머니의 신음에 빈의 고개 더 깊이 꺾인다. 그럴 것이었다. 당신 혼자 어찌 키운 자식인가.

빈은 곧 어머니 자신이었다. 물론 세상의 모든 어머니가 다 그럴 것이었다. 어머니를 어떻게 설명하는가. 하느님이 도처에 계실 수 없어 어머닐 보내셨다지 않는가. 그러하나 빈의 어머니는 그러한 어머니들 가운데 그 헌신이 그 애정이 한결 더했다.

어린 날 빈의 작은 몸이 저수지에 미끄러져 들어갔을 때 헤엄도 못 치는 당신의 처지는 잊으시고 빈을 구하기 위해 물 속에 뛰어든 어머니. 다행히 지나가던 행인의 노력으로 모자의 생명 간신히 건졌었다.

어머니는 그때의 무모한 투신 아주 당연하다 하시었다. 그리고 구구셈 외던 시절, 아버지는 교편을 잡던 학교에서 돌아오시는 길에 어떤 원인도 알수 없는 채로 쓰러져 돌아가신 후. 빈이 아직 어리다 하나 당신 혼자 살아가는 어려움을 절대 내색하지 아니하시고 담담한 가운데서도 허약하게 태어난 빈의 잦은 잔병 치레에 하얗게 날밤 새우기 예사였음을 빈은 잊지 못한다. 빈은 그야말로 어머니의 살을 파 먹고 피를 빨아먹으며 성장했다해도 그 말 지나친 것이 아니라 여긴다. 그러나 지금 빈은 어머닐 혼자 두고 떠나려 한다.

그래. 괘씸한 놈일 수밖에 없다. 배은망덕한 놈일 수밖에 없다. 금수만도 못한 놈일 수밖에 없다. 후, 어머니는 빈에게 등만 보여왔다.

'안 된다' '못 보낸다' 어머니의 등이 보여준 자막이다.

‘갑니다’ ‘저는 갑니다’ 빈의 시위. 침묵의 아우성을 어머니는 모른 체했다. 그 와중 전화벨이 울렸다.

어머니는 모처럼 등을 돌렸다.

“도연이다.”

“없다고 하세요.”

“절가는 놈은 거짓말부터 익힌다든!”

어머니의 일갈이다.

친구들의 모든 전화를 단절시키는 어머니. 빈의 입산 결심에 친구들이란 배경이 분명 일조했으리라는 어머니의 독단에 따른 분노였으나 유독 도연의 전화만 친절히 응대했다.

빈이 내 비친 의지를 여인의 입김으로 막아보려는 의도 없지 않다. 어머니가 빈의 짝으로 진작에 점찍어 놓은 도연. 금속 공예, 철을 주물려 학을 빚어내는 손을 가졌으며. 맑고 차가운 감성을 지닌 여인이다.

한 때 그녀로 말미암은 불면의 밤 적잖이 있었으나 지금 황폐한 빈의 마음에 그녀는 없다.

손 내 밀어도 허공만 잡히는 갈애는 이제 도연의 몫.

“어머니.“ 메말라 아픈 목에 힘을 주며 빈이 덧붙였다.

“누구나 다 떠납니다.”

어머니가 모를 리 없다.

떠나지. 앞서거니 뒤서거니 다 떠나지. 시간다툼일 뿐. 죽음을 말한다. 영원한 결별을 말한다. 어머니는 자주 말해 왔다.

캐톨릭 신자로서 亡者의 염을 도맡고 있었다. 염殮. 죽은 자의 몸을 씻기고, 닦이고 구멍마다 솜을 채우고 비단옷을 입히고 사바의 모든 슬픔

깨끗이 잊고 무심한 평화에 들라 기도하는 게 어머니의 일이었다.

누구나 꺼리는 일. 그러므로 더 서슴없었던 어머니.

폐환자의 마지막 각혈이 어머니의 손등을 덮었을 때, 그 피가 끓듯 뜨겁더라던 어머니. 세 살 어린 아이의 식은 몸이 햇살을 받은 거울처럼 광채를 되쏘아 만지기조차 두려웠다던 어머니. 어머니는 이렇듯 죽음에 익숙하듯 모든 이별에 익숙한 터였다.

그러한 어머니께 빈은 어머니의 의식을 다시금 일깨우듯 말한다.

"떠남은 죽음보다 쉽잖은가요. 먼 나라로 유학 갔다고 생각하세요."

허나 이말은 빈의 입술을 넘지 않았다.

관념의 유희를 즐기는 어머니가 아닌 것이다. 신심 돈독하나 빈이 일시 가졌던 神學대학 지망을 완강히 반대하던 어머니.

'나 죽고 나거든 가거라'

그러한 어머니에게 빈의 입산 출가는 빈의 사망과 다름아니다. 빈은 다시금 말을 이었다.

"저 가고난 뒤, 어머니는 복지원에 가세요. 그곳엔 선우 선생님도 계시잖아요."

순간 어머니의 어깨가 미세하게 떨렸고, 힘들게 바닥을 짚고 몸을 일으킨 어머니는 빈의 얼굴에 불꽃이 일게했다.

"오냐. 고맙다. 이 발칙한 놈!"

본시 어머니의 언사는 시종일관 교과서적이다. 당신 아들이라하여 말 함부로 거칠지 않았다. 놈! 놈! 최근의 습벽이다. 限일 것이었다. 허무일 것이었다. 설움이며 아픔일 것이었다.

'더 때려 주세요. 더 심한 욕설을 끼얹어 주세요'

272

빈의 진심이었다. 어머니는 울먹였다.

"에미 모를까 싶어 가르치는구나. 뭐? 선우 선생?"

선우 선생. 빈의 기억에서 아득히 희미한 아버지의 친구이며 의사였고 독신이었다.

지금 선우 선생은 오래도록 근무했던 병원을 정리하고 복지원을 설립해서 외롭고 병든자들을 보살펴 주고 있었다.

그런 선우 선생을 향한 어머니의 정성은 아버지의 친구라는 가벼운 인정을 넘어선 것이었다. 아버지의 유일했던 벗. 존경할만한 선생님이란 단서가 붙어 있었지만 어머니의 가슴 속에 고여있는 흠모의 정을 빈이 모를 리 없다.

겨울. 은은한 명주 목도리를 고이고이 싸서 어디론가 보내던 어머니. 빈이 대장에 탈이 났을 때 상담차 상종한 선우 선생의 목에 그 목도리는 감겨있었고 선생이 펴낸 책을 聖書처럼 가까이 두던 어머니.

빈은 어머니의 그런 마음을, 멀리 있어 아름다운 별같은 사랑을, 蘭 향같이 은근한 노인의 추하지 않는 마음을 모르는 척 했었다.

"그래. 가마. 가고말고."

어머니는 어머니의 손자국이 선명한 빈의 얼굴을 어루만지며 주루루 눈물을 보였다. 빈도 울컥 솟구치는 속울음을 어찌할 수 없다.

그러나 빈은 이를 앙다물고 제 안의 슬픔을 억제했다.

어머니께 유약한 꼴을 보여선 안 된다. 끝끝내 냉정하리라. 어머니는 힘겹게 덧붙였다.

"내가 망령이 들었어. 네게 손찌검을 다하고. 다 내 욕심인거지."

어머니는 빈의 얼굴을 당겨 가슴에 품었다.

빈은 눈을 꼭 감았다. 어머니는 모른다.

아들의 뇌리 속에 꽉 찬 번민과 오뇌를. 학보사 필화 사건의 주동자는 하빈과 유인혁이었다. 굳이 변명하자면 하빈을 아꼈던 노교수와의 밀착이 화근이었다. 노교수가 확보한 뇌물수수. 논문표절, 어용비리 교수 명단을 하빈이 보게 되었고, 하빈은 여과없이 학보에 게재했으며, 대자보에 붙인 건 유인혁이었다. 교정은 발칵 뒤집어졌다. 소위 반골들에게 연구실을 빼앗긴 엄교수의 사퇴와 자살의 파문은 걷잡을 수 없는 것이었다. 엄교수는 이른바 독재 권력에 빌붙어 이론적 토대를 제공하고 그 당위성을 합리화 시키는 어용 지식인이 아니었으며, 남의 글을 베껴 제이름 달아내는 표절작자도 아니었으며 후배들에게 시간 강사 자리를 안배하고 돈이나 뜯어 챙기는 파렴치가 아닌 것이다.

노교수의 음모에 불과했다. 엄교수의 죽음은 그가 축적한 학문의 진수와 진리의 자양분을 흡수해야할 학생들에게 크나큰 손실이었다.

그가 남긴 방대한 연구논문. 그가 기거했던 달동네의 낮고 좁은 전셋방은 무얼 말하고 있는가. 혼탁한 세상에 오염되지 않은 청빈한 학자에게 덮어 씌워진 치욕은 죽음보다 무서운 것이었으리라. 그는 오물을 뒤집어 쓴 육신을 스스로 제거하며 웃었으리라.

웃기는 세상. 가짜가 진짜를 유린하는 세상. 안개 속을 행진하는 청맹과니들이여 잘들 사시게.

빈은 잊지 못한다. 엄교수와 꼭 닮은 열두 살 소년의 울부짖음을. 젊은 미망인의 혼절을.

아! 나는 뭐란 말인가. 이 시대 귀한 스승을 죽음으로 몰아넣은 살인자. 내가 외친 정의와 정도가 고작 이거였더란 말인가.

274

돌이킬 수 없는 과오. 내 삶은 역겹고 부당하다. 즈음해서 유인혁은 제 집, 십 사 층에서 추락했다. 죽음이 죽음을 부른 것. 빈은 유인혁의 부서진 육체를 안고 몸부림쳤다. 자신이 가진 비겁과 두려움과 삶을 증오하며 빈은 광인처럼 울다가 웃었으며, 웃다가 울었던 것이다.

다시금 치미는 뜨거운 오열. 빈은 입술을 깨물며 되삼킨다.

그때였다. "가라." 어머니의 갈앉은 목소리.

"마음이 시키는대로 가라. 그곳도 사람 사는 곳."

어머니는 빈의 얼굴을 가슴에서 떼내며 말했다.

"네가 원하는 것, 곧 내가 원하는 것이다."

어머니는 빈의 발목을 잡는 족쇄가 아니었다.

난해한 문제도 아니었다.

어머니는 언제나 빈의 날개였다.

현생, 전생, 전전생같았던

중세기 로마인처럼 침상에 길게 모로 누워 있습니다.

두 사람입니다. 남자와 여자입니다.

여자는 나라고 느낍니다.

차림새는 이집트풍입니다. 여자는 그렇게 길게 화려하게 차려입고 누워서 '발가벗긴 채 접시 위에 놓여있는 또다른 여자의' 하얀 몸에 뻘대를 깊숙이 밀어 넣고 붉은 피를 천천히 맛있게 빨아 삼키고 있습니다. 그러다 꿍음과 함께 천정이 갑자기 내려앉았고, 기둥이 무너지며 검은 어둠 속에 갇혔다고 여자는 느낍니다만 이내 앞이 환하게 트입니다.

두 마리의 사슴이 초원을 달리고 있습니다. 그 중 수컷이 나라는 인식입니다. 수컷은 앞을 향해 힘차게 달리면서 자의식에 충만한 것입니다.

초원의 둔덕을 따라 길게 흐르는 맑은 강물이 끝없이 넓은 초원처럼 푸르기도 합니다, 꿈은 꿈답게 둔덕 너머 햇살이 부숴지는 강물의 표면까지 다 감상하게 됩니다. 그렇게 그 기분으로 쉬지않고 달리던 수컷은 오른 쪽 엉덩이에 느닷없이 날아온 화살의 뜨거운 감각을 찰나적으로 느끼

276

게 됩니다. 수컷은 순식간에 꼬꾸라지며 아, 나는 이제 죽었다고 절망합니다. 암컷과의 이별을 무섭게 슬퍼합니다. 그리고 이내 어둠이며 나라는 사슴을 나른하게 잠 속에 빠져들듯 잊어갑니다.

그리고 배경이 바뀌며 수목이 겹겹으로 무성한 저수지 주변을 여자 혼자서 산책을 하다 잠자코 멈추어 섭니다.

아무 생각도 없습니다. 평화롭게 백조가 노니는 저수지를 그냥 바라볼 뿐입니다. 그러다 그 백조를 바라보며 여자가 문득 생각합니다.

"나도 사슴이었던 적이 있었는 데, 저 백조도 사람이었던 적이 있었을까."

그리고 나는 잠에서 깨어납니다.

그런데 오른 쪽 엉덩이가 몹시 아픕니다. 아침 식사를 준비하는 도중 간간이 엉덩이에 손이 갑니다. 폭신한 잠자리가 문제될 리 없습니다. 담이나 종기 같은 병적인 요소도 없습니다. 그렇게 묵직한 통증이 엄습하던 그곳은 사흘이 지난 후, 통증은 절로 사라지며 편해져 버립니다.

그 꿈을 꾸고 여러 해를 넘겼지만 그 꿈의 기억 여지껏 생생합니다.

그 꿈은 어쩌면 나의 두 번에 걸친 과거생인지도 모릅니다.

흔히 회자되는 '남의 피빨아 먹고 사는' 그 계층의 업보로 사슴이라는 들짐승으로 태어났으되. 사슴의 최후가 그렇듯 화살을 맞고 또다시 최후를 맞이합니다. 그리고 무심, 무욕, 무탐인 들짐승의 응보는 다시금의 인간입니다.

여자가 바라보던 향기롭고 울창한 숲 속의 저수지는 내가 현재 살고 있는 집의 뒷동산, 백양산 기슭 성지곡 수원지의 이미지로군요

여자는 나일까요.

어쩌면 그럴지도요.

그러나 여타의 이러한 생각과는 아주 다르게, 이런 일련의 꿈 전개는 내가 가진 조금은 독특한 몽상적 산물에 불과한 것일 수도 있습니다.

상상
그 이상의 영상

낭비된 시간은 없습니다.

끝부터 시작되는 이야기입니다.

'모리와 함께한 화요일'을 쓴 미치 앨봄의 환타지 비소설인데 영화로 만들어졌습니다.

영화의 전개와 개인적 소감을 대충 요약 피력해 봅니다.

혹, 나 개인적 오해와 왜곡된 시신은 니 자신의 한계이므로, 달리 어쩔 수도 없는 노릇입니다.

진행되는 내용과 인용된 대화는 내가 편하도록 내 표현방식으로 변용, 적절히 편집했으니 영화를 보듯 담담히 읽어주세요.

루비 피어는 용인 에버랜드 같은 놀이 동산입니다.

그 루비 피어에서 놀이기구의 정비공으로 평생을 살아온 여든 네 살의 에디는 어느 날 추락하는 놀이기구 밑에 있던 소녀를 구하려다 목숨을 잃게 됩니다. 에디는 죽음과 동시에 모든 것이 끝이라고 생각합니다. 그리고 이미 준비된 죽음처럼, 어쩌면 늘 바라고 있었던 것이 아닐까 싶을 정도로 에디는 자신의 죽음과의 조우에 태연합니다. 다만, 죽기 직전에 아이를 제대로 구하지 못한 것이 아닌가 하는 걱정만이 작은 미련이기도 합니다.

사람들, 누구나 당연히 그러하듯 에디 또한 자신이 죽은 후에 어떻게 될 지는, 사후의 세계는 어떤 것인지는 전혀 예측하지 못했습니다만.

천국에 도착한 에디는 저 세상에 살았을 때. 즉. 이 세상에 살았을 때 자신도 모르는 가운데 불길처럼, 바람처럼 , 공기처럼 음으로 양으로 상호 영향을 주고받았던 다섯 사람을 만나게 됩니다.

그리고 그 다섯 사람의 과거재생을 통해서, 과거, 에디가 알게 모르게 얼키고 설킨 그들의 짧거나 긴 삶을 통해서, 에디가 허무하다, 부질없다 체념했던 에디 자신의 빈핍하고 조악한 삶에 대해 궁극적 의미와 가치를 깨닫게 하는군요.

다시금 언급하건대. 에디가 살았을 적, 에디의 삶에 구체적으로 등장하지 않았거나. 운명적으로 밀접하게 등장했던 다섯 사람. 에디의 삶에 에디 자신도 모르게. 에디 자신이 도무지 이해하지 못했던 방식으로 연결된 사람들이 있었으며 그 연결로 말미암아 사망에 이른 사실을 전혀 모르고 제 삶을 살아가는 에디인 것이지만, 에디의 삶에 엄연히 존재했었고 연관된 우연 또는 필연이었으며, 이것으로 인해 저것이 발생하고, 저것으로 말미암아 이것이 소멸되는 佛敎的 연기사상 및 나비효과적 악연 또는 선연이 궁극적으로 우리는 하나, 不二의 귀결인 그 진리의 현장을 죽어 비로소 확인하는 것인데요.

몰랐던 또는 조금 알았던 그러했던 그들과 에디. 그러나 生의 숨겨진 비밀을 전혀 눈치챌 수 없었던 에디에게 먼저 죽은 그들은 죽기 이전의 존재의 의미. 생의 가치를 은근히 일깨워 주고 있는 것입니다.

각설. 다시 영화의 서막으로 갑니다.

에디는 그렇게 아주 뜻밖에 자신의 죽음과 조우했고, 어쩔 수 없이 자신의 죽음에 익숙해있지 않은데 생면부지의 얼굴, 새파란 남자가 다가섭니다. 에디는 남자를 한 번도 본 적이 없고, 같은 시공을 공유한 적도 없었건만 에디와 남자는 피차 생존했던 어느날 기구한 인연을 갖고 있었고 에디는 남자를 만남으로 해서 그 진실을 알게 되는 것입니다.

첫 번째 사람, 얼굴이 파란 남자가 지닌 에디와의 인연이 펼쳐집니다.

에디의 어린 시절, 에디는 공을 가지고 놉니다. 공은 차도로 굴러 갔고, 운전면허를 갓 취득한 젊은 운전수는 에디를 피해 급정지를 하게 됩니다. 에디는 공을 주워 유유히 사라지고, 운전수는 그 순간적인 충격으로 사고력이 중지된 심신으로. 얼굴이 파랗게 경직된 채 운전을 감행하다 트럭에 부딪혀 죽고 맙니다.

남자는 그때 자신이 죽을 때의 새파랗게 경직된 모습 그대로 에디 앞에 나타난 것입니다. 그 얼굴 파란 남자의 짧은 생이 그런 이유로 그렇게 마감되었다면 어린 에디는 에디도 모르는 사이 직접적으로 그 사람의 죽음의 원인을 제공한 것이지요. 그 기억을 에디에게 회상시키며 남자는 말합니다. 당신이 하찮다고 살아온 인생은 죽은 자신이 가장 살고 싶었던 고귀한 인생이라는 것을 주지시키며 그는 덧붙입니다. 우리 모두 연결되어 있어요. 바람과 산들바람을 떼어놓을 수 없듯이 당신이 다른 사람의 인생에서 떼어놓을 수는 없는, 필연으로 얽혀 있는 것입니다. 자기로 인해 죽음에 이른 그 남자의 온유한 웃음을 바라보며 에디가 말합니다.

"아직도 이해가 안갑니다. 당신의 느닷없는 죽음에서 좋은 게 뭐가 있었나요?"

282

에디의 물음에 남자가 대답합니다.

"당신은 살았지요."

남자가 에디의 어깨에 팔을 얹자 따스하게 녹아드는 느낌이 에디에게 전해집니다.

"타인이란 아직 미처 만나지 못한 내 가족입니다."

남자의 말입니다.

남자의 말은, 내 무지몽매한 철학적 관념으로는 지극히 비합리적이고 모순적이며 난해한 부분이기도 합니다만 우리가 살아가면서 던지는 사소한 말 한마디, 무심코 행한 행동이 다른 사람에게는 치명적인 운명의 기로에 서게 되는 아킬레스건이 되기도 한다는 지적에는 순순히 동의하게 되 총을 쏜 것입니다.

두번째 만난 사람은 에디의 젊은 시절, 자신이 군인이었을 때 에디에게 에디의 직속 상관인 대위와의 조우입니다.

대위가 에디에게 말합니다. 에디가 지금 다리를 절어 불구의 몸으로 살아가도록 총을 쏜 이유는 불길 속에 뛰어 들어 죽음을 자초하는 에디를 막기 위한 어쩔 수 없는 방법이었다고 말해줍니다. 그리고 대위는 사람이 사람을 위한 희생은 후회할 만한 따분하고 저급하고 낭패스런 상황이 아니고 간절히 열망해야될 그런 것이라는 것과. 작은 희생이든 큰 희생이든. 때때로 우리는 소중한 걸 희생하는데, 그건 자신의 귀한 시간을 잃어버리는 게 아니라 다른 사람에게게 자신에게나 반드시 필요하고 애써 부여하고, 열망할 만한 최고로 가치있는 일이라 말해 줍니다.

사람은 자칫 억제하기 힘든, 어쩌면 스스로 초대한 욕망과 분노와 두려움으로 자신의 순수하고 아름다운 영혼을 오염시키기 일쑤입니다. 에디가 자신의 아프고 절룩거리는 왼쪽 다리를 평생 용서하지 못해서. 왼쪽 다리를 그렇게 만든 전쟁이라는 극한의 공허하고 잔인한 상황에 대해서 분노와 좌절의 검은 터널속에서 번민하고 고뇌하도록 방치해서 깊이 수긍하고 긍정할만한 인생의 많은 것들과의 화해를 방해받지 않았을까요 이렇게 생각해 볼만한 대위와의 만남이었습니다.

그리고 또 유년 시절부터 에디에게 상처를 주었던 아버지를 떠올리게 합니다. 에디 그는 긴 세월 미워하며 살았던 아버지의 입장을 비로소 이해하게 됩니다. 이해는 에디의 묵은 영혼의 상처를 치유합니다. 에디에게 무능하고 무관심한 아버지에 대한 증오로 얼룩졌던 아버지에 대한 분노. 그것은 결과적으로 에디가 이 세상에 살며 평생 응당 받을 수 있었던 뭇의 사랑의 상당 부분마저도 포기하게 만든 원인이었던 아버지.

그러한 에디의 쓸쓸하고 서글픈 기억과 회오에 대위가 한 수 거들듯, 달래듯 말해 줍니다.

"희생. 자네는 희생했고 나 역시 희생했어. 우리 모두 희생을 한다네. 하지만 자네는 희생을 하고 나서 분노했지. 잃은 것에 대해서만 계속 생각했어. 자네는 그걸 몰랐어. 희생이 삶의 일부라는 것. 그렇게 되기 마련이라는 것. 희생은 후회할 것이 아니라 열망을 가질 만한 그 어떤 것이라서!"

대위는 젊은 시절의 리더답게 차분히 에디의 분노를 잠재워 나갑니다.

세 번째로 만난 사람은 루비 피어의 창립자의 아내인 루비입니다. 그녀가 말합니다.

분노를 품고 있으면 독이 돼요. 흔히 분노를 '분노는 나의 힘' 으로 왜곡시켜 상처를 준 사람들을 공격할 무기라고 생각하지만, 증오는 양날을 가진 칼날과 같아서 휘두르면 자신도 다치니 분노를 품지 말아야 한다는 것입니다.

네번째 만난 사람은 에디의 아내 마거릿이군요. 마거릿은 생의 의미와 행복을 가장 절실하게 느끼게 해준 아름다운 여인이지요. 마거릿은 에디와의 사랑을 추억합니다. 떠나버린 사랑도 여전히 사랑이에요. 다른 형태를 취할 뿐이죠. 가버린 사람의 미소를 볼 수 없고, 그 사람에게 음식을 갖다줄 수도 없고, 머리를 만질 수 없지요. 하지만 그런 감각이 약해지면 다른 게 환해지죠. 추억이 동반자가 돼요. 당신은 그걸 키우고 가꾸고 품어주고 그것과 춤을 춥니다. 그래서 생명은 끝나지만 사랑은 끝이 없는 영원한 것이라며 마거릿은 늙어 형편없는 에디의 입술에 입맞춤해 주는군요.

다섯번째의 사람은 에디가 전쟁 당시 불가항력의 상황에서 빚어진 불이 붙은 집에서 불에 타 죽어간 필리핀 소녀 탈라입니다. 탈라는 에디가 수용소 탈출과정에서 어쩔 수 없이 저지른 일 가운데서 에디도 모른 채 희생된 어린 영혼이며 그녀의 죽어가는 목소리로 말미암아 불길 속에 뛰어들려는 무모한 행위에 대위의 방아쇠가 당겨졌던 것입니다.

탈라가 말합니다.

아저씨가 나를 불에 태웠습니다. 나는 아저씨로 말미암아 불에 타 버렸습니다.

그렇게 말하는 탈라. 결코. 에디를 향한 적개심은 조금도 없습니다.

섬뜩하리만큼 평화롭게 고요히 잘 가라앉은 얼굴과 목소리로 탈라가 덧붙입니다.

아저씨는 더 오래 살아 루비 피어에 꼭 있어 주어야할 사람이었어요.

아저씨가 내 친구들을 즐겁게 유쾌하게 안전하게 해주니까요. 그러므로 거기가 바로 아저씨가 꼭 있어야 될 곳이었어요.

에디는 그 어린 영혼의 용서와 화해 가운데 에디의 삶에서 단단히 맺혀 있던 응어리 즉, 놀이터에서 고장난 놀이기구나 고치며 살아가는 자신의 무능과 가난에 대한 열등감과 분노가 서서히 풀리며 자신의 삶을 온전히 제대로 이해하게 됩니다. 그리고 남루하고 무능한 자신과의 화해가 시도됩니다.

그렇군요

에디가 죽어서 도착한 천국은 천국이란 구체적 장소가 아니라 고달팠던 세상살이와 화해의 악수를 나누는 해탈과 자유의 상념이군요.

그곳에서 에디는 자신의 인생과 알게 모르게 어떻게든 연관되어진 다섯 사람들과, 그 다섯 사람의 죽음의 기로에서 에디와 연결된 우연같은 필연에서 그들은 에디로 말미암아 죽었으되 에디와의 만남을 결코 후회, 분노, 원망, 적개심, 적대감으로 기억되지 않는다는 깃이죠.

그리하여 그들은 에디를 용서하고 긍정하며 에디의 무미건조한 일생이 결코 그렇지 않다는 것을 설명해주기 위해 제각기의 천국에서 그를 기다리고 있었던 것입니다.

외롭고 가난한 인생의 황혼기를 보냈던 에디의 허무한 인생이 에디가 알게 모르게 악연이었든 그들의 입술로 긍정적으로 아름다이 설명되어질 때, 나는 잔잔한 충격과 감동으로 가슴이 뭉클 뜨거워집니다.

우리의 삶. 보잘것 없고, 시시하기 짝이 없으며, 부질없어요.

이 진부하기조차한 삶을 구성하는 힘겨운 노동, 구차한 가난, 굴욕적인 억압. 부끄러운 무능, 감내하기 힘든 이별과 사별과 차별이란 불평등한 구조적 고통들에게 지독하게 화가나는 이유는 각 개인이 스스로 선택한 삶을 잘못 이해하는 데서 일어나는 오류며 착오이며 무지란 것을 앞서 죽은 그들이 깨닫게 해 주는군요.

우리의 무덤덤한 생활 가운데 바람처럼 스쳐 지나간 사람들. 얘기하고 차를 마시고, 어떤 약속을 하지 않은 그 사람들도 자신의 사소한 말 한마디와 행동이 다른 사람에게는 인생의 전환점. 생과 사의 기로에 서게 되는 충격적인 대 사건에 크게 개입하는 것이고. 그리하여 우리 모두 상호 연결되어 있다는 단순하지만 미처 깨닫지 못한, 붓다가 갈파한 不二. 만유 일체. 둘이 아닌. 하나라는 중요한 진실을 잔잔하게 과거 회생적 환타지 기법으로 각인시켜주고 있는 영화 '에디의 천국'

미치 앨봄은 첫번째 남자의 입을 통해 말합니다.

낭비된 시간은 없습니다. 낭비라고 생각하는 그 시간은 외롭다고 느끼는 그 고립된 시간뿐이라는 것을 말할 뿐입니다. 하지만 그 시간 우리는 자신과. 자신의 내면과 가장 가까워지는 시간이 아닌가요.

그리고 무엇의 무엇보다 에디가 천국에서 비로소 알게 되는 생의 숨어 있는 진실과 인연의 연결 고리들, 그러한 소중한 것을 세상에 사는 동안 조금이라도 미리 알 수 있었더라면 에디는 죽음 이전의 삶을 완전히 뒤엎은 다른 삶을 향유할 수 있었을 까요?!

오늘, 나 자신, 지나간 영화 한 편을 통해 에디의 죽음 이전과, 죽음 이후의 에디와 접속을 시도하며 내 삶과 내 궤적을 돌이켜 살펴보게 됩니다.

이승의 저녁은 저승의 새벽

이승의 저녁은 저승의 새벽입니까.

영화를 보기 위해 시네마 홀에 갔습니다. 넓고 조용하고 쾌적한 곳입니다. 입장권에 지정석이 있지만 옆자리에 스피치 기능이 좋은 사람이 앉으면 그 사람을 피해 좌석을 옮길 수도 있습니다. 말 많은 사람은 정말 싫습니다. 객석은 언제나 비어 있는 곳이 많습니다.

거긴 주차시설도 원만하고 공기도 좋고 좌석 배열도 무난해 앞에 키다리가 앉아도 상관없습니다. 거기에서 영화를 보는 관객은 대부분 중년층인데, 오페라를 관람하듯 비교적 단정한 차림이며 시끄럽게 봉지과자를 먹거나 껌을 씹어대지도 않습니다.

그리고 영화가 끝나고 약간의 현기증을 느끼며 햇볕아래 섰을 때. 남포동 영화의 거리처럼 각종 먹거리를 파는 수레와 그걸 사 먹으라고 외쳐대는 상인들이 보이지 않는 것도 상당히 맘에 드는 부분입니다.

최근에는 부산이 영화 도시로 정착되고 있는 중이라 대내외적인 정책으로 호텔 그랜드나 롯데에도 시네마 홀이 근사하게 만들어져 있으며, C

G V와 씨네 파크도 여기저기 있어서 영화보기에 아주 좋은 여건이 조성되어 있는 것입니다. 하지만 바닷가에 좋은 친구가 살고 있고, 수평선만 보이는 찻집이 있으며, 적은 돈에 잘 차려내는 밥집도 가까이 있어서 나는 유독 그 시네마 홀이 좋다하며 그곳에 갑니다. 안타깝게도 자주는 아니지요. 두 달에 한 번 정도입니다. 이런 간격으로 연극, 연주회, 전람회도 가게 되는데 이런 종류의 문화적 자극에 비평을 겸한 총평이 가능한 바닷가 동행은 참 괜찮은 친구입니다만! 그 친구는 측은지심으로 나와 동행하며 내심 한심하다할 것이 틀림없습니다.

난 대체로 눈과 귀만 열어두고 있으니까요. 모르면 가만히 있는게 상책이란 걸 나는 알고있는 것입니다.

천국보다 아름다운.

영화의 제목입니다.

멸하지 않는 사랑이라니 어떤거야 하면서 불멸의 사랑을 보러 갔듯이 천국보다 아름다운 게 있다면 열 일 젖혀 두고 봐야지! 하면서 제목만큼 근사할 스토리에 잔뜩 기대를 하고 갔는데 어외의 관객들을 만났습니다.

여고생들의 단체 관람이었습니다. 여고생들은 풋풋하며 죄다 향기롭습니다. 그 싱그러운 꽃밭에 앉아 있는 것만도 대단한 즐거움이지요.

두루 일별하니 똑 같은 교복에, 하얗고 동그란 얼굴에, 앉은키도 비슷비슷한 여학생들 사이에 거무튀튀하게 선이 굵고 점잖은 남자가 한 명씩 섞여 있는데, 필경 인솔교사지 싶습니다. 때문에 그녀들은 더 어여쁘기만 합니다. 재잘재잘 떠드는 소리도 싫지 않습니다.

암전이 되며 영화가 시작되었습니다.

소아과 의사인 아버지와 화가인 어머니, 그리고 딸과 아들, 그리고 한 마리의 늘씬한 달마시안이 한 가족을 이루고 있습니다. 그들이 사는 공간은 늘 즐겁고 웃음이 넘치고 있습니다. 더 없는 풍요와 사랑과 평화가 그곳에 있으며, 그들의 대화는 천진난만, 순진무구합니다.

그야말로 여유만만, 풍족하고 너그럽고 건강한 가운데 제각기 하고 싶은 일에 몰두할 수 있는 환경을 가진 그들의 일상은, 예. 행복합니다.

그런 가운데 죽음에 이르는 병에 걸린 달마시안의 고통을 덜기 위해 안락사를 시키는 데, 형제를 잃은 듯 온 가족이 슬퍼하며 식욕을 잃습니다. 그렇지요. 모든 사람이 저 정도의 풍요와 연민과 사랑과 안정된 정서를 가지면 얼마나 좋을까요. 나는 도취되고 동화됩니다.

그렇게 여느 날과 다름없이 빛나는 아침이 열리고 가족들의 맑은 목소리와 함께 식사를 하고 도시락을 챙기며 포옹을 하고 멀어지는데요, 그 시간이 유감스럽게 그들 가족이 누렸던 이상적인 삶에 마침표가 찍히는 액운의 시간이군요.

우리의 주변에서 늘 일어나고 있는, 흔하디 흔한, 예고없는 불행이 영상에서도 일어나는 것입니다.

학교에 간 아이들은 돌아오지 않습니다. 교통사고를 당하여 몸이 부서져 버렸으므로 그들은 돌아올 수 없었던 것입니다. 그렇게 아들과 딸이 동시에 죽어버린 참담한 현실과 함께 부부의 참을 수 없는 고통은 시작됩니다. 웃음은 어디에도 없습니다. 아름다움도 존재하지 않습니다. 누구를 위해 맛있는 음식을 만들 것인가요. 맛있게 행복하게 먹으며 기쁨을 나눌 아이들은 이제 하늘나라 사람입니다. 참척을 당한 두 사람은 실로 참담하며. 비통합니다. 그리고 여차하면 눈물입니다.

시간이 좀 지나긴 했어도 아내의 고통이나 남편의 고통은 여전할 것이나 남편인 그가 이젠 우리 잊을 것은 잊어 보자고 아내를 위로합니다만 그것은 싸움으로 이어집니다. 아내가 그에게 일방적으로 포악을 부리는 것입니다. 그 아이들을 어찌 잊느냐는 것이지요. 그러다가 폭발적으로 광적으로 울부짖다 지레 지쳐 쓰러집니다.

남편은 그런 아내를 무조건 이해하고 그저 애틋하게 사랑합니다. 그리고 그는 흐르는 시간만큼 담담해지며 자신의 병원에서 요정 같은 아이들을 치료해 주며 차츰차츰 평정을 되찾아갑니다만 아내는 아닙니다.

날이 갈수록 아이들이 그립고, 그들이 살았을 때, 약간의 소홀했던 일에도 엄청난 후회와 함께 죄책감을 가지며. 그림 그리는 자신의 일도 냅다 팽개칩니다. 그녀는 어떤 일에도 의미와 가치를 두지 못합니다. 더우기 만만한 남편에게는 더할나위 없이 악랄해집니다.

그렇게 그녀의 영혼과 육신은 죽은 아이들에게 향한 애정과 집착으로 완전히 병들었습니다. 그녀는 아픔과 상실을 딛고 사회에 건강하게 복귀하는 그가 사뭇 미워지고 싫어지는 것입니다. 그렇게 간단히, 그렇게 쉽사리 잊을 정도로 자식들을 사랑하지 않았다며 생떼를 부리며 집요하게 이혼을 요구합니다. 그녀는 그의 음성조차 듣기 싫으며, 얼굴 보는 것조차 역겹다는 것이지요. 그는 그런 아내의 고통에 동참하기 위해 이혼에 합의하지만 아내의 주변에 그림자처럼 머물며 방패 및 버팀목이 됩니다.

그리고 여러 번 새 봄을 맞이합니다. 세월은 강물처럼 잘 흘러가는 것이지요. 아내도 자신의 일에 몰두합니다. 단풍이 아름다운 가을. 그는 그림 전시회를 준비하는 아내를 돕기 위해 달려가다 자식들의 마지막 운명처럼 교통사고를 당하여 이 세상의 고통과 슬픔에 종지부를 찍게 됩니다.

그의 영혼은 여전히 혼자 남은 아내를 떠나지 못합니다 평화의 극치인 천국은 절로 행복한 곳이지만 그는 천국을 누리지 못합니다. 아내가 없는 천국은 그에게는 절대 행복한 곳이 아닙니다. 무의미하며 시시하고 심심한 곳입니다.

그런 그에게 가족 중에서 가장 먼저 천국으로 현주소를 옮긴 달마시안이 달려옵니다. 그는 달마시안의 특별한 천국에서 위로를 받습니다만 근원적인 슬픔은 치유되지 않습니다.

그런 그의 곁에 탄력이 넘치는, 쳐다만 보아도 신뢰가 가며 흐뭇해지는 젊은이가 다가섭니다. 젊은이는 자신의 천국으로 그를 인도하고 시름에 잠긴 그를 즐겁게 해보려하나 그의 슬픔을 역시 해결해 주지 못합니다. 젊은이는 속수무책의 그를 위해 그의 아내가 세상에서 그려내는 그림속 환타지아로 안내합니다.

그는 아내가 자신을 간신히 지탱하며 그려내고 있는 낙원 속으로 서슴없이 들어갑니다. 그곳은 총천연색으로 빛나는 아내만의 세계이며, 아내만이 꿈꿀 수 있는 낙원입니다. 그는 젊은이와 함께 아내의 낙원을 느긋하게 유영합니다. 하지만 거기에서조차 아내가 사실적으로 옆에 없다는 허탈과 절망을 견디지 못합니다.

그는 아내와 이야기를 나누고 싶고, 아내와 따스한 체온을 나누고 싶으며, 아내와 함께 걸어가고 싶은 것입니다. 그런 그에게 실망한 젊은이는 우울한 얼굴로 떠나가며 말합니다. "당신에겐 오직 아내밖에 없군요."

다시금 혼자 남은 그에게 단아한 품위를 갖춘 동양 여인이 나타납니다. 여인도 자신의 천국에 그를 안내합니다. 여인의 천국은 예전에 보아온 듯이 눈에 익은 곳입니다. 죽기 전의 딸이 크레파스로 그린 단순하고 재미있는 천국이 그곳에 있었던 것입니다. 그러한 낯설지 않은 천국의 유희속에서 그가 살아 생전 딸에게 예사롭게 말한 한 조각 희망사항이 실현되어 있음을 깨닫게됩니다.

그는 살아 생전 어느날 어린 딸과 함께 비행기를 탔습니다.

비행기 안에서 동양계의 여자 승무원이 베푸는 친절한 서비스를 받으며 그는 딸에게 말했습니다.

"동양계의 여자들은 신비로워!"

그래서인지 눈에 익은 천국을 보여주는 동양여인의 언행에서 미묘한 감동을 받게 됩니다. 그리고 순수하고 다정한 기억의 격정에 휩싸일 때, 여인은 말합니다.

"아직도 저를 모르시겠어요?"

여인은 그보다 4년이나 앞서 죽은 딸이었지요. 그 딸이 말합니다.

"그때 아버지가 동양 여인을 칭찬할 때, 자신도 그런 여자처럼 되리라고 마음먹었어요."

딸은 지극히 선한 영혼이 원하는 대로 실현되는 천국의 비밀을 설명해줍니다. 그렇게 그는 딸을 만나게 되고 아들도 만나게 됩니다.

아들은 누군가요. 아들은 그가 괴로워하고 있을 때, 그를 찾아 와, 자신의 천국과 아내의 그림 속으로 안내하며 영혼은 시공을 초월하여 자유롭게 이동할 수 있다며 가르치고 위로하고 희망을 주었으되. "당신에게는 오직 아내밖에 없군요" 하며 서운한 얼굴로 그의 곁을 떠나간 그 젊은이인 것입니다.

뒤늦게 깨우친 그에게 젊은이가 말합니다.

"남에게 기쁨과 희망을 주는 성실하고 정직한 사람은 바라만 봐도 즐겁다고 아버지가 말했어요, 어린 저는 그때 아버지가 말한 그런 사람이 되겠다고 마음먹었죠. 그 마음이 지금의 제가 된 것입니다."

그렇게 의연하게 말하는 아들의 짧았던 일생은 그야말로 파란만장이었습니다. 화기애애한 가정 속에 숨어있던 무서운 복병이었던 아들. 말썽꾸러기에다 열등생, 거기에다 이유없는 반항아. 그 아들 때문에 그는 정말 오징어 복장처럼 새까맣게 속께나 썩었습니다.

그는 그러한 옛기억과 함께 환희의 눈물을 감추잖고 웃는군요.

"죽음은 단절이 아니구나. 죽음은 끝이 아니고 새로운 시작이구나. 영혼은 죽지 않고 이렇게 아름답게 성장하는구나. 이 사실을 너희들의 엄마가 안다면 저토록 괴로워하지 않아도 되는데!"

그는 비로소 안도하며 죽음이란 관문이 되려 고맙기조차 합니다.

그는 이제 아주 편한 마음으로 미래에 만나게 될 아내를 기다리며 아내가 그린 그림 속에서나마 아내를 느끼고 ,아내의 의식과 정서에 동참합니다. 아내가 나무에 꽃을 그리면 그는 꽃 그늘 아래서 아내의 향기를 맡으며 그 향기에 취합니다.

그러나 저승의 그러한 승화된 행복과 평화를 알 리 없는 세상의 아내는 삶 그 자체가 여전히 지독한 견딜 수 고통입니다. 죽어버린 그가 봐주지 않는 그림을 그리는 자신의 부질없는 작업에 격노하여 그림 위에 시너를 뿌려 대면 유화는 아이스크림처럼 녹아 내립니다.

그녀는 딸과 아들이 그리고 그가 없는 이 세상은 실로 끔찍한 형벌의 연속일 뿐입니다. 자식을 한꺼번에 잃은 상실에 따른 아픔의 변형으로 자기학대적 이혼을 결행했으나, 그마저 없는 이 세상은 하루라도 살아내기 힘듭니다.

더군다나 그는 자신의 그림 전시회 준비로 다급히 달려오다 죽음을 만났다는 그 사실이 못내 견디기 힘든 나쁜 기억입니다.

"나 때문에!"

그리하여 그리움에 골병이 들고 가책과 아픔을 극복하지 못한 그녀는 결국 자살을 선택하게 됩니다.

죽어서 그에게 가겠다는 의지의 결행이었습니다. 그러나 그녀는 그를 만나지 못합니다. 자살한 자는 지옥직행이었습니다.

"그리 말라! 그러면 안 돼! 그럴 필요 없어!"

남편의 영혼이 간절히 말리고 외쳐대도 아내는 자신을 제거했고, 영혼은 고립되었습니다.

"저 춥고 외로운 곳에 그녀를 둘 수 없다."

그는 지옥에 떨어진 아내를 포기하지 않습니다.

그러한 그의 절절한, 지고지순한 애련, 자신의 안위는 안중에도 없는 그에게 천국과 지옥의 경계가 있을 수 없습니다.

그는 아내가 유배된 지옥을 향해 떠납니다. 지옥을 지나며 그는 갖가지 견딜 수 없는 고통을 연거푸 골고루 당하지만 아내를 향한 집념 앞에서는 당연히 넘어야할 언덕에 불과합니다.

상상 밖의 지옥고. 허나 아내만이 희망입니다.

아내는 아내대로 지옥 가운데 있어도 자살 전과 조금도 다름없이 남편만이 절망입니다. 그 절망으로 말미암아 지옥고는 차라리 달콤한 사탕이라 할만합니다.

희망과 절망은 상대적 필연입니다.

두 영혼은 그리하여 조금씩 가까워집니다.

그는 드디어 아내를 지옥으로부터 구해냅니다.

그리고 아주 평화로운 호수.

작은 소녀가 아름다운 호수에서 뱃놀이를 하다 소년의 배와 부딪칩니다. 그 인연으로 소녀는 소년에게 빵을 건넵니다. 맑은 햇살아래 빵을 나눠먹는 두 어린 소년소녀의 웃음이 꽃처럼 피어납니다. 이 세상에 환생한 그들입니다. 사랑은 다시 시작됩니다.

헐리우드 영화입니다.

동화적 환타지가 짙게 깔려 있습니다.

'천국보다 아름다운'에서 열연하는 남편의 이름은 크리스. '로빈 윌리암스'가 열연했습니다.. 아내의 이름은 애니. '아나벨라 시오라'가 맡았습니다. 나는 두 배우의 인상과 연기에 다소 익숙한 편이라서 두 배우의 능숙한 변신이 꽤 즐거웠습니다. '로빈 윌리암스'는 죽은 시인의 사회와, '굿윌 헌팅'에서 만났습니다. 철학적이고 사색적인 마스크를 가졌습니다. 그는 전폭적으로 신뢰할 수 있는 다정다감한 아버지 같은 사람입니다.

'아나벨라 시오라'는 요람을 흔드는 손과, 정글 피버에서 얼굴을 익혔습니다. 구김살 하나 없는 깨끗하고 산뜻한 이지적인 미인입니다. 그녀가 가지런한 치아를 드러내며 입술부터 웃기 시작할 때, 보는 이도 덩달아 웃음이 머금어 지는, 누구라도 반할 만한 아주 매력적인 여인입니다. 그렇게 상큼한 두 사람이 영상을 통해 천국보다 아름다운 사랑을 보여 주었습니다.

내가 영화 속 가공인물을 좋아하는 이유가 있습니다.

극 중 인물의 대화는 시나리오 그대로 우리가 흔히 일상에서 만나는 사람이 나누는 얘기 마냥 구차한 변명이 아예 없고, 타인에 대한 탐색도 없으며, 자기애에 빠진 과시적 발언도 애당초 배제됩니다. 또한 주인공은 대체적으로 자기 정체성이 확고하며 하나만 추구하며 언제나 꼭 필요한 말만 하며, 최악의 상황에서도 절대 비굴해지지 않는다는 점입니다.

응시凝視.

영상을 응시합니다.

허구의 세계입니다.

결과는 언제나 뻔합니다. 추락한 바닥은 언제나 디딤돌이 됩니다.

각본에 의한 문제와 해답처럼 고생 끝에 낙이 오고, 꼬여진 것은 결국 풀립니다.

영화처럼 나쁘잖은 결과가 확실하게 정해져 있다면, 우리의 삶도 보다 점잖고, 보다 더 정직해지겠지요. 그러나 쉽지 않은 게 우리의 삶입니다. 산 넘으면 또 산입니다. 가볍고 진부한 만남과, 원하지 않는 고민과 고난은 되풀이됩니다. 우울해질 때가 많습니다. 그러다가 만나는 좋은 영화가 적잖은 위로를 안겨 줍니다.

마음에서 마음으로 전해지는 진실이 스크린에 그려집니다. 순수하고 진실한 마음이 살아 숨쉴 수 있는 공간이 그곳에는 가능합니다. 정말 사람다운 사람이 그곳에 있습니다. 그 사람과 조우하기 위해 영화관에 가는데 내 생활의 여백에 피는 무지개입니다.

광인의 오선지

관희와 감상했던 영화를 되새겨봅니다.

파알? 자알? 카알?

책상에 앉아 관희와 관람했던 영화를 재정리하는데 갑자기 중요한 이름 하나가 애매하게 맴돌며 혼란스럽군요.

영화관에 전화를 걸었습니다.

"베토벤의 조카 이름이 뭔가요?"

느닷없는 질문에 저쪽에서 잠시 주춤, 그리고 곧 웃음 그리고

"저는 영화를 안 봤구요. 물어 볼께요."

하는 앳띤 목소리. 그리고 다른 사람에게 던지는 질문과 대꾸가 내 귀에 그대로 전달되었다.

"베토벤 조카 이름이 뭐냐고 묻는데요."

"조카가 아니고 아들이야. 아들."

"그 아들 이름이 뭐지요?"

"카알."

그러던 목소리가 가깝게 다가왔습니다.

"조카가 아니고 아들이랍니다. 아들 이름이 '카알'이래요."

관희가 그저 '친구'라 했던 사람이 떠나갔습니다.

가정이란 울타리를 갖지 않고 독신을 고수하는 관희에게 부담없이 즐거움이 되던 사람이었습니다.

전화를 해도 그만, 안 해도 그만.

혹 전화가 오면 '차나 마실까?' 하던 사이.

그 사람 이름은 케이입니다. 케이.

케이도 혼자였으므로 관희와 서로 적당한 선에서 잘 통했던 것이지요.

그러나 어느 날 그는 결혼을 했고 관희는 눈에 띄게 상심했습니다.

관희 생각에 그가 독신을 탈피할 때는 적어도 자신과 의논 정도는 하리라 여겨졌고, 어쩌면 자신과 결혼하자고 조를 수도 있다고 기대했던 것입니다.

그랬으나 케이는 관희의 생각을 완전히 뒤엎었고 그야말로 배신을 때리고 홀연히 떠나버린 것입니다.

눈치없는 나는 뒤늦게 알았습니다.

관희는 독립심 강한, 의지 의연한 자유주의적 독신녀가 아니라는 것.

절실히 마음에 와 닿는 확실한 대상이 없어서 그냥 그렇게 독신을 고수했을 뿐이라는 것.

그런 그녀와 어느새 정이라는 보이지 않는 사슬로 이어진 케이.

그랬던 케이, 무자비하게 냉정하게 그 사슬 끊고 가 버렸군요.

관희는 혼자의 생활이 추비하지 않을 정도의 경제적 능력이 있었습니다.

일테면 오피스텔. 자동차. 직접 경영하는 명품 가게 그리고 저축이자가 자동이체되어 또 다른 계좌의 적금이 가능한 현금의 여유가 그것입니다.

그러나 관희, 다소 소심했군요. 거기에다 결혼해서 살던 이웃이 만나는 반려자와의 사별 또는 질병. 이혼 등의 나쁜 운명에 몸서리치되 상대적 안도감을 가지기도 했으니 상대의 불행으로 자신의 행복을 가늠하는 진부한 성품을 가졌다고나 할까요.

허나 관희를 나무랄 수 없습니다.

사람들 허다히 타인의 불행에 견주어 제 행복 확인하는 사람의 보편적 심리일 따름입니다.

관희는 하얗고 맑은 피부 美人입니다.

거기에다 씩씩하고 건강하며 결혼외적인 다반사엔 매사 적극적이며 긍정적이지요.

이렇게 매력적인 관희와 영화를 본 것입니다.

영화를 볼 동안 야비하게 떠난 케이 생각을 조금이나마 떨쳐내지 않을까 해서 내가 권한 시간이지만 내가 챙겨 보고싶은 영화이기도 했습니다.

불멸의 사랑

멸하지않는 사랑이 존재한단 말이지? 하며 선택한 영화의 제목입니다.

영상을 통한 베토벤의 음악과 사랑입니다.

1927년 3월 26일. 오스트리아의 빈. 베토벤의 장례행렬이 영화의 시작입니다.

베토벤의 몸이 담긴 검은 관을 에워싸고 옆으로 앞으로 뒤로 그리고 아득히 멀리까지 수만 명의 인파가 빽빽히 밀리고 밀리면서 그의 마지막

길을 애도하고 있습니다.

베토벤은 그렇게 살아있는 사람들의 뜨겁고 안타까운 숨결 속에서 빈의 중앙 묘지에 안장되었습니다. 그러나 그의 죽음은 죽음으로서 단절과 마침이 아니었고, 망각과 소멸이지도 않았습니다.

그의 영혼과 육신은 음악으로 이미 승화되어 있어서 사람들의 가슴 속에 더 생생히 더 맹렬하게 타오르는 불꽃같은 삶이 시작된 것입니다.

장례식이 끝나자말자 베토벤의 막내 동생인 요한과 요한의 아내는 극도로 분노하는군요.

혼자 살다가 혼자 떠난 베토벤의 병고에 찌든 말년을 나름대로 보살펴준 댓가로 그들은 베토벤의 유산이 당연히 자신들의 몫으로 남겨질 것임을 기대했던 것인데 베토벤이 남긴 유언장은 그게 아니었던 것이고. 유언장. 그리고 편지 한 장. 유언장의 내용은 자신의 모든 동산과 부동산을 자신의 '영원한 사랑'에게 준다는 것입니다.

편지는 젊은 베토벤의 마음을 사로잡은 영원한 사랑이라는 얼굴없는 그녀에게 쓴 빛바랜 戀書. 유언장과 편지를 본 안톤 쉰들러. 안톤 쉰들러는 베토벤과 같은 음악인이며, 베토벤의 가장 가까운 벗이며 조언자. 그는 물욕에 사로잡힌 요한의 가족이 없애버리자는 유언장과 편지 앞에서 단호히 베토벤이 남긴 유언장 집행을 선언한 것입니다.

그는 그 유언장 집행을 위해 길을 나섭니다.

그리고 그는 편지 속에서 베토벤의 편지속 절규를 듣습니다.

'내 모든 것. 내 분신. 약속된 장소에서 그대를 만나려고 달려가고 있으나 폭풍우가 마차를 전복시킨 이 절망, 이 슬픔. 이 안타까움이 그대에게 조금이라도 가 닿기 바라며 폭풍우가 그친 즉시 달려갈 것이니 인내하며 기다려 주길 神께 그대에게 빌고 또 빕니다.

편지의 수신처, 호텔. 호텔 마담은 여인과 베토벤을 기억했고 안타깝게 어긋난 두 사람의 궤적도 떠 올립니다. 그리고 호텔 숙박부에 기재된 여인의 싸인을 보여주나 싸인 만으로는 여인의 정체를 파악할 수 없는 쉰들러는 싸인을 챙겨 들고 베토벤의 주변을 맴돌던 여인들을 하나씩 찾아가는 것이죠.

쉰들러가 맨 먼저 만난 여인은 베토벤을 물심양면으로 후원했던 백작의 딸이며 커서는 갈렌버그 백작 부인이 된 줄리아 갈렌버그. 줄리아는 고개를 흔들었지요. 소녀시절 한 때 베토벤을 사랑했고, 베토벤 또한 '월광 소나타'를 줄리아에게 헌정할 만큼 줄리아를 사랑했으나 줄리아는 가난하고 괴팍한 베토벤을 떠나 백작 갈렌버그와 결혼해 버린 겁니다.

쉰들러가 두 번 째 만난 여인은 안나 마리 에르도디.

안나는 쉰들러와도 교분이 두터운 침착하고 지적 아름다움을 가진 미인이나 백작이었던 남편과 헤어진 이혼녀이며 지팡이를 짚고 다니는 절름발이 여인입니다. 그녀가 혼자가 되어 마음이 아주 고통스러울 때 베토벤과 조우하게 되는데, 베토벤 또한 '피아노 협주곡 5번 황제'의 첫연주회 이후 청각의 이상징후에 가장 처참한 고통에 처해있었으니 두 아픔은 절로 가까워집니다. 안나는 어머니 같은 마음으로 조건없는 사랑으로 베토벤을 보호하고 사랑하는데 나는 관객의 입장에서 안나가 베토벤의 진짜 戀人이길 바라기도 합니다. 영상에 표현된 안나는 비록 신체적 결함은 있으되, 가장 순수하고 솔직하고 헌신적이며 言行의 절제도 아름다워서 베토벤의 고백 내 모든 것 내 분신 이란 수식이 그녀에게 가장 적합하며 그 표현이 지나치지 아니하다고 보는 내 견해였으나 안나는 고개를 저었지요. 난 아닙니다. 쉰들러가 내미는 싸인에 대한 반응이었던 것입니다.
하지만 쉰들러에게 실마리 하나 쥐어주는 안나입니다.

'답은 가까이 있을 것인데 아마도 그녀가 이 싸인의 임자일 것입니다.

그때입니다.

옆자리의 관희가 울기 시작하는 것입니다.

실제 관희가 콧물을 훌쩍이며 혼자 숨죽이며 울었던 것이 아니고 그냥
내가 관희가 우네 느낀 것입니다.

느낌이 강렬히 이상해서 허리를 뒤로 빼며 안 보는 척 관희의 옆 얼굴
을 살피니 얼굴이 눈물범벅입니다. 줄줄 흐르는 눈물이 뚝뚝 떨어지는 게
보입니다.

에이. 참!

관희는 영상에서 진행되는 여러 가지 사랑의 형태에 자극을 받은 것이
고 케이를 생각했던 것입니다.

영상에 몰입된 내가 느낌으로 눈치채기 전에 관희는 아마도 아까부터
길게 울고 있었던게 틀림없었습니다.

그냥 두었습니다.

울고 싶으면 울어야지 몸은 영화관에 있으되, 훼손된 마음은 케이에게
가 있는 것. 달리 대책없었습니다.

실컷 울어라!

나는 자세를 고쳐앉고 턱을 고우고 다시금 영화에 집중합니다.

안나가 제공한 실마리. 그 실마리의 끝에 나타난 主人公 앞에서 맥이
풀려 혀를 차게 됩니다.

빌어먹을 운명!

그녀는 베토벤의 첫째 동생 카스퍼의 아내 조안나입니다. 쉰들러가 내민 싸인과 조안나가 그 자리에서 휘갈기는 싸인이 획하나 어긋나지 않고 일치했습니다.

그들은 그렇게 만인의 지탄을 받을만한 불온한 사랑을 했군요.

조안나에겐 아주버니 입장의 베토벤. 베토벤으로선 제수 씨 입장의 조안나.

스토리의 대반전. 베토벤의 '교황곡 5번 운명'처럼 광폭하고 질곡이 심한 베토벤의 삶과 사랑. 서로의 삶에 폐악만 끼친 惡緣. 본능에 충실한 무뇌아 같은 멍청이 조안나. 칼날 같은 감성과 뜨거운 열정이 변질된 시기와 질투에 입만 열면 욕설인 베토벤.

어딜 만져도 베이기만 하는 양날의 칼날 같은 존재가 베토벤에 있어 조안나가 그랬고, 조안나의 삶에 베토벤이 그랬습니다.

조안나는 설명조차 간단합니다. 정조관념이 전혀 없는 헤픈 여자인 것입니다. 남편인 카스퍼가 폐병으로 죽어 아들 하나만 데리고 가난하게 살아가는 평범한 촌부. 그런 그녀는 젊었을 때 베토벤과 사랑을 나누며 베토벤의 아이를 잉태하나 그 당시 생활능력이 존재했던 카스퍼와 결혼하여 베토벤의 아이을 카스퍼의 아이처럼 출산. 막장 드라마를 보여주는 것이지요.

그 아기가 곧 '카알'입니다.

베토벤은 불같이 일어나는 분노와 질투를 견디지 못하고 카스퍼와 조안나가 잠자는 내실까지 쳐들어가 악담을 퍼붓게 됩니다.

피둥피둥 살찐 두 나신이 엉겨있는 방에 무대뽀로 쳐들어가 갖은 저주를 다 퍼붓고 파르르 떠는 작고 초췌하고 광기서린 실연자. 베토벤, 그러나 조안나는 카스퍼와 함께 뻔뻔스럽고 당당합니다. 우린 사랑하므로 함께 있어야해. 그리고 곧 결혼식도 올릴 거야.

베토벤은 경찰서에 조안나를 매춘부로 고발합니다.

그것도 성에 차지 않아 베토벤은 조안나를 공개 석상에서 의도적으로 매도합니다. 매춘부를 보라. 내 동생을 유혹한 여자다.

카스퍼와 조안나의 결혼식장에서 조안나를 비난했던 베토벤은 카스퍼의 장례식장에서도 조안나를 향한 독설은 거침없습니다. 저 천박하고 못된 여자를 보라.

베토벤은 축제의 장소든, 장례식의 장소든 그 자리 그 하객 및 조객의 무리에서 언제나 가장 작고 초라합니다. 보이지 않는 머리속은 천재. 그 보이지 않는 천재성이 담긴 머리통 이하는 단신, 왜소, 열등, 장애. 고연 심뽀까지 전체적으로 함량미달. 수준이하인 그 육신으로 시원하게 품위 있게 잘 빠진 고상하고 아름다운 하객, 조객 사이에서 조안나를 향한 악담과 저주를 좀체 멈추지 않는 것입니다.

내용은 대부분 性적 모독인데 아주 신랄하고 노골적입니다.

베토벤은 그렇게 자신의 사랑을 배신한 조안나를 향한 미움과 증오를 끝내 거두지 못하는 狂的 편집증을 보입니다.

조안나.

그래요 심히 불쾌하고 불쾌한 女子입니다.

시앗을 보면 석불도 돌아앉는다 했거늘!

그 심히 불온한 여자를 평생을 하루같이 끝끝내 비난했으되 종당에 가선 관대히 이해하고 용서하고 애틋하게 수용하며 내 재산 모두를 그녀에게 주어라 할 사람은 베토벤 단 한 사람 뿐일 것 같습니다.

각설.

다시 분노하는 베토벤과 불온한 조안나을 언급해 봅니다.

헤픈 사랑으로 사내들의 입질에 오르내렸고, 자신이 선택한 사랑에 끈기가 없으며 무지하고 무모하며 비천하며 몰염치한 가운데 베토벤을 향한 미움, 증오, 원망만 커 갑니다.

두 개의 추악한 대립은 종내 종지부를 찍지 않는 것이지요.

카스퍼가 죽자 베토벤은 돈으로 매수한 재판을 통해 '창부에게 조카를 맡겨둘 수 없는 백부'의 입장에 승소합니다.

베토벤은 그렇게 빼앗아 온 자신의 아들 카알에게 있는 정성을 다합니다. 카알을 자신과 같은 음악인으로 육성하려는 것인데요. 그러나 카알은 베토벤의 독선과 애집에 환멸을 느껴 자살을 기도하고 미수에 그치기도 합니다.

카알은 자신을 찾아온 쉰들러에게 베토벤의 '베'자도 듣기 싫다며 강한 거부감을 보이며 베토벤과의 어떤 因緣도 거절합니다. 아비도 백부도 아닙니다. 그 자는.

카알은 자신이 되고 싶은 軍人이 되기 위해 사관생도가 되어 있었습니다. 그런 카알의 어머니인 조안나는 쉰들러가 내민 편지를 읽으며 흐르는 눈물을 주체하지 못합니다.

'내 사랑. 내 영원한 사랑, 내 천사, 내 모든 것, 내 분신'으로 시작된 편지에서부터 유언장을 흩어내리며 오열하는 것입니다.

죽음을 앞둔 베토벤. 마지막으로 그녀를 불렀지요.

베토벤이 글을 써서 묻습니다.

"꼭 그래야만 했는가?"

306

조안나 또한 筆談으로 答합니다.

"그래야만 했었어요."

그리고 돌아서는 그녀. 조안나입니다.

그 시간 그 공간 베토벤은 허탈하게 임종게를 남깁니다.

"희극은 끝났다."

나는 베토벤의 임종게에 감동합니다.

희극이랄 수밖에요.

自身의 삶을 매우 잘 응집하고 통찰한 할입니다.

喜劇으로서가 아닌 稀劇으로서 말이지요.

그의 삶은 얼마나 희귀 한가요

1770년. 독일 라인강의 빈에서 出生한 음악의 귀재, 루드비히 반 베토벤은 17살에 어머니를 여의고 주정뱅이 아버지와 두 동생의 실질적 가장이 되었습니다. 이탈리아 빈으로 유학한 시기는 1792년도. 그의 천재성을 아끼는 후원자의 배려에 의해서였죠. 1827년 57살의 나이로 他界할 때까지 그는 줄곧 빈에서 살았습니다. 그를 엄청나게 괴롭힌 귓병은 25살에 시작되어 32살에 이르러서는 완전히 듣지 못하게 됨으로써 그 후의 대화는 筆談으로 가능했습니다.

그는 줄리아와 조안나와의 失戀으로 평생 지옥고를 겪습니다. 그런 그는 국맛 하나라도 시원찮으면 즉각 가정부를 갈아치우는 만용을 부리는데 그런 그가 지속적으로 富를 누린 理由는 그의 재능을 아끼고 보호하고 지원하는 貴族들이 많았던 것입니다.

그러하나 그는 愛情과 愛憎으로 늘 고독하며 고통스럽습니다.

거기에다 청각장애까지 겹쳐 그의 성품은 병적으로 괴팍하게 변합니다.

그러하나 그는 고뇌와 절망을 껴안고 五線紙와 사투를 벌입니다.

그리하여 우리에게 남겨진 것들. 아직 태어나지도 않은 태아들의 귀에도 익숙해 있을, 우리와 너무 친근한 '영웅' '운명' '전원' '합창' 등의 9개 교황곡과 '비창' '월광' '크로이체' 등의 피아노 및 바이올린 소나타 15개. 그리고 17개의 현악 4중주와 7개의 콘체르토와 오페라로 사람을 자극시키고 감동을 주며 전율케하는 것입니다.

그러한 그의 음악이 영상으로 재현되는 그의 삶 부분부분에 적절히 삽입되어 영화의 감동을 배가시켰습니다.

그 위에서 그는 狂人처럼 울부짖고, 격렬하게 사랑하고, 참담히 암울해지는 것이었고 마침내 숨을 거두는군요.

음악이 존재하는한 시공을 초월해 살아 있을 그.

숙연한 갈채를 받을 것입니다.

베토벤으로 변신한 배우 게리 울드만의 매력이 상당합니다.

관희도 그 사이 울음을 그치고 울었다는 표시를 지우려고 화장까지 고친 후 시치미 뚝 떼고 말합니다.

'배우는 타고나지'

피어서 지는 날까지 한순간에도 미소를 지우지 않는다 송호

글 속의
문인을 찾아서

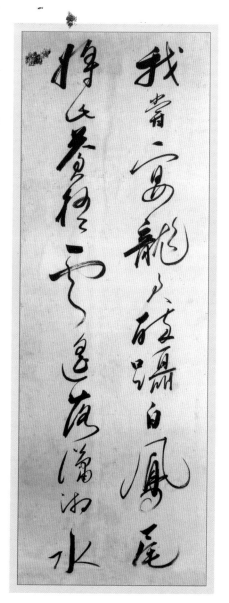

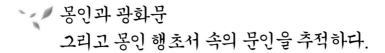

몽인과 광화문
그리고 몽인 행초서 속의 문인을 추적하다.

삶이 지루하면 바람없이 비오는 날 비행기를 타보라 권한다.

예매는 필수다.

비행기 날개가 허공을 가리지 않는 창 쪽 좌석을 확보해야 짧은 시간이나마 하늘 여행의 보람이 크지만, 안 쪽 좌석은 불편하고 답답하니 그럴 바엔 기차가 좋다.

검은 먹구름을 뚫고 하늘에 오르면 눈부신 흰 구름의 용틀임 위로 붉은 태양은 무시무종의 푸른 허공에 저 혼자 빛난다.

눈 아래 흰 구름바다의 신비경에 나는 무아지경에 이른다. 그리하여 저 아래 좁은 땅에서 일어나는 티끌보다 작아 아예 보이지도 않는 뭇 사람의 내 것이다. 네 것이다 물욕에 휘둘리는 사람의 욕망과 허욕의 부질없음을 절감하며 나를 비우는 시간이 되는 것이다.

45분, 나는 티 테이블에 턱 고우고 차 한 잔 천천히 마시며 김해에서 김포까지 눈 시리도록 구름바다 푸른 허공에 눈 박고 흐르다 그 시선 아쉽게 거두고 거미줄처럼 복잡하게 얼킨 지상으로 진입한다.

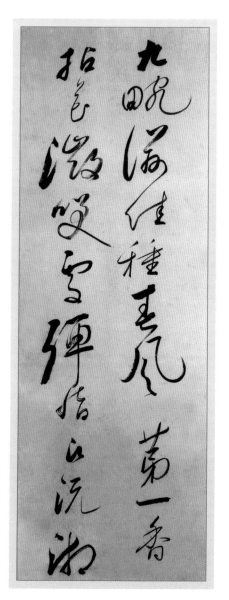

여의도 kbs 본관 제2스튜디오에서 '쇼 진품명품' 녹화가 있었다.

큰방 또는 작은 방 그리고 서재의 한 모서리에 길게 펼쳐져 있던 몽인 정학교의 괴석난죽도 10폭 병풍. 몽인 정학교의 문인화는 이미 방송국에 맡겨져 있다.

고서화 감정인은 내가 보여준 몽인의 작품을 보자말자 진품이라 장담했고, 공영방송을 통해 재검증을 거치자는 의견에 내가 동의한 것이다.

정학교, 丁學敎, 정확교, 丁鶴喬, 이름조차 분분한 그이의 본관은 나주羅州, 일명은 학교鶴喬, 자는 화경化景·花鏡 호는 향수香壽·몽인夢人·몽중몽인夢中夢人, 벼슬은 강화도령 철종대왕시대 종4품인 군수를 지냈다.

그는 1832년에 태어나 82수를 누리고 1914년 고종임금시대 적멸에 들었는데 나는 그의 아호가 말해 주듯 존재의 실상을 무심으로 바라보는 그의 반야, 초월지에 사뭇 경건해지기까지 하는 것이다.

그의 아호 몽인 몽중몽인 즉, 꿈의 사람 꿈속에서 꿈을 꾸는 사람.

몽인 정학교.

정학교의 아호 몽인은 흡사 꿈 잘 꾸는 나를 지금 이 시대 시절인연으로 만나기 위한 초석처럼 보인다.

그의 글씨는 전篆·예隸·행行·초草에 모두 능했으며, 그림은 주로 죽석도竹石圖·괴석도怪石圖 등 문인화가들이 즐겨 그린 화목畵目을 많이 그렸는데, 담백하면서도 섬세한 필치로 바위의 특성을 예리하게 포착, 비수처럼 날카롭게 묘사하고 있다.

유작으로 청수상의죽석도淸壽相倚竹石圖, 기암고용도奇巖孤聳외

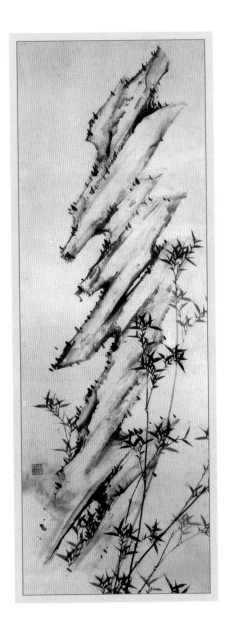

에도 죽석도, 괴석도 등이 전해지고 있다는데 그 중 한 점이 내 집안의 제사병풍으로 사용되었다가 말았다가 별 시선을 끌지 못한 채 먼지가 뿌옇게 내려앉은 채 방치되고 있는 있는 바, 우선 글과 그림을 따로 떼내어 병풍을 새롭게 제작했다.

질좋은 죽절과 비단으로 새롭게 태어난 몽인의 작품은 감상하기 좋았고 와닿는 느낌부터 달랐다.

나는 때때로 병풍 속 글씨와 그림을 펼쳐놓고 확대경을 비춰가며 두 인과 낙관을 읽어내고 일필휘지한 행초서체 속의 정학교도 발췌하며 그 내용이 퍽 궁금했던 것이다.

우리 집에는 이처럼 내가 거울처럼 노상 보고 감상하고 궁금해한 몽인의 괴석난죽도 외에 우향 임경수의 신선도와 연대 작가 미상의 일출송학도가 있었는 데 몽인의 괴석난죽도가 단연 백미였다.

이로 말미암아 다른 사람의 문인화 및 서예작품에 대한 감동이 거의 없었는 데 내가 보고 즐기는 앞서 언급한 일련의 작품에 내 눈높이가 고정되어 나도 모르는 사이에 서화를 즐기는 감성과 감각의 깊이와 폭을 넓히는 안목이 닫혀버린 느낌도 없지 않다.

그렇게 내 안목에 콩깍지를 씌운 그의 그림과 글씨 우리 집 묵객, 경재 선생이나, 무변 법사나 돈재 선생이나 내 가까운 지우들 서예학원을 열고 있는 상림이나 운정이 그이들이 그냥 바라만 보아도 좋다고 칭찬하던 그 몽인의 작품을 공중파를 통해 공개해 보기로 마음먹었던 것이다.

그리고 우선 녹화 진행을 서술하기 전, 다소 낯선 옛사람 몽인에 대한 독자의 이해를 돕고자 몽인에 얽힌 광화문 애기를 먼저 짚고 넘어

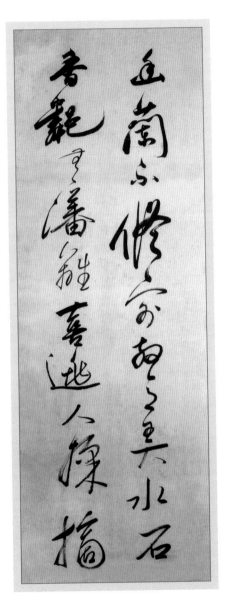

가고자 한다.

광화문은 조선왕조 정궁인 경복궁의 정문으로서 1395년 태조 4년 9월에 창건되어 조선초기 문신 정도전에 의해 사정문四正門으로 명명되었으나 세종 8년에 지금의 광화문으로 이름이 바뀌었는데 현판의 글씨를 쓴 인물은 알려져 있지 않다.

경복궁의 이름은 시경 君子萬年介爾景福 군자만년개이경복에서 따 온 말로 임금의 복을 돕고 빈다는 의미를 담았고 광화는 빛이 사방에 비친다는 의미로 임금의 덕이 높으면 그 은혜가 초목까지 이른다는 깊은 의미를 담았다고 정도전의 충성과 지성의 결정체인 三峰集 삼봉집에 나타나 있다. 삼봉은 정도전의 아호.

경복궁은 임진왜란 때 궁궐을 버리고 의주로 피난해 버린 선조임금에 대한 실망과 분노로 백성들에 의해 소실된 이후 흥선대원군에 의해 중건되었다가 일제시대 총독부 건설에 의해 동편으로 이전되었고, 이마저 6.25 한국전쟁 때 다시 초토화된 것을 1969년 2월 박정희 집권시 다시금 중건한 것이다.

2006년 1월 대전에 소재한 문화재청은 경복궁 정문인 광화문 원형 복원을 결정하고 광화문의 편액을 내리게 되었다. 그때 문화재청장 유홍준은 예상 이상의 반대 여론에 부딪혀 엄청난 오해와 비난에 휘둘리게 되었는데 현 노무현 정부의 박정희 지우기에 편승했다는 이유였다. 그러나 우리 역사의 산물이며 숨결인 문화재 복원은 순수지향의 문화재 복원으로 바라볼 따름이지 정치적 시선과 논란은 비켜가는 게 옳지 싶다.

그렇게 내려지고 중앙 고궁 박물관으로 옮겨진 편액은 박정희 전 대

통령이 1968년에 광화문을 중건하며 손수 쓰고 걸게 된 이른바 사령관체의 친필 한글 광화문.

사령관체란 박 전 대통령의 측근들이 그를 향한 애정과 우호의 덕담을 담아 글이 풍기는 강직함과 호방함을 일컬었는데 신 선생의 어깨동무체나 박 선생의 바람체 같은 것이다.

이러한 우여곡절 끝에 다시금 복원될 광화문의 편액은 뜬금없이 정조의 비문 탁본에서 한 글자씩 뽑아서 집자해 광화문 현판을 복원하자는 의견도 일부 제시되는데 그 이유는 역대 제왕의 글씨 중 정조대왕의 글씨가 으뜸이라는 문화재청 유홍준 청장의 부언설명이 뒤따랐기 때문이지만 그저 여러 의견 중 하나일 따름 그런 와중에 아주 뜻밖의 자료가 세상에 얼굴을 내밀었다.

2006년 광화문을 해체하는 과정과 자료수집 중 '경복궁 영건일지' 속의 새로운 기록이 세인의 눈에 띈 것이다.

영건일지'에는 임태영이 '광화문 현판 서사관書寫官'으로 명시되어 있었다. 서사관이란 글씨를 쓰는 임시직을 뜻한다. 임태영이란 그의 이름은 '함원전' '천추전' '영추문' 등 주요 전각 현판을 쓴 다른 서사관 이름들과 함께 적혀있었다.

임태영은 본관이 풍천으로 좌우 포도대장, 어영대장 등을 지낸 고위급 무관이며, 경복궁 중건 때 공사 감독기구인 영건도감의 제조를 겸직했다고 기록되어 있었던 것이다. 그런데 이런 진실 이전에 광화문 편액은 어떤 연유로 몽인. 정학교의 글씨로 회자되고 기록되었을까? 이유는 다음과 같다.

1865년과 1867년 조선 후기. 임진왜란으로 소실된 경복궁 중건

당시의 일이다. 홍선 대원군에게 아랫사람이 '복권된 경복궁의 현판을 쓰시라 권했을 때 대원군이 "나보다 정학교가 잘 쓰니 그에게 부탁해라"는 추천이 회자되고 기록되어 거의 정설로 굳어져버린 것이고, 근대기 서화가인 위창 오세창의 1864-1953 고금 서화가들의 일대기와 작품 품평을 기록한 '근역서화징'에서도 위의 일화가 기록되어 여러 관계자들이 발췌 인용한 탓이지만 2006년 이후 '경복궁 영건일지' 이후 학계에서도 정학교보다 후대에 태어난 오세창이 잘못 기록했을 공산이 크다"는 오류를 조심스럽게 지적하고 있는 것이다.

문화재청의 새로운 발견문서인 '영건일지'는 '공식기록;인 만큼 서사관 임태영이란 기록이 틀릴 가능성이 거의 없으니 영건일지를 바탕으로 그 신빙성을 높여 광화문 현판 원작자를 문인 정학교에서 무인 임태영으로 바뀌어야 마땅하다는 해석이 지배적이다.

또한 고문서 연구자 김영복 선생도 경복궁 중건 시기가 1865-1867년이므로 몽인의 그대 나이 30대 초반인데 그런 대작 현판을 썼을 가능성은 크지 않다"며 "영건일지의 기록이 신빙성이 높아 광화문 현판 원작자에 대한 통설은 바뀌어야할 것으로 보인다"는 언급이다.

그러므로 2007년 7월 현싯점에 조성될 광화문 편액은 사진자료를 기초한 디지탈 작업을 통해 서사관 임태영의 글씨로 복원될 개연성이 아주 높아진 것이다.

각설.

여의도 kbs 본관, 신분증을 제시하고 출입증을 받았다. 약속된 시간에 출연진들이 다 모였다. 진행자 왕종근 아나운서, 감정계의 공인

320

된 지존, 진동만 선생과 김영복 선생, 연예인 감정단으로 선정되어 즐거움을 더해 주는 영화배우 김청, 그리고 개그맨 장용과 배동성과 함께 몽인의 작품 '괴석난죽도'는 집중 조명을 받기 시작했다.

왕종근 아나운서가 나의 집에 이 작품이 소장된 연유를 물었다.

나의 대답은 '관심'의 문제라 했다. 집 한 켠 구석진 곳에 좀이 슬고 찢어진 채 방치된 물건을 그냥 버리면 쓰레기, 거두고 귀하게 대접하면 그게 곧 보물이지 않겠는가 하는, 나는 길을 걷다가도 눈에 띄는 글과 그림에 보이면 걸음을 멈추고 일단 유심히 살펴보고 지나가는 버릇이 있는 데 하물며 집안의 작품이야 오죽하겠는가.

그 누구든 낡고 빛바랜 글과 그림을 예사롭게 보았고 이 작품을 해석하고 추적할 생각은 애당초 없었던 것이지만 나는 내 앞에 놓인 글과 그림을 비록 낡고 퇴색했으되 낙관을 살피고 글쓴이를 검색하며 화제를 풀고자 했으며 관심으로 챙기고 연대와 작가를 추적하는 나만의 즐거움을 누린 결과인 것이다.

김영복 선생이 몽인의 글씨를 논했다.

"오늘 보는 작품은 행서초서로만 썼지만, 몽인은 모든 서체에 능한 분이셨지요. 그분의 초창기 서풍은 처음 어떤 누군가의 영향을 반드시 받았겠지만 점차 아주 독특한 자신만의 화풍과 서체를 구축해나간 분이고 글의 내용은 漢詩로 지은이는 알 수 없으며 한시의 배경은 중국으로 추정되는데 문장의 흐름과 멋, 정취가 빼어나다 볼 수 있습니다." 라고 피력했다.

하지만 나는 중국어를 배우며 인연이 된 중국인 교수 탠청화 님의 힘을 빌어 병풍에 옮겨진 한시의 작가와 연보를 가까스로 찾아내기도 했던 것인데 바로 元 · 傅若金 원나라 부약금 淸 傅山 명,청나라 부산 元 ·吳师道, 원나라 오사도 元 · 王逢 원나라 왕봉이다.

그리고 고서화 감정 40년의 이력을 가진 진동만 선생은 몽인의 그림을 두루 지적하며 성실히 감정했다.

"몽인은 괴암괴석을 잘 그리기로 유명한 분입니다. 그의 그림에는 괴암괴석이 빠지는 경우는 거의 드뭅니다. 그는 자신의 그림에 전혀 기교를 부리지 않고 짧은 붓질로 쭉쭉 뻗어 올려 절제된 분위기, 강직한 느낌 그리고 속도감이 느껴지게 하는데 오늘 이 작품 또한 그의 친필 진품으로 책을 쌓아 놓은 듯한 괴석과 그 사이사이 조화를 이룬 대나무를 뛰어나게 잘 그렸습니다."

또한, 진동만 선생은 그때 당시 몽인과 더불어 문장과 필력을 높이 평가 받았던 허련 소치의 괴석도 두 점을 복사한 자료를 미리 준비해서 몽인의 괴석도와 비교, 시청자들의 안목과 상식을 더 높여 주었고, 몽인진품 고서화의 가치에 따른 본값을 상당히 높이 책정해 주셨다.

하지만 나는 내 집 내 서재에 놓인 몽인의 귀한 작품을 대충 그 정도만 알고 넘어가는 것은 작품 소장에 대한, 아버님이 남기신 유품에 대한 후손의 무지가 부끄럽고 예의에 결여된 느낌 없잖아서 지렁이 같은 초서 및 행서를 내나름의 노력을 통해 예서로 옮겨 풀었고 탠청화 님을 초청해서 작품을 보여주었고 e메일 및 미팅을 통해 정확한 음을 달았으며 한시의 작가도 추적해서 알아냈으니 다음과 같다.

墨石枯木
元 · 傅若金

322

人传月中树，恐是山河影。
片石补天余，参差碧云冷。

墨石枯木 묵석고목

元 · 傅若金　**원** 부약금 1303~1342

부약금은 원나라 순제 3년에 안남에서 관리로 지내며 풍류를 즐긴 문인이다 .

人传月中树，恐是山河影。
인전월중수　공시산하영
片石补天余，参差碧云冷。
편석보천여　삼치벽운랭

사람들은 달에 사는 나무로 알고 있지만 산과 바다의 그림자가 아닐까.

조각돌로 터진 하늘 기우고 나니 성기성기 푸른 구름 차갑게 걸려 있네.

부약금의 묵석고목은 시종일관 웃음이 많은 개그맨 배동성이 읊었는 데 그는 음성은 맑고 우렁찼다.

题自画兰与枫仲
明清 · 傅山
幽德不修容，放意弄水石

香怜无藩篱，喜逃人采摘。
九畹滋佳種，春風第一香
拈花微笑處，彈指卽沉湘

제자화란여풍중
明清 · 傅山 명청 · 부산1607~1684
부산은 명나라후기 산서성 태원사람이었고사상가, 서예가, 문학가,
의사, 고 청나라 강희황제 때 후일, 낙향했을 때 청나라 강희황제가 나
라에서 그를 다시 기용했으니 거절했다.

幽德不修容，放意弄水石
유덕부수용　방의롱수석
香怜无藩篱，喜逃人采摘
향련무반리　희도인채적

깊은 계곡 난초는 얼굴 꾸미지 않고 제 마음 가는대로 수석을 희롱
하네. 향기 옆에는 울타리가 없어 사람이 캐 가는 것을 스스로 피하고.

제자화란여풍중 1은 서예에 능숙한 솜씨를 가진 영화배우 김청이
김영복 선생의 도움을 받아 싯귀 첫 소절을 낭랑하게 읊었다.

九畹滋佳種，春風第一香
구원자가중　춘풍제일향

324

拈花微笑處,　彈指卽沅湘

염화미소처　탄지즉원상

넓은 언덕에 난초를 심었더니 봄날 제일가는 향기가 일어난다.

꽃 들고 웃으며 손가락으로 한 곳 짚으면 그곳에 급히 강물이 흐르고.

제자화란여풍중 2는 근육질의 개그맨 장용이 읊었는 데 그의 목소리는 힘차면서도 나직하니 매우 진지했다.

小石竹图

元 · 吴师道

千亩荫渭川,　万仞峨华嵩。

两竿卷石间,　萧萧亦清风。

小石竹图

소석죽도

元 · 吴师道 원. 오사도 1283~1344

원나라 오사도는 역학을 연구했으며 아주 청렴한 선비로 명성이 자자했으며 나라박사로 회자될 정도로 박학다식했다.

千亩荫渭川,　万仞峨华嵩。

천묘음위천　만인아화숭

两竿卷石间,　萧萧亦清风

량간권석간　소소역청풍

천도의 위화감이비호하고 만인의 화산 숭산이 장엄하고, 두 그루 대나무 사이 쏴아쏴아 맑은 소리 지나가고

題瞿睿夫钩勒行

元 · 王逢

我尝宴龙君, 醉蹑白凤尾.

将此苍梧云, 遥落潇湘水

題瞿睿夫钩勒行
제구예부구륵행

元 · 王逢　원 · 왕봉 1319~1388

원나라 왕봉은 강소성 사람이고 어릴적부터 시문에 능한 문인이다.

我尝宴龙君, 醉蹑白凤尾.

아상연룡군　취섭백봉미

将此苍梧云, 遥落潇湘水.

장차창오운　요락소상수

내가 용궁과 잔치를 했는데 술에 취해 하얀봉황의 꼬리를 밟았네
창오운이 말하길 장차 깊고 맑은 물에 빠져 죽겠소

"이렇게 좋은 작품을 보여 주셔서 너무 감사합니다."
여러 출연진과 작은 몸매와 고운 얼굴을 가진 배우 김청의 맑은 목

소리 귓전에 걸고, 내 삶 이전 175년전의 풍류객, 꿈속의 사람 夢人의 숨결과 재취를 가슴에 품고 돌아오는 길 다시금 하늘길, 아득히 끝없이 깔린 흰구름 바라보는 내 가슴이 뿌듯하고.

휴정, 서산 대사의 삼몽시가 절로 떠올랐다.

主人夢說客 주인몽설객
客夢說主人 객몽설주인
今說二夢客 금설이몽객
亦是夢中人 역시몽중인

주인은 제 꿈을 손님에게 말하고
손님도 제 꿈을 주인에게 말하니
이제 두 꿈을 말하는 저 나그네
그도 또한 꿈속의 사람이다.

인연에 의해 마주한 夢中夢人의 필취와 서정을 공개하고 돌아오는 꿈결 같은 그 시간, 휴정의 삼몽시가 가슴을 치네

사람의 인연이란게 이렇게 묘하다.

몽생몽사랄 만큼 꿈 잘 꾸는 내가 이렇게 시대를 초월해 스스로 몽인의 멋진 필체, 다소 난해한 초서를 예서로 옮기고 음을 달았으며 몽인의 글월을 추적해서 방송국 진품명품 감정단도 '작가미상'이라 했던 한시의 작가도 모두 찾아내었고 그 작가들의 연보까지 추적, 밝혀낸 일은 내 스스로 대견하다.

그리고 모든 일에 앞서, 자부에게 이처럼 큰 공부거리를 주신 李 圭
자萬자 아버님께 엎디어 큰 절 올립니다.

그러나 이리저리 고문과 서예와 한시에 능한 자의 도움을 받았으되
허접한 짜깁기 정도에 지나지 않을 수도 있습니다. 위의 서문에 눈 밝
은 분이 혹여 발견한 오류가 있으면 꼭 연락 주십시오.

2014년 5월 7일 수요일 姜秋愛

우화
개미의 꿈

개미의 꿈

이리 꼬불, 저리 꼬불, 꼬불꼬불 좁은길의 끝, 깊은 땅 속 개미동굴의 노랑색 대문에 알림판이 걸렸습니다.

거기에는 '출입금지'라고 라고 쓰여져 있었습니다.

대문을 지키고 선 병정개미의 날카로운 두 눈은 어떤 침입지도 용시힐 수 없다는 사명감으로 무섭게 빛나고 있었습니다. 출입이 금지된 동굴 속. 그곳 아늑한 곳에는 몸집이 크고 아름다운 여왕개미가 구슬같은 땀을 흘리며, 너무 많아서 헤아리기조차 성가신 알들을 주의깊게 지켜보고 있었습니다.

"애들아, 빨리 나오너라."

여왕개미의 마음은 조마조마 조급했지만 덥고 지루한 그 시간을 잘 견디어 내고 있었습니다. 이윽고 여기저기서 작고 하얀 알들이 스스로 꿈틀거렸고 금이 갔으며 그 속에서 하얀 개미새끼가 꼬물꼬물 기어 나오기 시작했습니다. 신기하고 놀라운 광경이었습니다.

한 마리, 두 마리, 세 마리…… 새끼개미들은 실날같은 다리를 떨며 여왕개미에게 엉겨붙었습니다. 그동안 새끼들의 하얀 몸은 까맣게 변했습니다. 여왕개미는 엎치락덮치락 다투어 달라붙는 그들의 머리며 이마며 어깨를 부드럽고 재빠른 손길로 어루만져 주며 감격했습니다.

"모두 튼튼하고 귀엽구나. 내 너희들에게 제각기 어울리는 이름을 지어 주고 싶지만……"

그녀는 한숨을 푸욱 쉬었습니다. 저렇게 셀 수도 없을만큼 무수히 깨어나는 새끼들에게 제각기의 이름을 지어 준다는 것은 있을 수 없는 일이었습니다. 그 일은 엄청나게 복잡한 일거리였고 또 제대로 기억도 안 되는 어려움이 있었습니다. 그래서 여왕개미는 가장 늦게 깨어나 그녀에게 걱정을 가장 많이 끼친 막내에게만 이름을 지어 주기로 마음 먹었습니다.

여왕 개미의 고민 끝에 막내의 이름이 정해졌습니다.

막치.

막치라고 이름이 붙여진 막내개미는 처음 디뎌보는 흙 위에서 떨고 비틀거리다 간신히 버티고 섰습니다.

"막치!"

여왕개미는 막치를 불러 놓고 즐겁게 웃었습니다. 여왕개미의 유쾌한 웃음소리를 들으며 걸음마를 익히는 새끼개미들은 이름을 가진 막치를 부러워했습니다. 막치의 슬픔은 여름날 아침, 초록색 난 잎사귀에 맺혀있는 맑은 이슬방울을 본 후부터였습니다. 처음엔 그가, 주변의 다른 누구인 줄 알고 까닥 목인사를 건넸지요.

"안녕."

그러나 이슬방울 속에서 인사하고 웃고 찡그리며 짝짝 손뼉치는 그의 모든 행동을 어김없이 정확하게 따라하는 그가 곧 막치 자신이라는 사실을 깨달았을 때는 높은산 어깨에 앉은 해님이 따뜻한 햇살을 내리쏘아 이슬방울을 녹여버린 뒤였습니다. 막치는 고개를 흔들었습니다. 제발, 이슬 속의 그가 제발 제모습이 아니기를 원했지만 어찌할 수 없이 확실한 자기 자신의 모습에 막치는 실망했던 것입니다. 온통 까맣고, 그것을 바라보는 반들거리는 두 눈, 뾰족한 입, 거기에다 더욱 기막힌 일은 두 개의 다른 길쭉한 동그라미를 빌려다 붙여놓은 듯한 허리와, 그것을 고인돌처럼 가로로 받치고 있는 가엾도록 볼품없는 가느다란 두 다리였습니다. 막치는 기분이 상해서 안고 뒹굴던 참외씨 한 알을 내동댕이치고 풀섶에 누워버렸습니다.

하늘 가운데 흰구름이 한가로이 놀고 있습니다. 아카시아숲 사이로 노란 나비떼가 지나갑니다. 칡넝쿨 사이에 비단거물을 짜놓고 유유히 거니는 거미가 보입니다. 패랭이꽃 그늘에선 녹두색 여치가 졸고 있었으며, 산새는 포롱포롱 종종 나뭇가지 사이에서 넓이뛰기를 합니다. 두 눈부신 제각기의 몸매로 근사하고 행복하게 보입니다.

"나만 이 모양이야."

막치는 솟구치는 분노와 슬픔 때문에 돌아누웠습니다.

"난, 바보였어. 내 꼴도 모른 채, 오직 여왕님을 위해서 밤낮없이 땅을 파고 먹이만 날랐어."

막치의 작은 가슴은 울분으로 뜨거워졌습니다.

"이젠, 그 비좁고 칙칙하고 어두운 동굴로 돌아가지 않을 테야. 그런 곳에 살아서 내 꼴이 이렇게 된 거야. 난, 지금부터 향기로운 숲에서 신나게 자유롭게 살아갈 거야."

새로운 각오와 부푼 희망은 막치를 벌떡 일으켜 세웠고, 막치는 바쁘게 풀섶을 빠져 나왔습니다.

막치가 없어진 것을 안 여왕개미는 동굴 속의 병정개미와 일개미를 모두 모아놓고 말했습니다.

"막치가 보이지 않는구나. 막치가 길을 잃어 버리 지는 않았을 것이니 사고가 틀림없다. 우리 모두 힘과 지혜를 모아서 우리들의 막내를 꼭 찾아야 한다. 착하고 부지런한 그애가 낯선 곳에서 고생하고 있을 걸 생각하니 마음이 너무 아프다. 그러니 빨리 막치를 찾아 오너라."

"네!"

일개미와 병정개미들의 우렁찬 대답이 여왕개미의 불안한 마음을 조금 가라 앉혔습니다.

개미들은 줄줄이 떼를 지어 동굴 밖으로 빠져나갔습니다.

막치는 하마터면 기절할 뻔했습니다. 그것은 말로만 듣던 꽃뱀이었습니다. 막치의 티끌만한 몸에 비하면 무지무지하게 굵고 길었으며, 기름을 바른 듯 반질거렸습니다. 막치의 앞을 지나 가는 그는 또 어름처럼 차가왔으며,산딸기 밭에서 또아리를 튼채로 숨어 있다가 지나가는 청개구리 한 마리를 냉큼 집어 삼키는 것이었습니다.

"무서워라."

소름이 끼치는, 참으로 무섭고 끔찍한 일이었습니다. 마침 안개가 뿌옇게 끼어 있어서 퍽 다행이었습니다. 여차했으면 청개구리마냥 꽃뱀의 뱃속으로 들어가 버렸을 지도 모릅니다. 그런 무시무시한 꽃뱀의 눈을 피해서 살금살금 뒷걸음을 치던 막치는 돌뿌리에 걸려 그만 낭떠러지로 굴러 떨어지고 말았습니다.

"아악!"

막치는 비명을 질렀습니다.

"아이구, 아파라!"

숨쉬기조차 힘들었습니다.

"하지만 꽃뱀에게 먹히는 것보다는 아픈 게 낫다."

막치가 시퍼렇게 멍든 다리와 어깨를 주무르며 끙끙대고 있는데 멀리서 노랫소리가 들려왔습니다. 막치는 꿈결같이 아련한 노랫소리와 가까워지기 위해 아픈 다리를 절뚝절뚝 힘겹게 옮겼습니다. 노랫소리는 쇠뜨기숲에서 들려 오고 있었고 쓰르라미 자매의 합창이었습니다. 맑아서 듣기 좋은 긴 노래가 끝났을 때 막치는 박수를 치며 칭찬을 아끼지 않았습니다.

"훌륭해요. 대단해요. 정말 잘 했어요."

"뭘요. 우린 그냥 심심해서 노래나 불렀던 것이지요."

날개가 길쭉한 쓰러라미가 수줍게 웃으며 말했고,

"당신도 불러 봐요."

작은 얼굴에 보조개가 패인 쓰르라미는 다짜고짜 막치의 노래를 청했습니다.

"전, 노래를 못 해요."

"어머, 그렇군요. 가엾어라. 이처럼 즐거운 노래를 못하다니. 그대신 일은 잘 하시지요?"

길쭉한 날개는 다정하게 위로하며 덧붙였습니다.

"일은 용기와 끈기가 필요하지요. 그만큼 보람도 클 것입니다."

"아니예요."

막치는 도리질을 하며 빠르게 말을 이었습니다.

"일은 피곤하고, 짜증나고, 땀냄새가 납니다."

막치는 우울한 얼굴로 돌아섰습니다. 가느다란 두 다리를 절뚝이며 쇠뜨기숲을 빠져 나가는 막치에게 쓰르라미 자매는 손을 흔들며 배웅했습니다. 막치는 배가 고팠습니다. 세상에 태어나서 이렇게 허기져 보기는 처음이었습니다. 무엇이든 먹어야지하며 눈을 부릅뜨고 먹이를 찾아 헤매는 막치의 발 끝에 빵조각이 채였습니다. 그것은 오늘 한낮에 산동네 아이들이 꼴베러 왔다가 먹고 흘린 마른빵 부스러기였습니다. 막치는 허겁지겁 빵조각을 뜯어 먹었습니다. 어찌나 급히 먹었던지 빵이 목에 걸린 막치는 캑캑! 사례까지 들어서 숨통이 막히는 줄 알았습니다. 향나무 아래의 옹달샘물이 그리도 달고 시원한 지를 막치는 오늘 처음 깨달았습니다.

몹시 지쳤고, 배도 불러 나른해진 막치가 바위 아래서 잠이 들었는 데, 꿈 속의 막치는 붕붕 벌처럼 마음대로 하늘을 날아 다니고 있었습니다.

꿈에서 깨어났을 때 사방은 캄캄한 밤이었습니다. 막치는 검은 나무 숲에서 움직이는 별 하나를 보았습니다. 막치는 놀랍게 그것을 지켜 보았는 데, 별은 막치의 곁으로 가깝게 다가왔습니다.

"아, 별님! 별님은 날아 다니기까지 하는 군요. 그 말로만 들었던 별똥 별이신가요?"

막치가 벅찬 기쁨으로 외쳤을 때!

별은 호호웃음을 터뜨리며 대꾸했습니다.

"아니예요. 제가 무슨 별이겠어요. 전, 반디랍니다."

반디는 상냥하게 대꾸하며 꽁무니의 푸른별을 움직여 더 반짝거리게 했습니다.

"어쨌든 놀라워요. 전, 별이란 하늘 천정에만 박혀있는 줄 아니까요."

"웬걸요. 어디, 별에 비기겠어요?"

그러나 막치는 벌린 입을 다물 줄 몰랐고, 그런 막치 위를 자랑스럽게 맴돌던 반디는

"안녕, 저 조금 바쁘거든요. 갈대 숲 사이에서 친구랑 만나기로 했어요."

반디는 인사말을 남기고 멀리 사라졌습니다.

반디가 사라진 쪽을 멍하니 바라보고 있던 막치는 다시금 북바쳐 오르는 슬픔을 견디지 못 하고 무릎에 얼굴을 파묻고 흐느꼈습니다.

"역시 난, 아무 것도 아니야. 없는 것만 못해."

막치의 슬픈 흐느낌은 오이풀 밑에서 곤히 잠자던 무당벌레를 깨웠습니다.

"시끄러워. 개미새끼가 밤중에 왜 그래?"

단잠을 설친 무당벌레는 꽤나 투덜댔습니다. 하지만 막치는 그에게 매달렸습니다.

"가르쳐 주세요. 반디는 어째서 저토록 빛나는 별을 달 수 있는 지요. 저는 그런 별을 달 수 없을까요?. 저도 별을 달고 싶어요."

무당은 졸리운 눈을 껌벅거리며 설레설레 고개를 저었습니다.

"아마 그렇게는 안 될 거야. 죄다 태어난 대로, 생겨먹은 대로 살아가니까 말이지."

이렇게 말한 무당은 아옹! 하품까지 하며 오이풀 밑으로 들어 가다말고 막치를 뒤돌아보며 선심쓰듯 내뱉었습니다.

"혹시나 모르지. 올챙이가 개구리가 되고, 배추벌레가 호랑나비가 되

듯, 너에게도 등불이 달릴 지 누가 아니?"

빈정거리며 내뱉는 무당의 말에 막치는 분통을 터뜨렸습니다.

"그런 말은 저도 하겠어요. 저도 새까만 개미 이전엔 하얀 개미였고, 하얀개미 이전엔 하얀 알맹이었어요."

막치는 바락바락 소리를 내질렀고, 무당벌레는 빠른 몸짓으로 오이풀 아래로 쏘옥 들어 가 버렸습니다.

막치는 풀섶에 엎드린 채 울부짖었습니다.

"싫어요. 이 시커먼 껍데기. 허리, 눈, 다리, 다 싫어요!"

웅덩이에 비친 달그림자를 즐기던 풍뎅이가 막치를 딱하게 여겼습니다.

"날이 밝으면 연못에 나가서 한 번 씻어봐. 물은 꽃가루도 씻어 주고, 흙탕물도 씻어 주고, 꽃물도 빼 주니까."

풍뎅이는 막치가 여태까지 만난 어떤 누구보다도 친절해서 막치는 울음을 거두고 그의 말을 따랐습니다.

동쪽하늘이 밝아지자 막치는 서둘러 연못가에 갔던 것입니다. 풀잎 하나를 따서 물에 적신 막치는 정성껏 몸을 씻기 시작했습니다. 그 모양을 보고 수련 잎사귀 위에서 놀던 소금쟁이가 말을 걸었습니다.

"잔치에 가나요?"

"아니예요. 내 몸에 물든 이 검은색을 씻어 없애려고 해요."

"아, 그렇군요. 저도 본 적 있어요. 물은 초록색 이끼도 만들지만 그 이끼를 금새 벗겨내기도 했어요."

소금쟁이의 말은 막치에게 희망을 불어 넣어 손놀림을 더 빠르게 했습니다. 그런 막치를 물끄러미 구경하던 소금쟁이는

"그럼, 열심히 잘 해 보세요,"

격려를 던지고 폴짝 물장구를 치며 수련줄기 사이를 시원하게 헤엄쳐 나갔습니다.

한나절은 참 빨리 지나갔습니다. 막치의 몸은 씻고 닦아낼수록 더더욱 까맣게 반들거렸습니다. 거기에다 종일내내 손질한 탓으로 온몸이 뜨겁게 달아 올랐습니다. 지쳐버린 막치는 풀잎을 찢으며 소리쳤습니다.

"안 돼, 도무지 안 돼!"

실망과 슬픔 속에 밤을 지샌 막치가 피곤한 몸을 이끌고 무작정 앞만 보고 걷던 걸음을 멈추었습니다.

정확하고 분주한 움직임. 검은띠의 행렬. 오, 그것은 친구들이었습니다. 막치는 반가워서 하마터면 친구들 앞으로 뛰쳐나갈뻔 했습니다. 그랬지만 막치는 반가운 마음을 애써 참으며, 행여 그들의 눈에 띌세라 납작하게 엎드리며 중얼거렸습니다.

"너희들은 바보야. 날고, 노래하고 ,헤엄치는 게 어떤 것인 지도 모르지. 더구나 반디를 상상이나 할 수 있겠어? 너희들은 아무것도 모른 채 죽을 때까지 일만 하는 거야. 그 좁고 컴컴한 동굴을 최고로 생각하면서 말이지. 난, 아니야. 너희들과는 달라. 난, 많은 것을 보고 느꼈거든. 난, 언젠가는 너희들을 찾아 간다. 놀라운 모습으로. 그때 만나자. 잘 가."

막치는 친구들의 행렬이 꼬리를 감출 때까지 지켜보며 그들을 한없이 가엾게 여겼습니다.

막치는 이곳저곳을 떠돌아 다니며 온갖 소문을 다 들었습니다.

"세상에 어디 안 되는 일이 있겠어요. 하늘소 선생을 찾아가 봐요. 아주 용하답니다. 낫기 어려운 병도 그이 손만 닿으면 거짓말같이 낫는대요. 병 뿐인가요. 부러진 사마귀의 다리도 말짱하게 고쳤고, 왕벌이 쏜 독침도 단숨에 뽑아내었대요.”

땅 속에서 칠 년 만에 외출한 매미가 뽕나무 밭에서 속삭인 하늘소 선생의 소문은 막치의 귀를 가장 솔깃하게 했습니다.

막치는 길을 묻고, 들길을 지나 하늘소선생을 찾아 갔습니다.

어렵게 만난 하늘소 선생 앞에서 막치는 무릎을 꿇고 애원했습니다.

“제 검은 몸은 지긋지긋해요. 여치의 녹두색 몸이나, 귀뚜라미의 갈색 같은 몸을 갖고 싶어요.그게 어려우면 풀종달이나 방울벌레처럼 노래나 시원하게 부를 수 있다면 좋겠어요. 그것도 쉽지 않으면 벌처럼 꿀주머니라도 하나 꿰어찼으면 좋겠어요. 좌우지간 저를 좀 다르게 만들어 주세요. 전 지금의 제 모양으로는 살고싶지도 않아요. 저 좀 살려 주세요.”

막치의 간절한 소원을 끝까지 안타깝게 다 들은 하늘소선생은 콧잔등에 내려앉은 안경을 치켜 올리고 쩝쩝 입맛을 다시더니 고개를 끄덕였습니다.

“알겠네. 자네 마음을 알겠네. 한 번 해 봄세.”

하늘소 선생의 말은 막치의 마음을 마구 부풀게 했습니다.

“선생님. 어떻게요? 여치? 풀종다리? 왕벌?”

막치는 성급하게 재촉했습니다.

“날개를 달아 보세.”

“날개를요?”

“응. 갓 죽은 어린 나비의 날개를 보관해 둔 게 있지.”

“아, 선생님! 꼭 그렇게 해 주세요.꿈만 같애요.”

막치는 기쁨에 넘쳐 주루루 눈물을 흘렸습니다.

“그 대신!”

그 대신, 하고 하늘소선생은 막치에게 많은 일을 요구했습니다.

"내가 즐겨 먹는 함박꽃 속의 꿀샘을 청소해 줘. 또, 요사이는 하루살이들이 설쳐대어 아주 성가시다.그것들을 피해 쉴 수 있는 지하실을 하나 넓게 파주면 좋겠어."

"네. 선생님 지금 곧 시작하겠습니다. 어렵지 않은 일이예요."

그랬지만 하늘소 선생이 요구한 일은 찌는 듯이 더운 여름날 숨이 컥컥 막힐만큼 힘든 일이었습니다. 하지만 막치는 이를 앙다물고 일을 해내었는 데, 일이 끝났을 때는 코스모스가 한창 피는 가을이었습니다.

하늘소 선생은 막치와의 약속을 지키기 위해 빈틈없는 준비를 했습니다. 썩지않겠끔 소금물에 담가둔 노란 날개와 비단실, 바늘과 가위, 솜과 붕대가 갖춰지고 막치는 박달나무 침대에 누웠습니다. 하늘소 선생은 있는 정성을 다하여 매우 조심스럽게 막치의 겨드랑이에 날개를 붙이고 꿰매기 시작했습니다. 바늘이 겨드랑이의 살집을 파고들 때마다 막치의 온몸이 부들부들 떨렸고, 입이 딱딱 벌어지는 고통이 계속되고 있었지만 막치는 나는 지금 날개를 단다하고 이를 악물며 참았습니다.

얼마나 시간이 흘렀을까요.

"이젠 됐네."

그러나 하늘소 선생의 목소리를 막치는 듣지 못했습니다. 막치는 마지막 바느질에 매듭을 짓기도 전에 기절하고 말았으니까요.

노란 날개의 소금물이 마르고 꿰맨 자리가 아물었을 때, 막치는 벅찬 기쁨에 들떠 아침밥도 먹지 않고 등나무 줄기로 기어 올라 갔습니다.

보다 높게, 보다 멀리. 첫날개짓을 위해서 막치는 들숨 날숨을 가다듬었습니다.

"고생한 보람이 있는 거야. 자, 날아보자. 멀리. 하낫, 두울, 세엣!"

막치는 하늘 속으로 몸을 날리며 두 팔과 두 날개를 힘차게 뻗었습니다.

그랬으나!

"아악!"

막치는 비명을 지르며 땅에 떨어졌고 정신을 잃었습니다.

촉촉히 젖어드는 밤이슬에 막치는 정신을 되찾고 있었지만 몸이 부숴진 듯한 아픔에 그대로 누워있어야 했습니다. 하늘에는 별이 총총 빛나고 있었습니다. 달님은 나뭇가지에 앉아 막치를 내려다 보고 빙그레 웃고 있었습니다. 달님과 함께 앉아 있던 부엉이는 웃음을 참지 않았습니다. 껄껄껄. 막치는 부끄러워 얼굴을 가렸는데. 노란 날개가 달린 검은 몸뚱이는 천근만근 무겁기조차 했습니다. 막치의 날개는 숲 속 친구들에게 피에로 처럼 좋은 구경거리가 되었으며 웃음거리였고 골칫거리로 거추장스럽기만 해습니다. 바람개비가된 날개는 막치를 주정뱅이처럼 비틀거리게 했고 작은 바람에도 멀찌기 아무 곳에나 밀어 붙였으니까요.

"이따위 날개, 필요없어."

막치는 절망하며 하늘소 선생을 찾아가 이번에는 날개를 떼달라고 졸랐습니다.

"자네두, 참. 변덕장이로군."

하늘소 선생은 족집게로 비단실을 뽑아내며 혀를 끌끌 찼습니다.

날개를 떼어낸 막치는 허탈한 마음을 달래기 위해 강변으로 갔습니다.

강변의 미루나무 아래는 사마귀가 그림을 그리고 있다가 막치의 겨드랑이를 보고 걱정했습니다.

"아프게 보여요. 벌떼에게 쏘였나요? 가시에 찔렸나요?"

"아니, 둘 다 아니예요. 이 구멍은요."

막치는 사마귀에게 바늘구멍을 설명해 주었습니다. 사마귀는 막치의 얘기를 귀담아 들었고, 그의 얘기가 끝이 났을 때는 그림붓을 놓으며 감동에 젖은 목소리로 말했습니다.

"대단한 용기예요. 난, 지금까지 개미들이란 꿈도 꾸지 않고, 희망도 품지 않고 일만 하는 줄 알았는데, 막치님은 그렇지 않군요. 자, 내가 도와 드리지요. 새옷을 입혀 드리겠습니다."

사마귀는 막치를 미루나무에 기대어 서게 했습니다. 그리고 그는 막치의 몸에 빨, 주, 노, 초, 파, 남, 보의 일곱색깔 무지개를 그렸습니다. 그것은 흡사 산마을 아이들이 까치설날에 입는 때때옷과 같았습니다. 막치는 강물에 비친 제모습이 마음에 썩 들었습니다.

"안녕, 땀이 안 나게 조심조심 움직이세요."

사마귀의 배웅을 받으며 막치는 숲으로 돌아가고 있는데 가을 소풍을 떠나는 메뚜기 형제가 막치를 보고 걸음을 멈추었습니다.

"훌륭하십니다. 어디에 사시는 분이신가요?"

"처음 뵙지만 정말 멋지시군요."

메뚜기 형제의 칭송에 막치는 참으로 오랜만에 으쓱 기분이 좋았습니다. 막치는 메뚜기 형제에게 자신의 모습을 더 오래 보여 주기 위해 아주 천천히 걸었습니다. 메뚜기 형제와 거리가 멀어지자 막치는 마음이 조급해졌습니다. 보다 많은 산새와 곤충들과 하루살이들에게 자기의 멋진 모습을 빨리 보여 주고 싶어서 안달이 났던 것입니다. 그래서 그는 사마귀의 충고도 잊어 버리고 뜀박질을 시작했습니다.

땀이 솟아났습니다. 땀은 무지개를 지우며 흘러내렸습니다. 무심코 땀을 닦던 막치가 소스라쳤습니다. 무지개의 얼룩을 본 것입니다. 막치는 그 자리에 주저앉아 울음보를 터뜨렸습니다.

옹달샘 바위틈에서 둥근집을 짊어진 달팽이 아저씨가 나타났습니다.

"저런, 누가 장난을 쳤구나."

"아니예요."

막치는 울면서 무지개 얘기를 하며 사마귀를 이야기했고, 하늘소선생을 얘기하며 날개 이야기를 했습니다. 울먹이며 말하는 막치의 딱한 여행은 지루하게 길었지만 달팽이아저씨는 끝까지 잘 들어 주었습니다.

"막치. 살아있는 모든 것은 날 때부터 가지고 나온 그 모습이 가장 아름다운 거란다.자, 저기 흐르는 물로 얼룩진 몸을 씻자."

막치는 지저분하게 얼룩진 몸을 씻었습니다. 검고 반들거리는 막치의 몸이 이내 드러나자 막치는 혼자 싱겁게 웃었습니다. 작은 몸뚱이에 가혹한 짓을 저지른 기억이 새삼 우스꽝스러웠던 것입니다.

달팽이 아저씨는 달팽이 지붕위에 막치를 앉혔습니다.

"나랑 산책을 떠나자. 가을 바람을 마시면 기분이 좋아질 거야."

달팽이 아저씨는 이끼 낀 바위 위를 조심스럽게 배로 밀며 미끄러지듯 앞으로 나아갔습니다. 지붕 위에서 잠자코 하늘만 바라보고 있던 막치가 아래를 내려다 보며 물었습니다.

"무겁지 않으세요? 집을 짊어 지고 다니면 힘들고 귀찮을 텐데요."

"아니다. 조금도 무겁지 않다. 보기보다 편하지. 어디를 가든 집 찾아 갈 걱정은 안 하니 말이지?"

"그렇군요."

해님이 서산으로 넘어가고 있었습니다. 하늘은 주홍색으로 물들었고, 숲과 계곡도 단풍으로 붉은색이었습니다. 초록색 나뭇잎이 빨갛게 물들 때까지 막치는 참 긴 시간을 헤매고 다녔군요.

막치는 동굴 속의 여왕님과 친구들을 생각하며 눈시울울 적셨습니다.

"어쩜, 그들은 나를 까맣게 잊어 버렸는 지도 몰라."

막치는 불현 듯 그들이 보고 싶어졌습니다.

그때 달팽이아저씨가 말했습니다.

"곧, 첫눈이 내릴 것이고 바람은 여행을 할 수 없을만큼 차가워 진다. 그러기 전에 너도 서둘러 집으로 가라."

"네. 아저씨,"

막치는 목이 메어 간신히 대답했습니다.

막치는 동굴로 돌아왔습니다. 여왕개미는 돌아온 막치를 위해 큰잔치를 베풀었습니다. 친구들은 막치를 에워 싸고 많은 질문을 한꺼번에 던졌습니다.

"어디에 있었니?"

"우리는 떼지어 다니며 널 찾았었어."

"여왕님은 때때로 눈물을 흘리셨지."

막치는 살맛을 느꼈습니다.

아! 이토록 편안하고 따뜻한 것을 등지고 살았다니!

막치는 폭신한 짚풀 위에 여행에 지친 몸을 던지며 크게 외쳤습니다.

"난, 지금 어떤 말도 하기 싫어. 다만 이곳이 최고이며 지금 이 순간이 제일 행복하다는 것 외는 몰라!"

막치는 깊은 잠 속으로 빠져들어갔습니다.

姜秋愛 著

아름다운 날 눈부신 순간 내 안의 푸른물결

인쇄 2014년 5월 25일
발행 2014년 5월 30일

지은이 강추애 **펴낸이** 송성조 **펴낸곳** 도출판사 일광
출판등록 부산 바 01054

주소 (우 602-827) 부산광역시 서구 까치고개로 197번길 36
전화 051-256-1621 **팩스** 051-241-1011 **이메일** ilgwang7@hanmail.net

ISBN 978-89-94293-29-5
값 20,000원